MÓNICA GUTIÉRREZ

Die wunderbaren Freunde der Miss Kate

GOLDMANN

## Buch

In dem novemberkalten englischen Städtchen Coleridge wartet der französische Barkeeper Pierre wie jeden Freitag auf Kate, das Mädchen mit dem wallenden roten Haar, dem langen Schal und dem traurigen Lächeln. Kate, die in einem alten, verfallenen Haus wohnt, lebt schon so lange ihren Alltag als Assistentin in einer seelenlosen Unternehmensberatung, dass sie beinah vergessen hat, welche kleinen Freuden, Abenteuer und Wunder das Leben zu bieten hat.

Das ändert sich, als Kate aus einer Laune heraus beschließt, in ihrer Freizeit bei einem lokalen Radiosender mitzuarbeiten, der von einer Truppe schräger Vögel betrieben wird. Die Arbeit macht ihr Spaß, und da sie unter ständiger Schlaflosigkeit leidet, geht sie freitags nach ihrem Einsatz beim Radio immer in die kleine Hotelbar mit dem versteckten Eingang, wo sich ebenfalls jeden Freitag drei junge Informatiker treffen, die dort an einem konspirativen Rachefeldzug gegen ihren miesen Chef arbeiten.

Auf einmal hat Kate ganz wunderbare Freunde. Doch einer von ihnen hat sich in das Freitagsmädchen mit den roten Hexenschuhen verliebt. Und als ein exzentrischer Meteorologe für die nächste Freitagnacht ein heftiges Unwetter voraussagt, in das Kate prompt gerät, findet sie sich am Samstag in einem verwunschenen Garten wieder – an der Hand eines jungen Mannes …

## Autorin

Mónica Gutiérrez, geboren in Barcelona, hat Journalismus und Geschichte studiert. Bevor sie mit dem Romanschreiben begann, wurde sie in Schreibwettbewerben für ihre Kurztexte und Gedichte ausgezeichnet. Ihr erster Roman »Der fabelhafte Buchladen des Mr. Livingstone« war international erfolgreich.

# Mónica Gutiérrez

# Die wunderbaren
Freunde
der Miss Kate

Roman

Aus dem Spanischen
von Anja Rüdiger

**GOLDMANN**

Penguin Random House Verlagsgruppe FSC® N001967

1. Auflage
Taschenbuchausgabe Dezember 2024
Wilhelm Goldmann Verlag, München,
in der Penguin Random House Verlagsgruppe GmbH,
Neumarkter Straße 28, 81673 München
Copyright © 2022 Thiele Verlag
in der Thiele & Brandstätter Verlag GmbH, Wien
Umschlaggestaltung: UNO nach einer Vorlage
von Christina Krutz unter Verwendung
eines Bildmotivs von Trevillion/Ute Klaphake
KN · Herstellung: ik
Satz: GGP Media GmbH, Pößneck
Druck und Bindung: GGP Media GmbH, Pößneck
Printed in Germany
ISBN: 978-3-442-49488-0

www.goldmann-verlag.de

Sämtliche Orte sowie alle Personen und
Geschehnisse in dieser Geschichte
entstammen der Fantasie der Autorin
und sind daher Fiktion, reine Fiktion.
Nur das.

Ich könnte sagen, dass ich der Autor dieser Geschichte bin. Aber das wäre gelogen.

Als ich Kate und Don gebeten habe, ihre Erinnerungen an jene Tage aufzuschreiben, bin ich mir sehr schnell des Werts ihrer Worte bewusst geworden. Kaum hatte ich mit der Lektüre begonnen, wurde mir klar, dass es das Beste wäre, mich als Korrektor im Hintergrund zu halten und sie erzählen zu lassen. Ihre Stimme verleiht dem, was in jenen Tagen geschehen ist, Authentizität, denn die Ereignisse sind mir immer ein wenig märchenhaft und ziemlich unwahrscheinlich erschienen, wenn man die wenige Magie in Betracht zieht, die in dieser Welt übriggeblieben ist.

Daher ist es nicht gelogen, zu behaupten, dass ich dafür verantwortlich bin, dass diese Geschichte zur Unterhaltung (wie ich hoffe) der neugierigen Leserin niedergeschrieben wurde. Denn die Idee zu erzählen, wie Kate und Don sich in jenem November, in dem nichts so geschah wie erwartet, kennenlernten, stammt von mir.

Bitte verzeihen Sie der schönen Kate ihre vorsichtige Zurückhaltung, wenn sie über sich selbst spricht. Was das angeht, appelliere ich an das Verständnis der wohlgesinnten Leserin. Sie werden schon bald feststellen, dass es unserer Heldin ein bisschen an Selbstvertrauen fehlt, wenn es darum geht, wie sie damals war: ein wenig weltfremd – wie ein einsamer Stern, der so intensiv leuchtet, dass niemand es ertragen kann, ihn länger anzusehen.

Und schenken Sie Don keinen Glauben, wenn er behauptet, ein Problem mit Metaphern zu haben. Er ist vielleicht ein wenig direkt, wenn es darum geht, von den

Geschehnissen zu berichten, aber ich vertraue darauf, dass er das mit der Intensität, mit der er all dies erlebte, in Ihren verständnisvollen Augen wiedergutmachen kann.

Nun bin ich am Ende mit meinen Hinweisen und Erklärungen und lasse Sie, liebe Leserinnen und Leser, mit den Helden meiner Geschichte allein. Sehen Sie, da kommt schon Kate mit ihren Feenschuhen und dem langen kastanienbraunen Haar, das über ihren Schultern zu schweben scheint ...

*Pierre Lafarge, Coleridge im Frühjahr 2014*

## Auszug aus den Erinnerungen
## William Dorners

Alles begann in einem ungewöhnlich kalten Herbst ...

# Das Radio auf dem Dachboden

KATE

Ich kann nicht Nein sagen. Und das ist ein Problem. Aber da es weder mein einziges noch mein dringlichstes Problem ist, lebe ich damit ganz gut und verfluche es nur hin und wieder, wie es bei alten Gewohnheiten so üblich ist.

An dem Tag, an dem Marian – die Telefonistin in unserer Firma und eine meiner besten Freundinnen – mir anbot, beim Radioprogramm ihres Sohnes mitzuarbeiten, hatte ich seit achtzehn Stunden nicht geschlafen und arbeitete seit sieben Jahren bei Milton Consultants, einer Unternehmensberatung, die ich mittlerweile zutiefst hasste. Mit anderen Worten – es war kein wirklich guter Tag. Und die Vorstellung, an einem Freitagabend ein paar übergeschnappte junge Männer kennenzulernen, die sich für hippe Radiomoderatoren hielten, schien mir nicht gerade erstrebenswert.

»Josh ist seit ein paar Monaten bei diesem Radiosender mit seinem humorvollen Programm, und sie suchen nach einer weiblichen Stimme«, erklärte Marian, während sie gekonnt die Tasten der Telefonzentrale bearbeitete. »Milton Consultants, was kann ich für Sie tun? ... Gerne ... Ich verbinde Sie. – Ich habe Josh gesagt, dass du morgen beim Sender vorbeischaust, um dir alles anzusehen, dass du Journalistin bist und eine sehr angenehme Stimme hast.«

»Aber ich habe seit mehr als sieben Jahren nicht mehr als Journalistin gearbeitet«, protestierte ich leise, »genauer gesagt, seit ich nicht mehr an der Uni bin. Außerdem bin ich erkältet.«

»Hallo? Nein, Mr. Adams ist im Moment nicht in seinem Büro, ich verbinde Sie gerne mit seiner Sekretärin.« Marian wandte sich wieder an mich. »Mag sein, aber deine Stimme ist trotzdem hübsch, und du wirst sehen, dass du dich, wenn du erst mal vor dem Mikrofon sitzt, gleich wieder an alles erinnerst. Das Programm, das sie machen, ist wirklich originell, und sie gehen auch nur am Freitagabend auf Sendung.«

»Ist das ein lokaler Sender?«

»Er heißt Longfellow Radio und befindet sich in dem gleichnamigen Ort hier ganz in der Nähe, wenn du auf dem Weg in die Berge die erste Autobahnabfahrt nimmst.«

»Ich habe schon von dem Ort gehört, wüsste aber gar nicht, wie ich da hinkommen soll«, suchte ich erneut nach Ausflüchten. »Und schon gar nicht im Dunkeln.«

»Ja, bitte? Moment, ich verbinde Sie mit dem sechzehnten Stock, bleiben Sie dran. – Aber natürlich kommst du dahin, Kate, das ist doch nur ein Katzensprung. Also – morgen Abend um neun Uhr im Sender. Josh erwartet dich. Das wird super, du wirst sehen.«

»Ich weiß nicht, ich bin so müde ...«

»Nein, Mister Smith, ich verstehe Sie. Wenn Sie eine Beschwerde haben, verbinde ich Sie gerne mit unserer Rechtsabteilung, bitte bleiben Sie dran.« Marian hob den Blick von dem wild blinkenden Lichtmosaik der

Telefonzentrale und sah mich mit ihren honigfarbenen Augen verständnisvoll an. »Nun bleib doch mal ein bisschen locker, und sei nicht immer so abwehrend. Heute Morgen ist übrigens dein Chef hier unten vorbeigestürmt, und er hatte Schaum vor dem Mund. Ich würde an deiner Stelle lieber auf Tauchstation gehen, damit er seine Wut an jemand anderem auslassen kann.«

»Mr. Torres ist mir egal, Marian. Sein Geschrei und seine diversen Psychosen lassen mich inzwischen kalt. Es liegt an diesem Büro, dieser Arbeit, diesen skrupellosen Typen mit ihren Krawatten, und immer geht es nur um Zahlen ... Am liebsten würde ich meine Tasche nehmen und durch diese Tür gehen, um nie mehr wiederzukommen.«

»Sei vorsichtig mit deinen Wünschen, meine Liebe, denn sie könnten in Erfüllung gehen.« Sie lächelte.

Ich mag Marian sehr, und auch ihr Sohn Josh ist äußerst nett, und ich kann – wie gesagt – nicht Nein sagen. Daher machte ich mich am nächsten Tag nach einem nicht enden wollenden Tag bei Milton Consultants in meinem alten klapprigen Ford auf den Weg zur Autobahn in Richtung Berge und wiederholte für mich wie ein Mantra:

»Also gut, ich gehe nur zu diesem Treffen, wenn ich den Radiosender finde, ohne mich mehr als zweimal zu verfahren. Wenn ich Longfellow erreiche und den Sender innerhalb von zehn Minuten finde, gehe ich rein. Ansonsten fahre ich gleich wieder zurück auf die Autobahn und mache mich auf den Weg nach Hause ins Bett.«

Doch an diesem Abend wollte das Schicksal mit mir spielen. Ich erreichte Longfellow, das gleich hinter der gleichnamigen Autobahnabfahrt lag, ohne Probleme, fuhr ins Zentrum des Ortes (das nur aus der Kirche, dem Rathaus und dem Gemeindezentrum bestand, in dem sich, wie Marian mir erklärt hatte, auch der Radiosender befand) und parkte auf dem einzigen freien Parkplatz, den das Universum direkt vor dem Sender für mich reserviert hatte.

Als ich aus dem Auto stieg, war es so kalt, dass ich mich kurz vergewisserte, ob ich tatsächlich Mantel und Schal anhatte. Zähneklappernd betrat ich das schöne historische Gebäude aus dem neunzehnten Jahrhundert, das das Gemeindezentrum von Longfellow beherbergte, und fand mich in einem heruntergekommenen, großen, schlecht beleuchteten Saal wieder. Alte Leute saßen in kleinen Gruppen um die Tische, die noch älter zu sein schienen als sie, spielten Karten oder Domino oder waren mit Handarbeiten beschäftigt. Auf der linken Seite hockte hinter einer schmutzigen Theke, auf der wohl schon länger ein paar Flaschen standen, ein kahlköpfiger Mann mit Schnauzbart und las in einer Sportzeitung.

»Entschuldigung«, brachte ich angesichts meiner klappernden Zähne nur mühsam heraus. »Ich bin mir nicht sicher, ob ich hier richtig bin. Ich suche den Radiosender von Longfellow.«

»Oben«, sagte der Glatzkopf nur. Er hob den Zeigefinger, blickte einen Moment von seiner Zeitung auf und musterte mich neugierig.

Neben der Theke befand sich eine enge steile Treppe, die ins Wunderland zu führen schien. Wenn es mir gefällt, wer ich bin, komme ich herauf, dachte ich und kam mir vor wie Alice im Wunderland. Wobei ich das weiße Kaninchen vermisste, das inzwischen, wenn es nicht erfroren war, sicher die verdiente Rente genoss und mit den Kollegen da unten eine Runde Karten spielte. Die Treppe schien endlos. Angesichts der langen Reihe absatzloser, hoher Stufen in einem extrem engen Treppenhaus fühlte ich mich im zunehmenden Dunkel (die einzige Lichtquelle waren die staubigen Lampen unten an der Theke bei dem kahlköpfigen, schnauzbärtigen Barkeeper) an die Türme in mittelalterlichen Burgen und die dazugehörende Klaustrophobie erinnert. Drei Stufen vor dem Ende der Treppe blieb ich stehen. Eine riesige Tür aus dunklem Holz und ohne Klinke ragte vor mir auf. Sie befand sich direkt oberhalb der letzten Stufe - auch hier gab es keinen Treppenabsatz, um Atem holen zu können - und war mit einem massigen kupferfarbenen Schloss ausgestattet, in dem ein großer, kunstvoll gearbeiteter Schlüssel steckte.

Zögernd stieg ich eine weitere Stufe hinauf und klopfte an die Tür, doch das Geräusch klang genauso erbärmlich, wie ich meine Anwesenheit an diesem Ort empfand. Also atmete ich tief durch, nahm die letzte Stufe und stieß mit beiden Händen gegen das Holz. Nichts. Mir blieb nichts anderes übrig, als nach dem Schlüssel zu greifen und ihn umzudrehen. Die Tür öffnete sich mit einem leisen Quietschen, und Alice betrat den Bau des weißen Kaninchens.

Als ich das Studio von Longfellow Radio zum ersten Mal betrat, dachte ich, ich hätte mich verlaufen und wäre in einem dieser gemütlichen Chalets gelandet, in denen es nach frisch geschnittenem Pinienholz duftet und die Bodendielen knarren, wenn man darüber geht. Aus irgendeinem nicht nachvollziehbaren Grund gelangte ich von dem schäbigen Saal des Gemeindezentrums in eine mit warmem Holz verkleidete, helle Mansarde, von deren Existenz die betagten Bürger unten im Gemeindesaal, warum auch immer, nichts zu wissen schienen.

Die Tür schloss sich mit einem klagenden Seufzen hinter mir, und ich befand mich allein in der angenehmen Stille dieses Raums mit seinen holzverkleideten Wänden, dem Holzfußboden, den hölzernen Deckenbalken und mehreren riesigen Tischen voller Papier- und Bürokram. Verwundert zog ich meinen Mantel und den Schal aus und hängte beides zusammen mit meiner Tasche an einen der leeren Garderobenhaken am Eingang. Es roch nach Papier wie in einer Bibliothek oder einem Antiquariat mit uralten Büchern oder wie in den Leseräumen an der Uni. Es war angenehm warm, und ich fühlte mich gleich wohl.

Im hinteren Bereich des Raums gab es eine kleine Treppe mit einem Holzgeländer. Sie führte ins darüber liegende Stockwerk mit zwei Aufnahmestudios, zwischen denen ein gleich großer Raum mit Glaswänden lag, der aussah wie ein Aquarium. In einem der Studios brannte Licht, und die rote Warnlampe am Eingang leuchtete. Der Tontechniker in dem Glaskasten machte mir ein Zeichen, näher zu treten.

»Komm«, rief er durch die Glaswand, »wir warten schon auf dich. Lass dich von dem roten Licht nicht aufhalten, es ist gerade Werbepause.«

Ein äußerst sympathischer kleiner dicker Mann mit einem dichten schwarzen Bart und wirrem Haar strahlte mich vom Eingang des Aufnahmestudios an wie die Grinsekatze.

»Hallo, wen haben wir denn da?«, meinte er freundlich und grinste übers ganze Gesicht, während er mich unverwandt ansah und seine Augen fast zwischen den Lachfalten verschwanden.

»Ich bin Kate«, erklärte ich mit schüchterner Stimme. »Ich bin mit Josh verabredet.«

Da tauchte auch schon Josh auf und begrüßte mich mit zwei Wangenküssen.

»Wie schön, dass du gekommen bist, Kate. Meine Mutter war sich nicht sicher, ob du es heute schaffen würdest.«

»Ich war mir auch nicht sicher.«

Es war unmöglich, in das kleine Studio zu gelangen, solange der dicke Mann mit dem Bart mehr als die Hälfte der Türöffnung blockierte, also blieb ich stehen und bemühte mich, mein Lächeln aufrechtzuerhalten, während der Grinsekatzenmann mich fasziniert anstarrte. Es vergingen ein paar endlose Sekunden, bis Josh seinem Kollegen schließlich einen Arm um die Schultern legte, um ihn sanft aus der Türöffnung zu schieben.

»Dieser Möchtegern-Türsteher ist übrigens William. Unser Meteorologe.«

»Herzlich willkommen«, sagte William.

Ich nickte und trat in das Studio und sah mich einem drahtigen jungen Mann mit Brille gegenüber, der auf seinem bequemen Stuhl hinter einem riesigen Mikrofon sitzen blieb.

»Hallo, Kate. Ich bin Xavier, derjenige, der hier das Sagen hat«, erklärte er und streckte mir von seinem Thron aus die Hand entgegen. »Ich freue mich, dass wir dem Programm eine weibliche Stimme hinzufügen können.«

Nur dass er überhaupt nicht erfreut wirkte.

»Jungs, in einer halben Minute sind wir wieder auf Sendung«, war eine Durchsage zu hören.

»Und das ist Santi, unser Tontechniker. Danke, Santi. Alle auf die Plätze jetzt. Wir fangen mit Josh an, drei, zwei, eins und ...«

Josh wies auf einen Platz neben sich und reichte mir einen Kopfhörer. Dann rückte er den seinen zurecht und griff nach dem Skript, das vor ihm auf dem Tisch lag. Er schien ganz entspannt, und ich freute mich, an seiner Seite zu sein, denn ich hatte ihn schon immer für einen intelligenten und spontanen Menschen gehalten, der manchmal vielleicht etwas zu rational war, aber stets bereit, jungen Damen in Not beizustehen. Und in diesem Moment, an diesem Freitagabend eines kalten Novembers in dem von mir gerade entdeckten kleinen Ort Longfellow, war ich zweifellos eine wehrlose junge Dame in der Fremde.

»Guten Abend, meine Lieben, hier ist Longfellow Radio, und weiter geht es mit dem zweiten Teil des geistreichsten, unübertrefflichsten, witzigsten Programms der ganzen Woche: *Endlich Freitag!*«

Santi beschallte uns mit einer Salve aus Applaus, Jubelschreien und Pfiffen.

»Guten Abend, Josh, was hast du heute für uns ...?«, fragte Xavier.

»Unsere Todeskandidaten 2022«, rief Josh voller Begeisterung, und beide lachten.

William starrte mich noch immer wie verzaubert an, Xavier ignorierte mich höflich, Santi hatte hinter der makellosen Glasscheibe nicht aufgehört zu lächeln, und Josh hatte begonnen, über die Leute zu reden, die in diesem Jahr möglicherweise das Zeitliche segnen würden.

Ich befand mich in einer holzverkleideten Mansarde im Kreis von ein paar Menschen, die offenbar noch in der Lage waren, viel Leidenschaft in ein Radioprogramm zu investieren, ohne dafür bezahlt zu werden. Menschen, die vielleicht genauso seltsam waren wie ich selbst, aber noch voller Lebensfreude und davon überzeugt, dass die wertvollen Momente jene sind, die man in guter Gesellschaft verbringt, während man seine Kreativität und seine gute Laune mit ein paar Radiohörern teilt, die sich nach einer langen, harten Arbeitswoche ein wenig entspannen wollen.

Und ich wollte nur nach Hause und schlafen.

»Und? Wie hat dir unser Programm gefallen?«, fragte Josh, nachdem Xavier sich von den Hörern verabschiedet und Santi den letzten Jingle eingespielt hatte: *Endlich Freitag!*

Ich glaube, dass ich bis zu diesem Moment in meinem bemerkenswert langweiligen Leben noch nie wirklich die Stimmen derjenigen wahrgenommen hatte, die mit mir redeten. Als Kommunikationsexpertin im Exil interessierten mich die Prägnanz und die Richtigkeit einer Botschaft und nur das. Der Übermittler der Botschaft stand weit im Hintergrund. Doch diese halbe Stunde, die ich zusammen mit diesen engagierten und quicklebendigen Amateur-Moderatoren verbrachte, hatte mich mit einem Mal wieder daran erinnert, welche Bedeutung die Stimme eines Freundes inmitten der Nacht haben kann.

Das Studio von Longfellow Radio war ein kleiner warmer Zufluchtsort zwischen Himmel und Erde, der mich freundlich willkommen geheißen hatte. Und ich hatte plötzlich das Gefühl, dass ich vor der Welt da draußen in Sicherheit war.

»Was?«, fragte ich, wie aus einem Traum erwacht.

Josh sah mich etwas verwundert an und wiederholte seine Frage.

»Wie hat es dir gefallen?«

»Ah, es war toll. Wirklich sehr unterhaltsam euer Programm.«

Und das war nicht gelogen. Diese Jungs waren einfallsreich und wirklich nett. Jeder von ihnen hatte ein besonderes Charisma und seine ganz eigene Art am Mikrofon. Aber vor allem waren sie mit Begeisterung dabei.

Ganz offensichtlich genossen sie es, das Grau ihres Alltags zu vergessen und diese zwei Stunden zusammen zu verbringen – mit jeder Menge Sinn für Humor, mit viel Kreativität und ohne dass ihnen jemand hineinredete.

»Und? Meinst du, du könntest etwas dazu beitragen?«, meldete Xavier sich jetzt zu Wort, während er seine Kopfhörer abnahm und mich prüfend ansah.

»Wir denken, dass eine Frau dem Programm ein gewisses Gleichgewicht verleihen und neue Möglichkeiten eröffnen würde«, meinte Josh.

»Außerdem bist du doch Journalistin, oder? Wie ich dich beneide!«

Auch wenn ich es in diesem Moment noch nicht wissen konnte, war das der aufrichtigste Satz, den Xavier in der Zeit zu mir sagte, die wir gemeinsam in diesem vom Rest der Welt abgeschiedenen Schlupfwinkel unterm Dach verbrachten.

»Ja, aber ich übe meinen Beruf nicht aus.«

»Warum?«, wollte er wissen.

»Weil Journalist zu sein genau wie Arzt oder Feuerwehrmann etwas ist, wozu man sich berufen fühlen muss. Und das ist bei mir eben nicht der Fall.«

Ich merkte, dass ich bis zu den Haarwurzeln errötete. Ich hatte diesen Menschen, die ich gerade erst kennengelernt hatte, ein ziemlich intimes Geständnis gemacht.

»Und was habt ihr für mich vorgesehen?«, fragte ich mit einem Blick auf Santi, der in seinem Aquarium zwischen Papieren und Ordnern noch immer sehr glücklich zu sein schien.

»Ein bestimmtes Themengebiet natürlich, so wie wir alle eines für uns ausgewählt haben. Und dass du dich während der Beiträge der anderen oder der Interviews ein bisschen einbringst«, antwortete Xavier mit leicht genervter Miene.

»Etwas Kulturelles vielleicht? Dinge, die man am Wochenende machen kann oder so etwas?«, dachte ich laut nach.

»Was du möchtest«, sagte William. »Du wirst uns sicher angenehm überraschen.«

Während wir im Redaktionsbüro, wie Xavier es nannte, unsere Mäntel, Hüte – Josh und William trugen Hüte – und Schals anzogen, scherzten die Jungs miteinander und erzählten von ihren Plänen fürs Wochenende. Ich dachte bereits über ein geniales Thema für meinen Beitrag zur Sendung in der kommenden Woche nach, etwas, was sie beeindrucken und davon überzeugen würde, dass es eine gute Idee gewesen war, mich in diesen sehr persönlichen Freitagabend-Freundeskreis aufzunehmen. Aber der Geistesblitz blieb aus.

Ich war noch nie besonders einfallsreich gewesen, was interessante Themen anging. Ich war gut darin, Dinge in Worte zu fassen, aber mein Ideenreichtum hielt sich in Grenzen.

In diesem Moment begriff ich, dass dieses kleine Radiostudio zwischen Himmel und Erde mich verzaubert hatte.

Nachdem ich eher unwillig gekommen war, um Josh nicht hängen zu lassen und Marians mütterliche Fürsorge nicht zu enttäuschen, und mit der Absicht, eine plausible Ausrede zu finden, um nie mehr dort aufkreuzen zu müssen, konnte ich mir auf einmal durchaus vorstellen, dieser munteren Truppe meine eigenen Themen zu präsentieren.

In diesem Augenblick verstand ich, zumindest teilweise, dass die Einsamkeit oft auf unerwartete Art ihren Preis fordert.

»Lasst uns im Red Lion noch was trinken gehen«, schlug William voller Begeisterung vor, während wir die Treppe zum Gemeindezentrum hinuntergingen.

Die Domino spielenden alten Herren und die betagten Damen mit ihren Handarbeiten waren alle verschwunden.

Auch der schnauzbärtige Glatzkopf hinter der Theke glänzte durch Abwesenheit, und der ganze Saal schlummerte im nur vom Licht der Notausgänge erhellten Halbdunkel vor sich hin. Für einen Moment glaubte ich, hinter einem Stuhl die langen Ohren des weißen Kaninchens hervorschauen zu sehen, um dann festzustellen, dass es sich nur um ein vergessenes Taschentuch handelte.

»Kommst du mit, Kate?«, fragte Josh. »Nach der Sendung gehen wir immer ins Red Lion, um ein Gläschen zu trinken und eine Kleinigkeit zu essen. Das ist hier ganz in der Nähe. Die Ausrede ist, schon mal grob die Themen der nächsten Sendung vorzubereiten. Aber letztendlich reden wir über alles Mögliche, nur nicht das.«

»Nein danke, Josh. Ich bin müde. Ich fahre lieber gleich nach Hause. Tschüss, Jungs.«

»Willst du wirklich schon gehen?«, fragte Santi überrascht. »Komm doch noch kurz mit!«

Wir hatten das schöne historische Gebäude verlassen, und Xavier schloss gerade die Tür ab. Die Kälte nahm mir trotz der freundlichen Einladung und der lustigen Wölkchen, die vor unseren Lippen aufstiegen, wenn wir redeten, den Atem.

»Das ist sehr nett, aber heute fahre ich lieber gleich. Beim nächsten Mal dann«, redete ich mich heraus.

»Dann können wir für das Programm der nächsten Woche auf dich zählen?«, fragte Xavier. »Prima. Hier meine Telefonnummer, wenn du noch Fragen hast. Bereite dich auf einen Beitrag von etwa zehn Minuten vor, aber vergiss nicht, dass wir anderen uns, je nachdem, wie es läuft, auch einbringen, also musst du zeitlich ein wenig flexibel sein.«

Ich nickte lächelnd, reagierte mit einem Winken auf Williams Verabschiedung, ertrug stoisch den langen bedauernden Blick, den Santi mir zuwarf, und versicherte Josh, dass er mich nicht zum Auto begleiten musste, da ich direkt vor dem Eingang geparkt hatte.

Als die Jungs um die Ecke bogen, seufzte ich erleichtert, dann fiel mir auf, dass ich nicht aufhören konnte zu lächeln. Die verdammte Kälte in Longfellow hatte mir die Gesichtsmuskeln eingefroren.

Ich stieg ins Auto und hörte mein Handy klingeln. Es war mein Chef, Rodolfo Torres, der Schrecken von Milton Consultants. Er war dafür bekannt, nicht nur Praktikanten zu fressen, sondern auch Geschäftsführer und Abteilungsleiter zu verschlingen. Der einzige bewiesene Fall eines seelenlosen Homo sapiens; der lebende Beweis dafür, wie es gewesen sein musste, in der Zeit der riesigen Raubsaurier zu leben.

»WO SIND SIE?«, bellte seine Stimme leicht verzerrt aus meinem Handy. Wie es schien, war Longfellow noch weiter von der mit Satelliten ausgestatteten Zivilisation entfernt, als ich gedacht hatte.

»Mr. Torres, es ist fast Mitternacht.«

»ICH FINDE DEN BERICHT DIESER IDIOTEN VON DER FIRMA DRACO CONSTRUCTIONS NICHT.«

»Der liegt auf dem Sideboard am Fenster. Links neben dem Lüftungsgitter unter der gelben Mappe.«

»WARUM HABEN SIE DEN DORT VERSTECKT? SO KANN ICH NICHT ARBEITEN.«

»Es ist schon sehr spät, Mr. Torres. Warum gehen Sie nicht nach Hause und machen Feierabend?«

»ICH WILL NICHT NACH HAUSE.«

»Mr. Torres?«, fragte ich, obwohl ich wusste, dass der T-Rex bereits aufgelegt hatte. Typisch für ihn. »Keine Ursache.«

Ich ließ den Motor an, drehte die Heizung auf und kehrte zurück in die Stadt. Und als ich schließlich zu Hause im Bett lag, wunderte es mich nicht, dass ich trotz meiner Müdigkeit nicht einschlafen konnte.

# Das Mädchen mit dem schwebenden Haar

## DON

Als ich Kate zum ersten Mal sah, befand ich mich gerade in der versteckten Bar im Hotel Ambassador.

Ich könnte nun sagen, dass sie mir auffiel, weil sie so hübsch war mit ihrem langen, offenen kastanienbraunen Haar und dem Lolita-Miniröckchen, das sie so gern trägt. Aber das wäre falsch. Es waren zwei Dinge, die meine Aufmerksamkeit erregten: dass sie, als sie hereinkam, sofort zur Theke ging, um mit Pierre zu reden, und dass sie sich überhaupt nicht umsah, so als wäre ihr gar nicht bewusst, dass wir alle den Atem anhielten, als sie eintrat. Dieses Mädchen bewegte sich wie in einem Traum, als ob nichts in ihrer Umgebung von Bedeutung wäre, weil es sie niemals wirklich berühren würde. Ich habe meinem Bruder Charlie mal gestanden, dass ich bei diesem ersten Mal, als ich Kate mit ihren Feenschritten auf hohen Absätzen hereinkommen sah, dachte, dass sie durch eine andere Version unserer Welt schritte.

Damals war ich mit großen Racheplänen beschäftigt, die die göttliche Gerechtigkeit betrafen, sodass jeder neue Mensch, der in meinem Sichtfeld auftauchte, eine Gelegenheit, ein Hinweis des Schicksals zu sein schien, meine kriminellen Pläne zu verwirklichen. Deshalb saß ich an dem Abend, an dem Kate hereinkam und so zielstrebig auf Pierre zuging, auch mit Punisher und Sierra in der Bar. Und um diese Geschichte wirklich gut zu erzählen, muss ich als Erstes erklären, wer ich bin und was, zum Teufel, drei der besten Hacker Europas an einem Freitagabend zu dieser späten Stunde in der versteckten Bar des Hotel Ambassador zu suchen hatten.

Ersteres ist leicht: Ich bin Donald Berck, Don für meine Freunde und The Ghost im Netz. Ich bin zweiunddreißig Jahre alt, habe niemals ein Informatikstudium abgeschlossen und bin Polizist in der Nationalen Einheit für Cyberkriminalität. Ich werde Sie jetzt nicht mit meinem Lebenslauf langweilen und auch nicht mit den vielen Fällen, die ich aufgeklärt habe. Doch trotz aller Bescheidenheit kann ich sagen, dass ich meinen Job ziemlich gut mache und deutlich schlauer und durchtriebener bin als die Bösewichte, mit denen ich zu tun habe, glauben machen.

Zu der Zeit, als ich Kate kennenlernte, wohnte ich mit meinem Vater Norman, einem pensionierten Schreiner mit diversen Lieblingsbeschäftigungen, und meinem jüngeren Bruder Charlie, einem Finanzberater mit leicht undurchsichtigen Aktivitäten und moralischen Defiziten, im alten Haus meiner Großeltern. Sowohl Charlie als auch ich verfügten damals über ein ausreichendes Einkommen, um in einer eigenen Wohnung zu leben, aber unsere Dreier-WG gefiel uns. Das Haus meiner Großeltern war riesig, hatte einen Garten, jede Menge Zimmer, einen funktionierenden WLAN-Anschluss, und es lag am Stadtrand, sodass es dort angenehm ruhig war. Unter der Woche begegneten wir uns nicht oft im Haus, und die Wochenenden hatten den Vorteil, dass mein Vater kochte. Und ich kann Ihnen versichern, dass, wenn Norman Berck kocht, jeder Vorteil, den es haben könnte, zu Hause auszuziehen, in Vergessenheit gerät.

Das Hotel Ambassador war ein kleines, aber luxuriöses Fünf-Sterne-Hotel mit exorbitanten Preisen, in dem im Winter nur wenige Gäste abstiegen, wenn nicht gerade irgendeine Messe stattfand. Ich verbrachte gern meine Abende dort, und das aus drei Gründen: Es war der ruhigste und angenehmste Ort in der Stadt, ich wusste bestens über die IT-Anlage Bescheid, weil ich sie selbst dort eingerichtet hatte, und ich fühlte mich in der kleinen versteckten Bar, in der das beste Schwarzbier der Welt serviert wurde, ausgesprochen wohl.

Der Hoteldirektor war sich durchaus der Tatsache bewusst, wie schwer die kleine Bar zu finden war. Deshalb hatte er kleine Metallschilder mit eleganter, geschwungener Aufschrift und Pfeilen angebracht, die den Gästen den Weg wiesen. Doch der größte Vorteil der kleinen Bar war ja gerade die versteckte Lage, und deshalb waren die Schilder zum Ärger des Hoteldirektors schon bald wieder verschwunden. Pierre Lafarge, der von der Loire importierte Barkeeper, hatte fraglos einen Verdacht, was die Entwendung der Schilder anging, doch er hätte sich lieber an einer heißen Quiche die Zunge verbrannt, als dem Hoteldirektor seine Theorie anzuvertrauen. Denn Pierre Lafarge mochte die Freitags-Freaks.

Dabei war das Geheimnis der versteckten Bar gar nicht so mysteriös: Der Innenarchitekt hatte in einem Moment überbordender Eitelkeit hinter einem der Bögen der eleganten Rezeption des Ambassador, die in einen Gang mündete, ein paar Wände eingezogen. Dabei ging es darum, dem Besucher den falschen Eindruck zu vermitteln, dass sich hinter dieser Tür im gotischen Stil nur ein lavendelfarbenes Stucklabyrinth befand. Doch derjenige, der genügend Neugier aufbrachte, um unter dem Bogen – dem dritten von rechts, gleich neben den Aufzügen – hindurchzugehen, brauchte nur zweimal um die Ecke zu biegen, um dann in einem kleinen Vestibül zu landen, bei dem es sich um den Vorraum der kleinen Bar handelte. Pierre gefiel der Gedanke, dass die Hinweise auf einer Schatzkarte aus dem achtzehnten Jahrhundert sicher leichter zu deuten waren als die Wegbeschreibung zu seiner Bar.

Dort wurde weder Frühstück noch sonstiges Essen serviert. Es war ein Raum mit hohen Fenstern, durch die dennoch wenig Licht fiel, um die Privatsphäre der Gäste nicht zu stören, mit äußerst bequemen Sesseln, Sofas und niedrigen Tischchen. Abends war die Beleuchtung, abgesehen von dem Bereich um die Theke, noch spärlicher und bestand nur aus wenigen Stehlampen, die strategisch günstig im Raum verteilt waren. Die Theke aus solidem, glänzendem Holz im unpassenden Stil einer britischen Galeone nahm die gesamte hintere Wand ein; von dort aus hatte der Barkeeper die Eingangstür im Auge. Morgens bediente in der Bar ein äußerst langweiliger Kellner, an den Abenden hingegen regierte Pierre Lafarge mit Stil und Gewandtheit über die Piratenbar.

Jeden Freitagabend wurden das Sofa und die beiden violetten Sessel bei dem kleinen Tisch unterhalb der

Fenster von drei Freunden mit exzentrischen Frisuren besetzt, deren Kleidung so schwarz war wie ihre Seelen, den Freitags-Freaks.

»Hättest du nicht etwas anderes anziehen können?«, tadelte ich Punisher an jenem Abend, als mir auffiel, dass er ein Matrix-T-Shirt mit fluoreszierender Aufschrift trug.

»Wie meinst du das?«

Punisher war Programmierer in einem internationalen Unternehmen (wobei er jahrelang einen eher trägen Helpdesk-Service geleistet hatte), der jedes Klischee des typischen Computerfreaks erfüllte: Übergewicht, langes Haar, Ziegenbart, Allergiker und/oder Asthmatiker und eifriger Sammler von Merchandising-Produkten zu Science-Fiction-Filmen einschließlich abgrundtief hässlicher T-Shirts. Und um kein Vorurteil auszulassen, wohnte er in der Garage seiner Eltern.

»Na ja, vielleicht etwas weniger Auffälliges«, sprang mir Sierra bei.

»Anzug und Krawatte vielleicht? Denn ich habe eine Krawatte«, erklärte Punisher grinsend.

Sierra, der bleich und dünn war und unter einer nahezu krankhaften Schüchternheit litt, trug an jenem Abend das übliche Outfit: ein weißes Hemd, eine schwarze Hose und eine ebenfalls schwarze Krawatte. Das war seine Arbeitsuniform in dem Laden, in dem er Computer reparierte. Er hieß in Wirklichkeit Frank und war der jüngste Sohn einer alteingesessenen großbürgerlichen Unternehmerfamilie. Ich glaube, dass sein Vater ihm sogar die Mitgliedschaft im Polo-Club finanzierte, aber fairerweise musste man sagen, dass Sierra ein integrer und treuer Freund war, der sich mit diskretem Stolz rühmte, diesen Club noch nie betreten zu haben. Er war mit zwanzig Jahren zu Hause ausgezogen und lebte von seinem Gehalt als Technologie-Sklave, wodurch er sich angenehm frei fühlte, auch wenn er auf die Geschenke seiner Eltern und Geschwister angewiesen war, um seine Abhängigkeit von Nike-Turnschuhen zu befriedigen, den einzigen Luxus, den er sich erlaubte. Er besaß mehr als hundertfünfzig Paare.

»Das zählt nicht, wenn es eine Duffy-Duck- oder eine Star-Wars-Krawatte ist«, sagte er jetzt.

»Bitte nur gedeckte Farben, ohne Cartoons, Logos oder sonstige Symbole«, kam ich Sierra zu Hilfe, bis das Lächeln auf Punishers Gesicht verschwand.

Wir saßen in den gemütlichen Sesseln der versteckten Bar und hatten genug technisches Equipment dabei, um uns in die Datenbanken des Pentagons zu hacken: fünf Laptops, drei iPads, vier Smartphones, Kabel, Signalverstärker, externe Festplatten und noch andere Dinge, die ich – der Leser möge mir verzeihen – wegen ihrer zweifelhaften Legalität nicht erwähnen werde.

Während wir vor unseren aufgeklappten Computern saßen und redeten, sahen wir kaum auf, was an dem langjährigen Vertrauen lag, das uns verband – wir hatten uns im ersten Semester an der Uni kennengelernt –, und schlürften im Schutz der schummrigen Bar unser Schwarzbier. Es war ein angenehmer Ort, um einen angenehmen Abend unter Freunden zu verbringen und Pläne zu schmieden, um die Welt zu zerstören. Und auch wenn das jetzt vielleicht übertrieben klingt, war ich damals tatschlich immer noch so wütend und aufgewühlt, dass ich ernsthaft darüber hätte nachdenken können.

»Wir müssen nicht in Anzug und Krawatte herkommen. Aber zieht beim nächsten Mal etwas neutralere Freizeitkleidung an. Damit wir nicht aussehen wie die typischen Hacker im Film«, erklärte ich.

»Ich verstehe sowieso nicht, warum wir uns immer noch hier treffen«, beschwerte sich Punisher.

»Weil es uns hier gefällt und weil die Verbindung hier sehr gut und sicher ist.«

»Woher willst du das wissen?«, wandte Sierra ein und schob sich die Brille hoch.

»Weil ich die Router-Anlage hier selbst installiert hab.«

Punisher löste den Blick vom Bildschirm seines Laptops, trank einen Schluck Bier und sah sich in der Bar um. Zwei Manager, die auch den Weg in die Bar gefunden hatten, standen, auf die Theke gestützt, an der Bar und diskutierten mit leiser Stimme, während sie ihren Wein tranken, und eine Gruppe von fünf Japanern saß auf der anderen Seite des Raums vor ihrem Tiger-Beer und versuchte ihre Langeweile und ihr Unbehagen zu überspielen. Und das waren an diesem Abend die einzigen Gäste.

»Der Barkeeper schaut immer wieder zu uns rüber«, stellte Punisher fest.

»Ich weiß«, entgegnete ich gelassen, während meine Finger über die Tastatur eines der iPads flogen, das bis dahin auf dem Sofa gelegen hatte.

»Er könnte ein Industriespion sein.«

»Denkst du, er ahnt was?«

»Und deswegen schaut er zu uns rüber?«

Es kam oft vor, dass Punisher und Sierra gleichzeitig redeten. Ihre Fragen überschnitten sich dann, aber daran waren wir drei gewöhnt.

»Nein, nein und nein«, beruhigte ich sie. Ich legte das iPad weg und blickte meine beiden Freunde ernst an. »Aber er ist der Einzige im Hotel, der weiß, worum es geht.«

In diesem Moment betrat Kate die Bar, und ich vergaß zu atmen.

Ich werde nie erfahren, ob sie mir an jenem Abend, in genau diesem Augenblick auch aufgefallen wäre, wenn ich nicht den Kopf gehoben hätte. Ich rede mir ein – seien Sie nachsichtig mit mir –, dass es Schicksal war und ich ihre Anwesenheit in der kleinen Bar irgendwie gespürt hatte.

Sie trug einen langen grauen Mantel und einen bunten Schal. Ihr langes offenes Haar, das ihr in sanften Locken über die Schultern fiel, umschwebte sie auf nahezu unwirkliche Weise. Ich wusste, dass ich den Moment nie vergessen würde, in dem dieses Mädchen die versteckte Bar betrat und im Vorübergehen alles erhellte. Ich bin kein Freund von Metaphern, aber ich erinnere mich ganz genau, dass ich beim ersten Mal, als ich Kate sah, das Gefühl hatte, zu träumen. Alles, was Kate damals umgab, war genau so: wie in einem Traum. Alles an ihr und um sie herum wirkte mit einem Mal verlangsamt und weichgezeichnet, was mich völlig verwirrte.

Unter dem wehenden Mantel sahen ihre Beine hervor, sie steckten in zarten schwarzen Seidenstrümpfen, und an den Füßen trug sie zierliche Schuhe mit einem kleinen Absatz, Feenschuhe. Als sie den Mantel auszog und sich auf einen der Barhocker an der Theke setzte, bestätigten sich meine Erwartungen: Wie hypnotisiert starrte ich auf ihren kurzen schwarzen Rock. Aber nicht einer von diesen unschönen engen Schlauchröcken, sondern ein mehrlagiger weiter Glockenrock aus zartem Stoff. Ihre blaue Bluse mit den weiten Ärmeln ohne Bund ließ sie aussehen wie eine mittelalterliche Prinzessin, und das wiederum passte perfekt zu ihrem verträumten Blick.

Nachdem ich mich gekniffen hatte, um mich zu vergewissern, dass ich wirklich wach war, ging mir durch den Sinn, dass dieses zauberhafte Wesen vollkommen war. Dass ich, wie alt ich auch werden mochte, niemals mehr einen solch unglaublichen Moment erleben würde: das Mädchen mit dem schwebenden Haar, das ins Halbdunkel der versteckten Bar trat und eine Aura des Lichts verbreitete.

Wäre ich ein verdammter Romantiker, würde ich sagen, dass ich mich genau in dieser Sekunde in Kate verliebte.

Aber zum Glück bin ich keiner.

# Freitags in der versteckten Bar

KATE

Schon bevor mein Auto nicht nach rechts abbog, sondern weiter geradeaus bis zum Ende der Straße durchfuhr, wusste ich, dass ich noch beim Hotel Ambassador anhalten würde, anstatt gleich nach Hause zurückzukehren, um den nötigen Schlaf nachzuholen. Es war bereits kurz vor eins, aber ein Freitagabend wäre kein Freitagabend, wenn ich nicht in Pierres angenehmer Gesellschaft noch einen Martini mit Oliven trinken würde.

Als ich in das vertraute Halbdunkel der kleinen Bar trat, waren nur wenige Tische besetzt. Pierre, der hinter der Theke stand, sah mich kommen und lächelte mir zu.

»Du bist heute spät dran«, begrüßte er mich.

»Du hast ja keine Ahnung, woher ich gerade komme.«

Ich stellte meine Tasche auf einen der gepolsterten Barhocker und zog mir Schal und Mantel aus, bevor ich mich hinsetzte. Pierre bereitete bereits meinen Drink zu.

»Warst du doch bei diesem Sender vom anderen Planeten?« Er grinste.

»Longfellow Radio«, korrigierte ich ihn und hob mahnend den Zeigefinger.

»Und wie sind die so?«

»Wie von einem anderen Planeten.«

»Hab ich's doch gewusst.«

»Das ist ein verwunschener Ort direkt unter dem Dach eines Turms, in einem Gebäude aus dem neunzehnten Jahrhundert, alles ist mit hellem Holz verkleidet, und es gibt eine steile Treppe und knarrende Böden«, erklärte ich seufzend.

Pierre gab drei Oliven in mein Martiniglas und schob es zu mir herüber. Dann hob er seinen Whisky on the rocks und wir stießen an.

»Auf die Oliven ohne Stein.«

»Auf die unterm Dach versteckten Paradiese.«

Ich trank einen kleinen Schluck von meinem Martini und atmete tief durch. Auf einmal war alles wieder gut.

»Wie geht es Mario?«, fragte ich dann angelegentlich.

Mario war seit etwa dreizehn Jahren Pierres Lebensgefährte. Ich hielt ihn für einen unerträglichen, zu Größenwahn neigenden Lügner, aber als Innenarchitekt hatte er es zu einigem Ansehen gebracht. Pierre war noch immer sehr verliebt, und Mario und mich verband in unserer jeweiligen Rolle als Lover und beste Freundin seit dem ersten Tag, an dem wir uns unglücklicherweise kennenlernten, ein gepflegter Hass.

»Willst du das wirklich wissen?«

»Nein.«

Pierre, groß, schlank, dunkelhaarig und mit Dreitagebart, ersparte mir einen vorwurfsvollen Blick, denn er wusste über die gegenseitige Abneigung seiner beiden Lieblingsmenschen Bescheid.

»Wie geht es Josh?«, fragte er gelassen, um das Thema zu wechseln.

»Gut, er war nett und herzlich wie immer.« Ich lächelte.

»Und die anderen?«

»Uff, womit fange ich am besten an? Der Chef ist ein kleiner, schmächtiger Typ mit einem Ego von der Größe Godzillas, der es sich nicht nehmen lässt, uns arme Dummköpfe ständig darauf aufmerksam zu machen, wie minderbemittelt wir im Vergleich zu seinem überbordenden Talent sind.«

»Und hat er Talent?«

»Ich fürchte, nein. Ach ja, er ist außerdem davon überzeugt, dass er der einzige Mensch ist, der klassische Literatur liest.«

»Dieser Junge hat alles außer Talent.«

»Und dann ist da noch ein molliger, bärtiger, arbeitsloser Meteorologe, der intelligent und witzig ist und im richtigen Moment stets einen passenden Kommentar auf Lager hat. Und ein Tontechniker, der den unordentlichsten Schreibtisch auf der ganzen Welt hat, aber die Glaswände seines Aquariums sind so sauber, dass sie beinahe unsichtbar sind.«

»Nächste Woche suche ich mal nach dem Sender und höre euch zu«, versprach Pierre.

»Ich glaube nicht, dass dir das Programm gefallen wird. Xavier hat einen Witz über Plutarch gemacht.«

»Und hat ihn außer dir noch jemand verstanden?«

»Josh natürlich. Mich hat dieser Xavier sowieso ignoriert, sicher weil er denkt, dass ein Mädchen im Minirock unmöglich einen Philosophen wie Plutarch kennen kann.«

»Das steht außer Frage. Schade, dass du nicht blond bist.«

Pierre leerte sein Glas in einem Zug und lehnte sich an die Rückwand der Bar. Er blickte über meine Schulter hinweg und lächelte ein wenig rätselhaft.

»Das heißt also, du wirst nächste Woche wieder hingehen.«

»Ja. Irgendwie hat es mir gefallen. Eine schräge Truppe ist das und sie sind mit einer solchen Begeisterung bei der Sache.« Ich lächelte. »Sie glauben, dass eine weibliche Stimme das Programm bereichern könnte, und haben mir eine Sendezeit von zehn Minuten eingeräumt, und ich darf mir ein Thema aussuchen. Da es ein humorvolles Programm ist und die Bereiche Sex, Freizeit und Film bereits vergeben sind, muss ich mir etwas anderes ausdenken. Ich weiß nicht, vielleicht etwas Kulturelles oder Traditionelles.«

»Etwas Traditionelles?« Pierre lachte.

»Ja, keine Ahnung. Aber mir wird schon was einfallen. Nur nicht mehr heute Abend, denn ich bin todmüde.«

»Kannst du noch immer nicht schlafen?«

»Immer nur wenige Stunden. Dabei bin ich so unglaublich müde.« Ich seufzte.

»Aber die dunklen Schatten unter deinen Augen stehen dir hervorragend«, scherzte Pierre. »Wirklich, du bist das schönste Gothic Girl, das ich je gesehen habe.«

»Sehr witzig, Pierre. Es ist ausgesprochen herzlos, sich über Menschen, die an Schlaflosigkeit leiden, lustig zu machen.«

»Ich finde Schlaflosigkeit sehr romantisch.«

In diesem Moment blitzte der Ansatz einer Idee irgendwo in meinem schläfrigen Hirn auf. Ich musste noch darüber nachdenken, aber ich war, was meinen zukünftigen Radiobeitrag anging, auf dem richtigen Weg. Zumindest war es etwas Originelles.

»Vielleicht solltest du dir endlich mal einen anderen Job suchen. Wie lange hältst du es jetzt schon mit diesem gruseligen T-Rex bei Milton aus? Du musst da wirklich weg, Kate.«

»Was ich wirklich unbedingt tun muss, mein lieber Barkeeper, ist, noch einen Martini zu trinken, denn ich habe ein denkwürdiges Jubiläum zu feiern: Heute sind es genau sieben Jahre, die ich für Milton Consultants arbeite. Sieben Jahre«, sagte ich sinnend, »in denen ich die Massaker und das Gebrüll des T-Rex schon ertrage. Sieben Jahre voller Sinnlosigkeit und Menschen, die diese Bezeichnung gar nicht verdienen.« Der Gedanke deprimierte mich plötzlich zutiefst.

Pierre schüttelte den Kopf und füllte mein Glas mit dem Rest, den er noch im Shaker hatte.

»Du hast damals gesagt, dass es nur ein Übergangsjob ist, bis du etwas gefunden hast, was du lieber machst«, erinnerte mich die Stimme meines Gewissens in Gestalt eines Barkeepers, der den Finger in meine Wunde legte.

»Ich weiß. Ich habe diesen Job nur angenommen, um meine Miete bezahlen zu können. Und schau es dir an, jetzt sitze ich in der Falle.«

»Es gibt auch noch ein Leben jenseits von Milton Consultants.«

»Ja, ja. Ich bin ja auch auf der Suche nach einem anderen Job. Seit Jahren schon. Aber du weißt, wie schwer es mir fällt, Entscheidungen zu treffen, einmal bestehende

Verbindungen zu lösen, etwas zu riskieren ...«, jammerte ich zum x-ten Mal.

Dabei klang diese vorgeschobene Entschuldigung selbst in meinen Ohren pathetisch. Und doch hatte sich an diesem Abend etwas verändert. Ich spürte es. Konnte es möglich sein, dass es mich irgendwie mit neuem Mut erfüllt hatte, die verwinkelte Treppe zu dem kleinen Sender in Longfellow tatsächlich hinaufgestiegen zu sein?

»Wirst du für deine Mitarbeit bei diesem Lokalsender eigentlich bezahlt?«, unterbrach Pierre meine Gedanken.

»Soll das ein Witz sein? Das ist eine Gruppe Schiffbrüchiger, die sich jeden Freitagabend einen Rettungsring teilen. Ich glaube, dass das Einzige, was ich davon habe, weitere Therapiestunden sein werden. Nein, ich werde natürlich nicht dafür bezahlt. In meinem Leben klappt einfach gar nichts.«

Mein Freund blickte mir erneut über die Schulter, dann setzte er sich mir genau gegenüber und sah mich an.

»Hör mal, mein Schatz, nun sei mal nicht so bitter, sonst wird mir noch der Wein sauer.«

»Es tut mir leid, Pierre«, entschuldigte ich mich reumütig. »Ja, ich bin bitter. Und traurig. Und in einem schrecklichen Job gefangen. Es fehlt nur noch, dass sie eine Peitsche schwingen, um mir deutlich zu machen, dass ich nur eine Sklavin bin. Und ich kann nicht schlafen.«

»Ich weiß.« Pierre beugte sich vor und strich mir über die Wange. »Ich weiß. Gib diesen verdammten Job endlich auf. Verabschiede dich von diesem T-Rex. Fang noch mal von vorn an.«

»Das kann ich nicht. Ich bin nicht in der Lage, neu anzufangen. Alles Neue macht mir Angst.«

»Aber du bist doch zu diesem Radiosender gegangen, wo du niemanden kennst, und du willst wieder hin. Du hast doch schon etwas Neues angefangen.«

»Das stimmt. Unglaublich eigentlich, oder?«, sagte ich, meine eigene Kühnheit bewundernd. »Auch wenn Marian mich dazu gedrängt hat und ich natürlich wusste, dass Josh da sein würde.«

»Aber es ist ein Anfang.«

Pierre ließ mich kurz mit meinen Gedanken über mögliche Veränderungen allein, um die japanischen Gäste zu bedienen, die ihm von ihrem Tisch aus diskrete Zeichen gemacht hatten. Er servierte ihnen eine weitere Runde Bier und baute sich dann mit einem rätselhaften Lächeln vor mir auf.

»Dreh dich jetzt nicht um«, sagte er leise. »Der Dunkelhaarige von den Freitags-Freaks starrt dich schon die ganze Zeit wie hypnotisiert an. Ich würde sagen, du hast ihn ziemlich beeindruckt.«

»Die Freitags-Freaks?«, fragte ich verwundert.

Er nickte. »Ja. Don, Frank und Punisher, oder so ähnlich, aber ich nenne sie nur die Freitags-Freaks. Sie sitzen immer in derselben Ecke, bestellen Schwarzbier und versuchen offenbar die NASA oder das Pentagon zu hacken. Vielleicht wollen sie die chinesische Regierung stürzen oder einen Börsencrash in Frankfurt verursachen. Zumindest stelle ich mir das so vor. Aber ich mag sie, denn sie sind unglaublich nett. Deswegen reserviere ich ihnen jeden Freitagabend diesen Platz.«

»*Das*«, sagte ich, das Wort hervorhebend, »ist nun wirklich romantisch.«

Ich wandte mich verstohlen um und sah die drei jungen Männer, die, von futuristischem Computerzeug umgeben, konzentriert auf die Bildschirme ihrer brandneuen Laptops starrten. Ich schätzte, dass sie die Stromrechnung des Hotels verdreifachten.

»Und wer ist wer?«, fragte ich neugierig. »Du hast mir noch nie von deinen neuen Freunden erzählt.«

»Auch ein Mann hat seine Geheimnisse.«

Pierre stützte sich auf die Theke und sah offen zu den dreien hinüber.

»Der bleiche Dünne mit dem weißen Hemd und den Kugelschreibern in der Brusttasche, der übrigens ziemlich niedlich ist, ist Frank, aber sie nennen ihn Sierra, frag mich nicht, warum. Soweit ich das beurteilen kann, steht er auf Nike-Turnschuhe und scheint ein ganzes Sortiment davon zu haben. Der ungepflegte Dicke mit dem grünen Shirt und den wirren Haaren ist Punisher. Und der rätselhafte große Schönling mit dem sportgestählten Körper und dem ernsten Gesicht ist Don.«

»Woher weißt du das?«

»Ich habe ziemlich viel freie Zeit, um mich zu langweilen, während ich die wenigen Gäste bediene, die den Weg hierher finden. Und wie jeder gute Barkeeper kann ich zuhören.«

»Du spionierst sie aus?«

»Psst«, schimpfte Pierre und runzelte die Stirn. »Ich glaube, der Schönling ist bei der Polizei.«

# Kaffee, Pancakes und Argonauten

## DON

Die Samstage begannen immer auf die gleiche Weise.

Ich wachte auf und erkannte, ohne auf die Uhr zu schauen, an dem Kaffeeduft, der ins Zimmer zog, dass es kurz vor halb neun war. Charlie sagte immer, dass das unmöglich sei, da die Küche ein Stockwerk tiefer lag und nicht einmal direkt unter meinem Zimmer. Dass Gerüche sich nicht mal über den Kamin einfach so verbreiten. Woraufhin mein Vater jedes Mal lächelnd mit den Schultern zuckte und schwieg.

Ich ging auf nackten Füßen zu meinem Schreibtisch, warf einen Blick auf die drei eingeschalteten Computer, stellte fest, dass sie relativ normal liefen, und ging zu meiner Familie hinunter. Wobei sich in der Zwischenzeit zu dem sich auf mysteriöse Weise aufsteigenden Kaffeegeruch noch ein weiterer süßer Duft gesellt hatte, der dafür sorgte, dass mir das Wasser im Mund zusammenlief.

»Pancakes«, sagte ich seufzend, als ich in die Küche trat.

»Guten Morgen, Don«, begrüßte mich mein Vater, während er am Herd stand und die Pfanne mit den samstäglichen Pancakes nicht aus den Augen ließ. »Du kommst wie immer genau im richtigen Moment.«

»Am Samstag gibt es Pancakes«, riefen Jacob und Jasper unisono.

Jacob und Jasper waren sechsjährige Zwillinge, die kein Mensch unterscheiden konnte. Manchmal trafen wir ins Schwarze, mussten aber letztlich zugeben, dass es reiner Zufall war, wenn wir sie mit dem richtigen Namen ansprachen. Deshalb hatten wir irgendwann beschlossen, die beiden als eine Einheit mit zwei Köpfen zu akzeptieren und ihre Namen in einem Zug zu nennen, wobei mein Vater sie manchmal auch »die Argonauten« nannte, weil es ihnen immer ziemlich schwerfiel, nach Hause zurückzukehren. Nur mein Bruder Charlie hatte seine Probleme mit den Zwillingen.

»Die sind mir irgendwie unheimlich«, meinte er. »Schaut sie euch doch an: zwei identische Blondschöpfe. Und so gruselig wie die Horror-Zwillinge aus *Shining*.«

Ich fand die Zwillinge überhaupt nicht gruselig. Kate hätte sie wahrscheinlich als »zauberhaft« beschrieben, aber da ich zu diesem Zeitpunkt noch kein Wort mit Kate geredet hatte, was ich sehr bedauerte, müssen Sie, liebe Leser, sich damit zufriedengeben, dass ich sie einfach nett fand. Ich mochte Jacob und Jasper aus drei Gründen: Sie tauchten immer überraschend bei uns auf, brachten Charlie regelmäßig auf die Palme, und ihre Antworten enthielten eine erstaunliche Weisheit, obwohl sie noch so jung waren (oder vielleicht gerade deswegen).

Die Zwillinge waren die Kinder von Sarah, einer Nachbarin, die etwa fünf Minuten von uns entfernt wohnte, wenn man ein kleines Birkenwäldchen durchquerte, und die mein Vater als Mädchen für alles eingestellt hatte. Sie kam dreimal in der Woche zu uns, um das Haus zu putzen, die Einkäufe zu erledigen und ein Auge auf unsere Wäsche zu haben. Wir waren ziemlich autonom, was die Haushaltsführung anging, aber manchmal kam uns ein wenig Hilfe von außen ganz gelegen. Charlie war der penibelste von uns – immer sauber und ordentlich, was seine Person und seine Sachen anging. Aber er war bei Sarah in Ungnade gefallen, weil er einmal einen der Zwillinge mit einem Edding auf der Stirn markiert hatte, damit wir sie auseinanderhalten konnten. Das hatte ihrer Mutter gar nicht gefallen, und seitdem hatte sie kaum noch ein Wort mit Charlie gewechselt, nicht mal, wenn es darum ging, ihn zu beraten, wie man einen Fleck auf seiner Krawatte am besten entfernte.

»Ich verstehe nicht, warum sie sich wegen der Sache so aufgeregt hat«, sagte mein unsensibler kleiner Bruder hin und wieder. »Ich wette, ich bin nicht der Erste gewesen, der etwas in der Art vorgeschlagen hat. Verdammt, sie ist doch selbst nicht in der Lage, ihre beiden Kinder zu unterscheiden!«

Jedenfalls saßen besagte Zwillinge an diesem Samstagmorgen am Tisch und hatten das Besteck schon in der Hand, während sie ungeduldig auf die Pancakes warteten.

»Guten Morgen, Papa«, grüßte ich auf dem Weg zur Anrichte. »Guten Morgen, Jungs.«

»Hallo, Don«, antwortete einer von ihnen und warf mir einen kurzen Blick zu.

»Die ersten Pancakes sind schon reserviert«, warnte mich der andere. »Du musst warten, bis du dran bist.«

Neben der Spüle thronte ein beeindruckender Kaffeevollautomat, den Charlie uns zu Weihnachten geschenkt hatte. Ein Monstrum, das diese superteuren Kapseln schluckte, die angeblich eine erlesene Mischung an Kaffeesorten aus irgendwelchen exotischen Ländern enthielten. Mein Vater und ich ignorierten es üblicherweise, wenn wir nicht gerade in Eile waren und ganz schnell einen Kaffee brauchten, bevor wir das Haus verließen. Wir benutzten lieber weiterhin den einfachen Espressokocher aus Metall, den man mit Pulver füllte und auf den Herd stellte, wo er brodelnd und zischend die dunkle Flüssigkeit in den oberen Teil der Kanne presste, die ein wenig in die Jahre gekommen war.

»Der Kaffee ist ganz frisch.« Mein Vater zwinkerte mir zu.

Ich hatte mir gerade eine Tasse von dem köstlichen duftenden Gebräu genommen, als eine junge Blondine im schwarzen Kostüm mit Stöckelschuhen und einer Handtasche, die sicher mehr als das Doppelte meines Monatsgehalts gekostet hatte, in die Küche trat.

Die Zwillinge starrten sie mit offenen Mündern an.

»Guten Morgen«, begrüßte mein Vater die fremde junge Frau lächelnd. »Pancakes?«

»Nein«, entgegnete mein Bruder, nahm die Blondine am Arm und zog sie mit sich fort. »Miranda wollte gerade gehen.«

»Na ja«, wandte die junge Frau ein, »so eilig habe ich es eigentlich gar nicht ...«

»Doch, hast du«, fiel Charlie ihr ins Wort und schob sie entschlossen aus der Küche. »Das Taxi wartet schon.«

Mein Vater und ich sahen uns an und wussten, dass wir die blonde Miranda nicht mehr wiedersehen würden.

Als Charlie wenige Minuten später zurückkam, ging er direkt zu seinem kostbaren Kaffeeautomaten.

»Jetzt brauch ich erst mal einen doppelten Espresso«, erklärte er und legte eine Kapsel ein.

»Wer war diese Frau?«, fragte einer der Zwillinge.

»Mag sie keine Pancakes?«, wollte der andere wissen.

»Meine Güte, was machen diese beiden Klone schon wieder hier?«, beschwerte sich mein Bruder, während er auf seinen Espresso wartete.

»Wenn du weiterhin alle Leute vergraulst, wirst du eines Tages sehr einsam sein«, meinte mein Vater und legte die ersten Pancakes auf die Teller der Zwillinge.

»Meinst du wegen Miranda?« Charlie zuckte die Achseln. »Sie ist nur eine ...«

»Genau«, unterbrach mein Vater ihn. »Wie das Mädchen vom letzten Samstag und das vom Monat davor und das von vor drei Monaten und all die anderen, die am Wochenende hier auftauchen und niemals wiederkommen.«

»Wir kommen immer wieder«, meinte einer der Zwillinge und legte tröstend seine kleine Hand auf die Pranke meines Vaters, in der er noch den Pfannenheber hielt.

»Wir lieben deine Pancakes, Norm«, sagte der andere.

»Danke, Jungs.«

Mein Vater gewann sein samstägliches Lächeln zurück, und ich verlangte nach meiner Portion Pancakes und der Milch, während Charlie, in einer Hand die Tasse mit dem Espresso und in der anderen die Wirtschaftszeitung vom Vortag, brummend in Richtung Treppe verschwand – eine Szene, wie sie sich jeden Samstagmorgen im Haus der Familie Berck abspielte.

Als die Zwillinge so viele von den Pancakes verputzt hatten, dass die obersten Knöpfe ihrer Hosen fast abzuplatzen drohten, erklärten sie das Frühstück für beendet, verabschiedeten sich fröhlich und versprachen, bald wiederzukommen. Wir winkten ihnen durchs Fenster, während sie auf ihre Fahrräder stiegen und sich auf den Heimweg machten. Dann blieben wir noch kurz am Küchentisch mit der uralten grün karierten Decke sitzen.

»Weg sind sie, zwei glückliche junge Männer auf der Suche nach neuen Abenteuern«, meinte Papa lächelnd und fing an, das Geschirr abzuräumen.

»Apropos Abenteuer ...«

»Bist du etwa immer noch mit der Segursmart-Sache beschäftigt, Don?« Er klang besorgt.

»Ja.« Ich nickte. »Irgendwann werden sie einen Fehler machen, und dann schlage ich zu.«

Mein Vater seufzte, und plötzlich wurde mir bewusst, dass er weit über sechzig war. Wann war er so alt geworden? Sein Haar war inzwischen ganz weiß, und er wirkte nicht mehr so stattlich wie vorher.

»Don, denkst du nicht, dass es an der Zeit ist, damit aufzuhören und die ganze Sache zu vergessen?«

»Papa, du weißt besser als jeder andere, dass ich das nicht kann. Und sie verdienen eine Strafe für das, was sie Gabriel und vielen anderen Menschen angetan haben. Ich weiß, wie schlimm sie sind, und wenn ich nichts dagegen tue, werde ich zum Komplizen.«

»›Das Böse triumphiert allein dadurch, dass gute Menschen nichts unternehmen.‹ Edmund Burke.«

»Also wenn du es verstehst, warum soll ich dann nicht dranbleiben?«

»Weil ich mir Sorgen um dich mache, Junge. Inzwischen sind fast fünf Jahre vergangen, und mir wäre lieber, wenn du in die Zukunft schaust. Ich weiß, dass das alles schrecklich war und schwer zu vergessen, aber manchmal habe ich das Gefühl, dass du für den Rest deines Lebens auf der Stelle trittst.«

Ich stand auf und legte meinem Vater kurz die Hand auf die Schulter. Ich war überrascht, wie fest sie war.

»Ich weiß«, sagte ich und ging zur Küchentür. »Wenn die Sache vorbei ist, schaue ich wieder in die Zukunft.«

Mein Vater war sein ganzes Leben lang Schreiner gewesen. Und jedes Mal, wenn das Thema irgendwie zur Sprache kam, erzählte er stolz, dass er erst sechs Jahre alt gewesen war, als er zum ersten Mal einen Hammer in der Hand gehalten hatte.

»Und du hast dir damit auf den Finger gehauen, als du deinen ersten Nagel eingeschlagen hast«, vollendeten Charlie und ich dann im Chor die Anekdote, die zur Familientradition gehörte.

»Genau so war's«, entgegnete er heiter und geduldig. »Mit fünfzehn Jahren bin ich bei einem Freund eures Großvaters in die Lehre gegangen. Und mit dreiundzwanzig habe ich schon meine eigene Werkstatt eröffnet.«

Charlie und ich erinnerten uns noch gut an die Werkstatt unseres Vaters - Schreinerei Berck -, weil wir als Kinder viele Stunden dort im Sägemehl gespielt und mit den dicken roten Stiften gemalt hatten, die sich in unseren kleinen Händen riesig anfühlten.

Meine Mutter starb bei einem Autounfall, als ich fünf und Charlie zwei Jahre alt war. Niemand trug die Schuld daran, weder ein anderer Fahrer noch eine zu hohe Geschwindigkeit. Es hatte einfach nur geregnet wie fast immer in Coleridge, und ihr Auto war auf der nassen Straße aus der Kurve geflogen. Es war gegen die Leitplanke geknallt, hatte sie durchbrochen und war den Abhang hinuntergerollt, hatte sich dabei ein paarmal überschlagen, und meine Mutter hatte das Pech gehabt, sich tödlich am Kopf zu verletzen. Mein Bruder Charlie hatte, im Kindersitz angeschnallt, auf dem Rücksitz gesessen. Er war unversehrt, aber es dauerte zwei Stunden, bis er aus dem Auto befreit werden konnte. Mein Vater sagt, dass die Feuerwehrleute das Schlimmste befürchteten, als sie endlich an ihn herankamen. Aber Charlie war einfach nur eingeschlafen, nachdem er lange geweint und nach meiner Mutter gerufen hatte.

In den folgenden zwei Jahren hatte meine Großmutter Sofia, die Mutter meiner Mutter, bei uns gewohnt, um sich um Charlie und mich zu kümmern. Natürlich hätte sie sich auch um unseren Vater gekümmert, der ihre Hilfe jedoch nicht zuließ. Denn Norm war zu einem menschlichen Kaktus geworden, der bei jedem die Stacheln ausfuhr, der näher als einen Meter an ihn und seinen Schmerz herankam.

Ich erinnere mich nicht mehr gut an diese Zeit, obwohl ich meine Mutter nicht vergessen habe. Ich weiß noch, wie ihre Stimme klang und wie ihr Gesicht und ihre Hände aussahen, auch wenn die Zeit meine Erinnerung verzerrt haben mag. Und an einem Sommernachmittag waren sie und ich den Strand entlanggegangen und hatten ein Eis gegessen. Charlie hat mich irgendwann mal gefragt, ob ich mich noch an Mama erinnere. Damals war er etwa acht Jahre alt, und wir schliefen noch im selben Zimmer. Ich hörte ihn leise in sein Kissen weinen, weil er wie so oft in der Schule geärgert worden war. Ich hätte ihn gern getröstet oder mir die Schuldigen vorgeknöpft, aber bei Charlie funktionierte das nicht. Wenn ich etwas gelernt hatte, dann, dass mein Bruder auf seine Art stolz und hart war und alles ablehnte, worum er nicht gebeten hatte. Wenn er meine Hilfe oder meinen Trost gewollt hätte, hätte er es gesagt.

»Erinnerst du dich noch an Mama?«, fragte er an jenem Abend, als er sich einigermaßen beruhigt hatte und wieder mit normaler Stimme sprechen konnte.

»Nein«, log ich und hörte seinen erleichterten Seufzer.

Charlie wollte immer besser sein als ich – auch als Erwachsener will er das noch –, und es wäre schlimm für ihn gewesen, wenn ich etwas gehabt hätte, was ihm verwehrt geblieben war. Ich hatte das Gefühl, dass es tröstlich für ihn war, dass wir unter den gleichen Bedingungen Halbwaisen waren. Bei Charlie gelangte man schnell auf unbekanntes Gelände. Es war schwer, seinen Gedankengängen zu folgen oder die Motive seines Handelns zu verstehen. Auf der Polizeischule lernt man, die Reaktionen der Menschen vorauszusehen, um in heiklen Momenten richtig zu handeln. Doch bei meinem

Bruder ist es mir nur sehr selten gelungen vorauszuahnen, was er tun würde.

»Aber wir haben ja Papa«, hatte ich gesagt. »Er kümmert sich genauso gut um uns wie all die Mütter, die am Nachmittag vor der Schule warten. Du kannst ihm alles erzählen.«

Charlie hatte nicht darauf geantwortet, und ich hoffte, dass er am nächsten Morgen seinen Stolz überwinden und mich oder Papa um Hilfe bitten würde. Nach einer gefühlten Ewigkeit hörte ich ihn sagen: »Danke, Don.« Dann schlief er ein.

Ich weiß nicht, wann und wie, aber die Zeit verging, meine Großmutter kehrte nach Hause zurück, und mein Vater füllte den leeren Raum in unserer kleinen Familie aus. Seine Werkstatt war unser Zuhause. Dorthin gingen wir nach der Schule, und sie war der Ort, an dem wir spielten, lernten und zu Mittag und manchmal auch zu Abend aßen. In meiner Erinnerung war die Schreinerei Berck immer von Wärme, honigfarbenem Licht und dem Lachen meines Vaters erfüllt und voller Holzstücke, mit denen man ein Fort bauen und Indianer spielen konnte. Wir saßen in der Werkstatt, und am Abend waren selbst unsere Socken voller Sägespäne. Unsere Wohnung dagegen, in die wir nur zum Schlafen zurückkehrten (die Wochenenden verbrachten wir fast immer im Haus meiner Großeltern, in dem wir nun auch leben), war ein trauriger, ungemütlicher Ort, den ich aus meinem Gedächtnis gestrichen hatte.

Nach und nach gewann mein Vater sein ausgeglichenes Wesen und seine unerschütterliche Art, die unvorhersehbaren Dinge des Lebens mit Ruhe anzugehen, zurück. Er war wieder genauso verständnisvoll wie vorher, hatte immer Zeit zuzuhören und sah mit ungetrübtem Blick den Unwägbarkeiten der Zukunft entgegen. Doch während ich vollauf damit beschäftigt war, erwachsen zu werden, wurden seine grauen Augen ein wenig trüber und ein kaum erkennbarer Schleier der Traurigkeit legte sich über seine Iris.

Als mein Vater in den Ruhestand ging, arbeiteten in der Schreinerei fünf Schreiner und zwei Lehrlinge. Meine Großeltern waren seit etwa fünfzehn Jahren tot, wir verkauften die Wohnung in der Stadt und zogen in dieses wunderbare Haus. Papa übergab die Schreinerei Berck seinen Angestellten und war länger als ein Jahr damit beschäftigt, das Haus seiner Eltern zu renovieren: Dach, Kamine, Wände, Farbe ... Mit viel Geduld und Liebe richtete er es so schön her, dass Charlie und ich noch immer dort wohnten, obwohl wir erwachsen und finanziell unabhängig waren.

»Warum hast du eigentlich nicht wieder geheiratet?«, fragte mein Bruder meinen Vater eines Tages, nachdem dieser ihm seine ständigen Eroberungen vorgeworfen hatte.

»Es geht hier nicht um mich. Aber eines lass dir gesagt sein: Als deine Mutter und ich uns kennengelernt haben, ist sie jeden Samstag zum Frühstück geblieben.«

Da hatte Charlie geschwiegen und sich mit seiner Wirtschaftszeitung oder dem aktuellen Finanzbericht in sein Zimmer verzogen. Und seither war nie mehr über dieses Thema gesprochen worden.

Doch eines Abends im Winter, als Papa und ich am Kamin Schach spielten, überkam mich doch die Neugier.

»Papa, nach Mamas Tod warst du so viele Jahre allein ... Ich frage mich, ob du gar kein ... Liebesleben mehr hattest.«

Er hatte mich über seine Schildpattbrille, die er zum Lesen brauchte, überrascht angesehen und sich dann mit einer Hand durchs weiße Haar gestrichen.

»Frage ich dich nach deinem Liebesleben?« Er lächelte, um nicht allzu abweisend zu wirken.

»Na ja, du hast Charlie und mir schon öfter gesagt, wie wichtig es ist, eine Partnerin zu finden, mit der man eine Familie gründen kann.«

»Das liegt daran, dass ich gerne Kinder in diesem Haus hätte.«

»Wir haben doch schon die Argonauten.«

»Was für ein Segen!«, meinte er, nahm die Brille ab und sah mich schmunzelnd an. »Ich wäre gern Großvater.«

»Aber wenn wir eine Familie hätten, würden wir hier ausziehen müssen, und du wärst allein.«

»Es wäre schlimmer, wenn es nicht so käme. Wohnt ihr deswegen noch hier, weil ihr mich nicht allein lassen wollt?«, fragte er verwundert.

»Na ja, Charlies Gründe kenne ich nicht, aber ich lebe noch hier, weil es mir gut gefällt. Und ich habe keine Lust, in der Stadt zu wohnen. Denkst du, wir sollten wegziehen, um dir genügend Freiraum zu lassen?«

»Nein, mein Junge. Ich denke, ihr solltet das tun, was euer Gefühl euch sagt«, erklärte mein Vater und legte sich eine Hand auf die Brust. »Ich freue mich, wenn ich für euch noch immer eine angenehme Gesellschaft bin, aber es tut mir weh, dich so allein zu sehen.«

»Ich bin nicht allein. Und wechsele nicht wieder das Thema.«

»Ich hatte deine Mutter.«

»Jetzt fang bloß nicht wieder mit der alten Leier an«, beschwerte ich mich.

»Das ist keine alte Leier, Don. Deine Mutter war meine große Liebe. Sie war die Einzige für mich. Und ich hatte das große Glück, ihr zu begegnen. Wie oft passiert einem das im Leben?«

Ich zuckte mit den Schultern. Meine bisherigen Beziehungen hatte ich noch nie unter diesem Aspekt betrachtet.

»Ich will dir nicht auf die Nerven gehen, aber ich würde mich freuen, wenn du und Charlie eines Tages das erleben würdet, was ich mit eurer Mutter hatte.«

»Aber sie ist nicht mehr da«, entgegnete ich leise.

»Du irrst dich. Sie ist immer da.«

Ich glaubte, einen traurigen Schatten in seinen Augen zu erkennen, und senkte rasch den Blick auf das Schachbrett. Aber auf gewisse Weise beruhigte es mich, dass wenigstens einer von uns in der Lage war, seine Erinnerungen zu bewahren.

Mit Ende sechzig führte mein Vater ein aktives Leben und langweilte sich keinen Moment. Das Haus war groß und eröffnete, hier in der freien Natur, so viele Möglichkeiten, sich zu beschäftigen: kleine Reparaturen, der Bau eines neuen Möbelstücks oder eines Vogelkäfigs, das Projekt, einen Gemüsegarten anzulegen (eine Idee der Zwillinge), die Möglichkeit, einen Hühnerstall einzurichten ... Und an den Nachmittagen fuhr Papa mit seinem Geländewagen in die Stadt, um sich in seinem alten Viertel mit seinen Freunden zum Domino zu treffen oder einen Kochkurs, einen Lesekreis, einen Schachclub oder gar eine Yogastunde zu besuchen.

Aber in all den Jahren hatte ich ihn nie von einer möglichen Beziehung reden hören. Man dachte einfach nicht daran, dass die eigenen Eltern ein eigenes Gefühlsoder Sexualleben hatten. Aus irgendeinem Grund ignorierte das Gehirn diese Möglichkeit und belegte sie mit einem Tabu.

»Es geht mir gut, Don«, sagte mein Vater und legte seine Hand auf meine, »aber danke, dass du gefragt hast.«

»Vielleicht lernst du ja in deinem neuen Kurs ›Fimo-Kneten für Rentner‹ eine hübsche Oma in deinem Alter kennen, die deine zukünftigen Enkel mit dir teilen möchte. Aber erzähl es besser nicht Charlie, denn ich fürchte, er würde so eine Beziehung sabotieren, falls die neuen Rentenpläne ihn um das väterliche Erbe fürchten lassen.«

»Nichts davon.« Er schmunzelte.

»Denkst du, dass Charlie nicht dazu in der Lage wäre?«

»Unglücklicherweise traue ich das Charlie absolut zu. Aber es gibt keine solche Frau in meinem Leben.«

»Du weißt aber, dass du immer mit mir darüber reden kannst, wenn es so wäre, oder?«

»Danke, mein Junge. Du wirst der Erste sein, der es erfährt, wenn das irgendwann mal der Fall sein sollte.« Mein Vater setzte sich die Brille wieder auf und ermunterte mich mit einer Geste, das Schachspiel wiederaufzunehmen.

Er räusperte sich, um sein Grinsen zu überspielen, während er in aller Ruhe seinen Turm zog und sich einen meiner Bauern schnappte.

»Ich lerne gerade, wie man Brot backt.«

»Wie bitte?«, fragte ich und starrte geistesabwesend auf das Schachbrett. Das Spiel sah nicht gut aus für mich.

»Der Kurs, den ich gerade im Gemeindezentrum absolviere. Er heißt nicht ›Fimo-Kneten für Greise‹, sondern ›Brot backen für Rentner‹.«

»Wie auch immer«, brummte ich.

»Und ... also ... Junge, wenn du deine Königin wirklich dahin schiebst, fürchte ich, dass du schachmatt bist.«

# Die Traurigkeit der Sonntage

## KATE

Am Wochenende pflegte ich meine übliche Schwermut. Auch wenn Pierre mir zu Recht vorwarf, dass ich mit meinem Trübsinn einer unglücklichen Prinzessin seinen Weißwein ruinierte, glaube ich nicht, dass er wirklich wusste, was wahre Traurigkeit bedeutet. Ich hatte mein Leben so weit wie möglich heruntergefahren, damit mich nichts mehr aus der Ruhe brachte. So vergingen die Stunden in einem angenehmen Nebel, der alles besser erscheinen ließ, wenn ich nicht über meine Situation nachdachte.

Ich hatte keine Ahnung, wie es so weit hatte kommen können, nahm aber an, dass das Alleinsein – meine Eltern und mein Ex-Freund hatten mich dem feuchten Klima in Coleridge überlassen –, die freudlose Arbeit bei Milton Consultants und die einsamen Wochenenden, an denen ich mich zu entspannen versuchte, schuld daran waren. Tagsüber erfasste mich eine bleierne Müdigkeit, und in den Nächten konnte ich nicht schlafen.

Und dieses Wochenende bildete keine Ausnahme. Ich hatte kaum geschlafen, gönnte mir aber, im Bett zu bleiben, um zu lesen und alte Filme auf DVD anzusehen. Den Gang zum Supermarkt schob ich so lange wie möglich vor mir her, bis mein Magen unangenehm knurrende Geräusche von sich gab und meine Beine zitterten, weil ich unterzuckert war. Ich hasste es, am Wochenende einkaufen zu gehen. Wo mich glückliche Familien mit Einkaufswagen voller Windeln, frühlingshaft duftendem Waschmittel und Popcorn durch die Gänge verfolgten, um mich daran zu erinnern, wie traurig mein halb leerer roter Einkaufskorb dagegen aussah. Ich kam mir vor wie Rotkäppchen, das sich mit zwei Äpfeln, drei Orangen, einem Päckchen Spaghetti und einer Minitüte mit geriebenem Käse in der Tiefkühlabteilung verlaufen hatte. Auch wenn die Erfindung von einzeln verpackten Lebensmitteln für Singles einen gewissen Frieden in meinen Haushalt gebracht hatte, verursachte die unerbittliche Verfolgung durch die glückliche Durchschnittsfamilie (zwei Erwachsene und zwei zuckersüße kleine Monster) mir Magenschmerzen und begrub mich unter tonnenweise Traurigkeit.

Und als wäre der Besuch des Supermarkts nicht schon Folter genug, rief ich, wenn ich wieder zu Hause war, meine Eltern über Skype an.

Im April war es acht Jahre her, dass meine Eltern in den Ruhestand gegangen und in den kleinen Ort Mirall de Mar an der katalanischen Küste gezogen waren. Sonnenhungrig, wie sie waren, genossen sie das mediterrane Meer, das so viel angenehmer war als der stürmische Ozean der englischen Küste, und vergaßen die ewigen Regentage in Coleridge, wo sie vorher gelebt hatten. Ich mochte den englischen Regen und die frühe Dunkelheit, sogar an den Nachmittagen im Frühling, sie jedoch nicht. Sie waren sonnenhungrige Rentner, die jede Stunde des Tages auskosten wollten.

Allerdings waren meine Eltern nicht nur wegen des Klimas umgezogen. Einige Jahre zuvor hatte meine Schwester Sharon einen äußerst seriösen katalanischen Notar geheiratet und lebte seitdem in Girona. Und bei einem unserer Besuche bei den frisch Verheirateten hatten meine Eltern das kleine Fischerdorf Mirall de Mar entdeckt, das nur wenige Kilometer von Girona entfernt lag, und sich sofort in den Ort verliebt. Die Entscheidung, da ein Haus zu kaufen, um den Rest ihres Lebens dort zu verbringen, trafen sie jedoch erst Jahre später. Vor allem, weil Sharon ihre Fruchtbarkeit unter Beweis stellte und in neun Jahren fünf Kinder bekam.

Ich nehme mal an, dass niemand etwas dafürkonnte, dass der Umzug meiner Eltern genau in der Zeit stattfand, als mein damaliger Freund Robert, der Wunderbare, beschloss, fortan für einen Erdölkonzern an der Nordsee zu arbeiten, und deswegen – wie zu erwarten gewesen war – an die Nordsee umzog. Ich hingegen blieb allein in meinem Gefängnis bei Milton Consultants zurück und tröstete mich mit den regnerischen Nachmittagen in Coleridge.

»Hallo, Papa«, begrüßte ich das leicht verzerrte Bild auf dem Monitor, nachdem mein Vater beim fünften Versuch den Skype-Anruf entgegengenommen hatte.

»Hallo, mein Schatz, was für eine Überraschung!«

Eigentlich war es keine Überraschung, denn ich rief jeden Samstagnachmittag an, nachdem wir das vor einiger Zeit so vereinbart hatten.

»Wie geht es euch?«, fragte ich.

»Na ja, die Sonne scheint ganz warm, obwohl schon November ist. Und heute Morgen haben wir einen langen Spaziergang am Strand gemacht. Wie läuft's bei dir?«

Mein Vater redete immer über das Wetter, ohne auf meine Fragen einzugehen.

»Hier regnet es wie immer. Aber es ist viel kälter als sonst zu dieser Jahreszeit. Es könnte sogar schneien.«

»Ah, wunderbar! Ein kalter November. Ich werde es in den Nachrichten verfolgen. Ah, da kommt deine Mutter. Ich mache ihr mal Platz.«

»Ich hab dich lieb, Papa.«

»Ich dich auch, mein Schatz.«

Auf dem Bildschirm erschien meine Mutter mit einem vielleicht zweijährigen Kind auf dem Arm. Es war eine meiner Nichten. Oder Neffen. Ich wusste nicht viel über die Kinder meiner Schwester. Nur, dass es drei Jungen und zwei Mädchen waren, wenn mir nicht eins entgangen war, und dass sie alle unter zehn Jahre alt waren. Und das war's auch schon mit meiner familiären Übersicht. Ich war nicht in der Lage, den Kindern Namen oder ein konkretes Alter zuzuordnen.

In diesem Moment hielt meine Mutter ein rotgelocktes Enkelkind auf dem Schoß, das mich mit einem weißen Schnuller im Mund anstarrte. Es war für mich nicht zu erkennen, ob es ein Mädchen oder ein Junge war.

»Hallo, Mama. Hallo, äh … Baby.«

»Das ist deine Nichte Marion, die Kleine«, sagte meine Mutter ungeduldig, während sie dem Kind übers rote Haar strich, als gäbe es auch eine »Marion, die Große«.

»Aha, für mich sehen die alle gleich aus.«

»Aber was redest du denn da, Kate?! Was willst du den Kindern denn zu Weihnachten mitbringen, wenn du keine Ahnung hast, wer wer ist, wie alt sie sind und welches Spielzeug sie mögen?«

Puh, das war gefährliches Gelände. Wenn meine Mutter die Super-Oma rauskehrte, endeten unsere Gespräche meistens unschön. Wobei unsere Gespräche eigentlich immer eher unschön endeten, zumindest was mich betraf, die ich irgendwann nur noch einsilbige Antworten gab, während Mama pausenlos davon schwärmte, wie großartig Sharon, ihr Schwiegersohn und ihre Enkelschar waren. Normalerweise schaltete ich ab, wenn sie in Science-Fiction abglitt und die Superkräfte meiner Nichten und Neffen zur Sprache kamen – alle waren selbstverständlich hochbegabt, perfekt erzogen, Elitesportler, zukünftige Retter der Welt und sooo niedlich. Dann fragte ich mich, warum wir nie über mich redeten, darüber, wie es mir ging und ob ich sie vermisste.

»An Weihnachten besuche ich euch, liebste Mama, in eurem wunderschönen Haus am Meer, und dann gehst du mit mir Geschenke und Spielzeug für die Kleinen kaufen, weil ich ohne dich sowieso aufgeschmissen wäre, und das weißt du.«

Das schien sie ein wenig zu besänftigen.

»Ist ja gut, mein Schatz. Ich kann nicht lange reden, denn die beiden Kleinen sind hier, und ich hab versprochen, einen Kuchen zu backen. Später kommen Sharon und ihr Mann, und wir gehen zusammen essen.«

»Schön, das freut mich. Bitte grüß alle von mir.«

»Natürlich, mein Schatz.«

Die kleine Marion hielt dies für den richtigen Moment, um den Schnuller gegen den Bildschirm zu spucken und ein bisschen zu jammern, damit die Oma sich wieder ihr zuwandte.

»Was hat denn meine süße Kleine?«, fragte meine Mutter sofort.

Ich kann nicht mehr schlafen, hätte ich am liebsten gesagt, ich habe mich in meiner Einsamkeit so eingerichtet, dass ich nicht mehr in der Lage bin zuzulassen, dass mich jemand berührt. Ich vermisse dich, und ich vermisse mein Leben, wie es war, als du und Papa noch hier gewesen seid. Ich vermisse Sharon, wie sie war, bevor sie zur Supermutter wurde, als man mit ihr noch über andere Dinge als Windeln und Zahnspangen reden konnte.

Denn wenn man bedachte, dass Sharon die Ältere von uns beiden war, müsste ich ja eigentlich die süße Kleine meiner Mutter sein.

Doch ich schwieg und fragte mich zum millionsten Mal, ob ich meine Schwester um ihr Leben beneidete.

Nein, trotz der Erkenntnis, dass ich dringend eine Veränderung brauchte, trotz der Phobien und Manien, die ich in dem Chaos meiner verstaubten, schlummernden Seele ausgegraben hatte, wusste ich zweifellos, dass ich es vorzog, ich selbst zu sein. Nicht mal der trübste Sonntag in den regnerischen Straßen von Coleridge, nicht mal mein schweres Herz oder der Kloß, der gerade in meinem Hals aufstieg, waren Grund genug, mich an die Stelle von Sharon zu wünschen.

Die kleine Marion, der nicht nur ihr Schnuller, sondern auch jegliche Skrupel zu fehlen schienen, erbrach eine weißliche Flüssigkeit auf den Computer meiner Mutter. Danach sah sie mich leicht perplex an und schenkte mir ein triumphierendes zahnloses Lächeln.

»Oh mein Gott!«, rief meine Mutter mit angewiderter Miene und sprang auf. »Mark, bring mir sofort einen Lappen, bevor der ganze Laptop ruiniert ist!«

»Mama ...«

Doch das Bild der überforderten Großmutter war bereits vom Monitor verschwunden und durch die Nachricht Ende der Verbindung ersetzt worden. Es hätte schlimmer kommen können.

Am Sonntag überkam mich jedes Mal eine Art nervöser Unruhe, die bei mir stets im Verbund mit der hartnäckigen Schlaflosigkeit auftrat. Also zog ich mir meinen Mantel, einen Schal, Handschuhe und eine Mütze an und trat beherzt in den stürmischen Tag hinaus. Es war zwar nicht ganz so kalt wie in Longfellow, das näher an den Bergen lag, aber für Anfang November war die Temperatur eindeutig zu niedrig. Ich machte mir eine mentale Notiz, meinen Vater am nächsten Samstag nach den Wetter-Statistiken der letzten Jahre zu fragen.

Mit strammem Schritt machte ich mich auf den Weg in die historische Altstadt, und wie immer, wenn ich durch diese alten Gässchen ging, die das einundzwanzigste Jahrhundert kaum verändert hatte, legte sich meine innere Unruhe nach und nach. Bis nur noch die vertraute Melancholie der Sonntagnachmittage übrigblieb.

Ich erinnerte mich nicht mehr genau, ab wann dieser Lauf gegen die Verzweiflung zu einer festen Gewohnheit wurde. Ich spürte die Last der Traurigkeit bei jedem Schritt. Sie war eine treue Begleiterin geworden, meine einzige, denn alle anderen hatten mich verlassen, und so waren nur wir beide übriggeblieben.

Die rötlichen Pflastersteine und die niedrigen Häuser im alten Ortskern von Coleridge – Zeugen einer Geschichte, die so leidenschaftslos war, dass sie nicht mal mit Blut getränkt wurde – prägten diesen Teil der Stadt. Der Jahrhundertwechsel war in den engen Gassen, den verborgenen Durchgängen, den kleinen Brücken und den vielen versteckten Nischen nicht zu erkennen. Es gab keinen Asphalt und kaum Verkehr, nur die Stille des Sonntagnachmittags und die leisen Schritte meiner Schuhe.

Je näher ich dem alten Herzen der Stadt kam, desto langsamer schien alles zu werden, alle Hektik kam zum Erliegen. Vor allem am Wochenende, wenn die meisten Leute sich in der Umgebung amüsierten, am Strand oder in den Bergen, die gar nicht so weit entfernt lagen, wie es auf den ersten Blick schien. Das wahre Wesen der Stadt, ihr eigentlicher Kern, war jenseits der gläsernen Häuser des Finanzzentrums und des bunten Gewimmels in den Einkaufsstraßen zu finden, vergessen von den Schulkindern, die sich in den hübschen Parks in den Wohngegenden trafen; ein Herz ohne Pulsschlag, seit die Museen in den neuen Teil von Coleridge umgezogen waren, ein leeres Schneckenhaus, das die anderen Straßen vergessen hatten. Und weil die Traurigkeit in der richtigen Umgebung etwas Malerisches hat, wurde die jahrhundertealte steinerne Altstadt von Coleridge ein unverzichtbarer Bestandteil meiner Schwermut.

Ich lief eine Stunde lang südlich der Stadtmauer entlang, ohne an den Schaufenstern der geschlossenen Geschäfte stehen zu bleiben, vermied die Cafés und begegnete kaum einem Menschen. Meine Schritte führten mich wie von selbst bis vor den Eingang der kleinen romanischen Kirche, in der ich mich eine Weile ausruhte. Das Gebäude war so schlecht restauriert worden, dass die originalen Teile, die noch vorhanden waren, fast etwas Heldenhaftes bekamen. Die alten zinnoberroten Steine hatten überlebt, ohne sich mit den modernen grauen Wänden anzufreunden. Es tat beinahe weh, an diesem Ort zu sein, bis man den Blick hob und die ungewöhnlichen bunten Fenster über dem Altar sah. An sonnigen Tagen musste es unmöglich sein, dieser gleißenden Woge an Violett und Blau entgegenzublicken, im Herbst jedoch spendete dieser Wirbel aus Farben, der für seine Entstehungszeit äußerst ungewöhnlich war, der müden Seele einen gewissen Trost.

Ich kam nach Hause, als der Wind den Himmel endlich von seinen Wolken befreite und einer abendlichen Sonne Platz machte, die alles in orange- und rosafarbene Töne tauchte. Bevor ich in meine Wohnung hinaufstieg, ging ich bis ans Ende des schmalen Eingangsbereichs und öffnete die alte versteckte Tür neben dem Stromzähler.

Vor Jahren, als ich gerade mal eine Woche in diesem Haus wohnte und noch jede Menge Umzugskisten in den Zimmern und Fluren meiner Wohnung standen, hatte die alte Miss Maudie an meiner Tür geklingelt.

»Ich wohne ein Stockwerk tiefer, direkt unter dir«, stellte sie sich vor.

Sie hatte mich aufmerksam angesehen, mich zu Tee und Ingwerplätzchen in ihre Wohnung eingeladen, und nach einer angeregten Unterhaltung über die furchtbaren kulinarischen Sünden, denen die jungen Köche anheimfielen, das Zimmer verlassen, um mit einem großen schmiedeeisernen Schlüssel wiederzukommen.

»Hier«, sagte sie. »Den kannst du behalten. Ich habe noch einen zweiten Schlüssel. Ich glaube, es wird dir gefallen.« Sie sah mich noch einmal aufmerksam an und murmelte dann mehr für sich selbst: »Ja, es wird dir gefallen.«

»Zu welcher Tür gehört denn dieser Schlüssel?«

»Zu der Tür zum Garten natürlich. Wenn du willst, kannst du jeden Tag hingehen, und wenn du Lust hast, kannst du mir beim Beschneiden der Pflanzen und den anderen Gartenarbeiten helfen. Wobei das, wenn ich ehrlich bin, gar nicht so viel Arbeit ist. Es war schon immer ein ganz ... besonderer Garten. Ich weiß nicht, wie ich es ausdrücken soll ... Mit einem starken Charakter hätte man zu meiner Zeit gesagt. Ich gehe nur im Sommer manchmal hinein, um ein wenig zu gießen, den ein oder anderen widerspenstigen Zweig abzuschneiden und das Unkraut zu zupfen.«

»Tja ... Also ich verstehe gar nichts von Gartenarbeit«, sagte ich entschuldigend.

»Ich auch nicht, meine Liebe. Aber was gibt es da zu verstehen? Sieh dir den Garten einfach mal an. Ich glaube nicht, dass du mir den Schlüssel zurückgeben willst, wenn du einmal einen Fuß hineingesetzt hast«, entgegnete meine Nachbarin mit einem seltsamen Glitzern in den Augen.

Noch am selben Tag, als die alte Miss Maudie, eingehüllt in ihren braunen Maulwurfmantel und einer Boa aus rosafarbenen Federn, einkaufen ging, machte ich mich auf die Suche nach der magischen Tür im Eingangsbereich des Hauses. Und als ich hindurchschritt, hatte ich das Gefühl, das märchenhafte Narnia zu betreten.

Das, was Miss Maudie »Garten« nannte, war eine rechteckige Parzelle von etwa achtzig Quadratmetern, die versteckt hinter den hohen Gebäuden lag, die unser altes Haus umgaben. Ein kleines Stück wuchernden Urwalds, wo Bäume, Büsche und ein Gewirr aus Grünpflanzen und Blumen in schönster Wildheit wuchsen. Eichen, Weiden, Nussbäume, Kirschbäume, Kastanien, Orangen- und Zitronenbäume bildeten die Pfeiler dieses verwunschenen Palasts und standen so dicht, dass kein Stück der Gartenmauer zu sehen war. Mit Azaleen, riesigen Hortensiensträuchern, Magnolien, aromatischen Kräutern, Nachtjasmin, Farnkraut jeglicher Art und Größe und jeder Menge anderer Pflanzen und Sträucher, deren Namen ich nicht kannte, war dieses verwunschene Stückchen Erde ein einziger Rausch an Grüntönen und bunten Blüten. Einen solchen Garten hatte ich in Coleridge noch nie gesehen. Nicht einmal im optimistischsten Frühling.

Als ich mich von meiner Überraschung erholt hatte und Pierre anrief, um ihm von Miss Maudie, ihrem Tee mit Ingwerplätzchen, ihrer rosafarbenen Federboa und dem schmiedeeisernen Schlüssel zu erzählen, der ein Stück vom Paradies öffnete, reagierte dieser ein wenig skeptisch.

»Wusstest du denn nicht, dass in dieser Stadt zu jedem alten Haus eine exzentrische alte Dame gehört? Schau mal im Mietvertrag nach, den du garantiert nicht richtig gelesen hast. Das ist so was wie eine Vorgabe der Stadtverwaltung. Einschließlich der Federboa«, spottete er.

»Nein, Pierre, im Ernst. Das musst du dir unbedingt ansehen. Es ist magisch.«

Er glaubte mir erst, als er mich am darauffolgenden Wochenende besuchte und ich ihm Miss Maudies Garten zeigte.

»Das ist ja eine Oase. Komm, lass uns gleich ein paar Korbstühle und einen kleinen Tisch kaufen, um sie da hinten unter der großen Kastanie aufzustellen; direkt an der alten Hauswand mit den hohen, blinden, von geheimnisvollen Ranken umgebenen Fenstern.«

Voller Enthusiasmus übernahm Pierre die Rolle des Gartendekorateurs, er stellte die Korbstühle, die wir gebraucht kauften und deren Kissen ich jedes Jahr vor der langen Regenzeit im Herbst und Winter in Sicherheit bringen musste, zu einer weißen Hollywoodschaukel, die bereits im Garten stand und die so schauerlich quietschte, dass sie jedes Frühjahr neu geölt werden musste. Dazu kam ein kleiner, weiß gestrichener schmiedeeiserner Tisch, und das Ganze wurde zum perfekten Mobiliar für unzählige Abende und gemütliche Frühstücke am Wochenende im Garten.

An jenem Sonntagnachmittag, nach meinem einsamen Spaziergang durch die Altstadt, setzte ich mich noch einen Moment auf die Hollywoodschaukel, um den überraschenden Sonnenuntergang bei klarem Himmel zu betrachten. Ich fühlte mich erschöpft von allem, von meiner Schlaflosigkeit, von der Last meiner Traurigkeit, aber dieser ungezähmte Garten, über den Miss Maudie gesagt hatte, dass er sich sein Dasein erkämpft hatte, war mein Rückzugsort in schwierigen Zeiten.

Besänftigt betrachtete ich das goldene Licht, das zwischen den Ästen der alten Kastanie hindurchfiel, an der noch vereinzelt Blätter hingen. Ein ganzes Universum tanzender Motten schien die letzten Strahlen der untergehenden Sonne zu bewohnen. Die Stille beherrschte die Dämmerung vor Eintritt der Nacht. Und unter die immer noch duftenden Kräuter hatte sich der November langsam in den Garten eingeschlichen.

# Auszug aus den Erinnerungen
# William Dorners

Bevor ich der berühmte und viel gelobte Professor wurde, der ich heute bin, arbeitete ich drei Jahre als Meteorologe bei einem kleinen Sender namens Longfellow Radio.

Longfellow ist ein Ort mit etwa zehntausend Einwohnern, der südöstlich von Coleridge ein Stück weiter im Landesinneren liegt. Wie bei späterer Beobachtung und Zusammenstellung der atmosphärischen Daten ersichtlich wurde, war genau diese relativ weit im Süden liegende Zone am stärksten von den heftigen Schneefällen betroffen, die in jenem Jahr über ganz England hinwegfegten.

Halten Sie mich nicht für einen Angeber, wenn ich jetzt behaupte, dass ich einer der ersten Meteorologen war, die die zuständigen Behörden über das Aufziehen dieser außergewöhnlichen Kaltfront in Kenntnis setzten, die in jenen schicksalhaften Tagen im November einige Landesteile komplett vom Rest der Insel abschnitt. Im Wetterbericht von Longfellow Radio habe ich die wenigen Hörer wiederholt gewarnt, dass die Schneefront, die sich näherte, etwas ganz anderes sei als das, was wir als »normal für diese Jahreszeit« bezeichnen.

Ich bin nicht gerade ein Pionier in Sachen Klimawandel, aber damals war ich einer der Erster, der die Menschen beschwor, während des Unwetters, das später unter dem Namen »The Big White Storm« in die Geschichte einging, zu Hause zu bleiben.

# Ein Hauch von Romantik liegt in der Luft

## KATE

Die folgende Woche verging schnell und schmerzfrei. Da ich daran gewöhnt war, mir im gnadenlosen Dschungel des Unternehmens meinen Weg zu bahnen, gelang es mir, den Angriffen der Löwen und Giftschlangen so sicher auszuweichen, dass ich mich in meiner Fantasie, mit Machete und Tropenhelm ausgerüstet, schon als Eleanor Parker in *Wenn die Marabunta droht* sah. In den romantischsten Momenten gefiel es mir zugegebenermaßen durchaus, mir mich auch in den weißen Kleidern, die die Heldin des Films trug, vorzustellen; wobei mir nicht immer danach war, dabei auch an den jungen Charlton Heston zu denken, der sich in der Rolle meines unerfahrenen Ehemanns wagemutig und schwitzend durch den feuchten, bedrohlichen Urwald kämpfte.

»HABEN SIE IN DEM RESTAURANT EINEN TISCH RESERVIERT?«, schrie mein Chef in der für ihn typischen Manier von »Mal sehen, ob ich irgendeinen Grund finde, um mich aufzuregen«.

»Ja, für vier Personen, um zwei Uhr.«

»ICH HABE NICHT VOR, SELBST ZU FAHREN.«

»Natürlich. Ich habe Mr. Morgan bereits gebeten, hier vorbeizukommen und Sie abzuholen.«

»UND NICHT DASS ES WIEDER MOHNBRÖTCHEN GIBT. ICH HASSE MOHNBRÖTCHEN.«

»Ich rufe sofort beim Premierminister an. Er wird bestimmt unverzüglich eine Kampagne organisieren, um die von Ihnen so gehassten Mohnsamen landesweit zu verbieten.«

»SARKASMUS HASSE ICH AUCH«, tobte er.

»Sie hassen alles«, murmelte ich und verließ, leise die Tür hinter mir zuziehend, mein Büro.

Am Freitagnachmittag besuchte ich Marian in der Zentrale, um mit ihr einen Kaffee zu trinken. Üblicherweise genehmigten wir uns jeden Tag zwei Pausen von zehn Minuten für einen Kaffee am Kaffeeautomaten in der Rechtsabteilung – diese lag zwar zwei Stockwerke über uns, aber wir hatten den Eindruck, dass der Kaffee der Juristen immer etwas besser schmeckte als der der übrigen Sterblichen, was vielleicht ein Ausgleich dafür war, dass sie später mit ziemlicher Sicherheit in der Hölle schmoren würden –, nur am Freitag gönnten wir uns einen weiteren Kaffee in der Zentrale.

Ich erklärte meiner Kollegin, dass ich mehrere Abende am Laptop zugebracht hatte, um mit Geduld und häufigem Einsatz der Delete-Taste eine Art Skript für meinen Auftritt in der Sendung *Endlich Freitag!* zu verfassen. Ich hatte überlegt, die Anrufe möglicher Zuhörer live einzuspielen.

Dieses Vorgehen bedeutete, zwei Risiken in Kauf zu nehmen, die sich vorab nicht ausräumen ließen: Erstens konnte ich die eingehenden Anrufe nicht einschätzen, und zweitens wusste ich nicht, ob sich überhaupt jemand das Programm anhören würde – abgesehen von Williams Großmutter natürlich.

»Milton Consultants, guten Tag. Ja, natürlich, ich stelle Sie gleich durch«, sagte Marian. Dann wandte Sie sich wieder an mich. »Das heißt, dass du heute Abend wieder nach Longfellow fährst? Das freut mich sehr. Es wird dir guttun, mal etwas anderes zu machen und hier rauszukommen. Denn, weißt du, es gibt auch nette Leute. Dass es in diesem Laden mehr Arschl... Ah, Herr Direktor, einen Moment, ich verbinde Sie sofort ... gibt als in der ganzen Galaxie, bedeutet nicht, dass das überall auf dem Planeten so ist.«

»Sicher«, sagte ich nicht sehr überzeugt, während ich mich hinter meiner riesigen Kaffeetasse versteckte.

»Josh hat mir schon erzählt, dass du letzte Woche alle ziemlich beeindruckt hast.«

»Das glaube ich nicht. Ich habe wohl eher gestört. Sie wollen zwar theoretisch eine Frau im Programm, haben aber offenbar Probleme, ihre Routine zu durchbrechen. Sie fühlen sich wohl in ihrer Runde und sind alle gute Freunde.«

Marian nickte und hob kurz die Hand. »Natürlich nehmen wir die Bombendrohung ernst, Herr Direktor ... Nein, es wird nicht wieder vorkommen.«

»Ich weiß nicht, ob ich da reinpasse«, seufzte ich. »Ich fürchte, für eine Comedy-Sendung bin ich nicht lustig genug.«

»Nein, das ist kein Atomkraftwerk«, sagte Marian geduldig und verdrehte die Augen. »Sie müssen sich verwählt haben ...« Dann sah sie mich aufmunternd an. »Aber natürlich passt du da rein, Liebes. Erinnere dich einfach daran, dass es eine Zeit gab, in der du durchaus einen gewissen Sinn für Humor hattest, dann wird alles gut.«

»Mal sehen.« Ich nickte zögernd.

Ich war mir da plötzlich nicht mehr so sicher. Das Einzige, was ich sicher wusste, war, wie ich die Sendung eröffnen würde: Ich würde über die heute in der Regel falsch verwendete Bedeutung des Wortes »romantisch« und die ursprüngliche Romantik sprechen. Warum nicht? Dort oben im Halbdunkel der gemütlichen Mansarde über den Dächern des verschlafenen Orts Longfellow fiel mir kein Thema ein, über das ich lieber reden würde als über diese kulturgeschichtliche Epoche Ende des achtzehnten Jahrhunderts, die auf die Aufklärung und die Impertinenz enzyklopädischer Wissenschaftler folgte, mit der sie alle Geheimnisse der Welt entzauberten.

»Das Thema, mit dem du beginnen willst, ist ... *was?*«, fragte Xavier und zog die Augenbrauen hoch, als ich meine Idee so leidenschaftlich vorstellte.

William entfuhr ein Kichern, sichtlich entzückt darüber, dass ich seinen besserwisserischen Programmchef überrumpelt hatte.

»Und die Anrufe würde ich gern live dazuschalten, um mit den Hörern ein paar Gedanken auszutauschen.«

»Du weißt aber schon, dass wir hier ein humoristisches Programm machen.«

»Ja, ungezwungen und humorvoll. Aber ich denke, dass ihr den kulturellen Bereich bisher nicht genügend abgedeckt habt und vielleicht etwas über Literatur, Musik oder Theater machen solltet.«

»Also, ich finde, das ist eine gute Idee«, kam Josh mir mit seinem typischen Lächeln zu Hilfe, das die Pole zum Schmelzen bringen konnte. »Probieren wir es doch einfach aus.«

»Danke«, sagte ich erleichtert. »Ich würde gern jede Woche ein anderes Thema auswählen, und die Hörer können sich mit ihren Beiträgen und Fragen während der Sendung einbringen.«

»Das klingt doch super«, ermutigte mich Josh, der durch und durch ein Kavalier war. »Das haben wir bisher zwar noch nicht probiert, aber ich denke, das könnte die Sendung sehr lebendig machen. Meinst du nicht auch, Xavier?«

»Hmm.« Xavier schien nicht gerade begeistert. Er warf mir einen abweisenden Blick zu und stand dann auf.

»Ich weiß nicht, wen das interessieren sollte, aber schön, versuchen wir es. Aber wenn es nicht funktioniert und keiner anruft, lassen wir es sofort wieder sein. Ich rede mit Santi, wie wir das am besten machen, aber technisch gesehen, dürfte es kein Problem sein.«

»Ein toller Einfall, Kate«, versicherte Josh mir, und ich wurde rot vor Freude.

»Genial«, fiel jetzt auch William ein, der kleine dicke Mann vom Wetterdienst.

»Wir werden auf jeden Fall zuhören«, erklärte Josh augenzwinkernd.

Was sollte ich sagen? Dass das Vertrauen dieser Jungs, die mich kaum kannten, mich beinahe zu Tränen rührte? Vor allem, nachdem ich die ganze Woche das Geschrei meines Chefs und die Hölle von Milton Consultants ertragen hatte? Allmählich begann ich zu glauben, dass Marian recht damit gehabt hatte, mich zu Longfellow Radio zu schicken. Es war wie eine Therapie gegen den alltäglichen Wahnsinn in meinem Leben.

»Ein wahrer Romantiker ist nicht ein Mann, der dich zum Dinner bei Kerzenschein einlädt und dir Blumen schenkt«, sagte ich in den leeren Raum. »Ein Romantiker ist ein Rebell, der allen Stürmen leidenschaftlich trotzt und im Nebel über die Klippen ruft, dass ...«

William sah mich wie verzaubert an, während ich meinen kleinen Vortrag hielt, und Josh nickte zustimmend mit dem Kopf.

»Und schon haben wir den ersten Anrufer in der Leitung, der etwas dazu sagen möchte«, unterbrach mich Xavier mit seiner geübten Radiostimme. »Guten Abend, mit wem sprechen wir?«

»Hallo, guten Abend, ich bin Fred. Ich glaube, dass Kate recht hat. Der Begriff Romantik wird heutzutage ärgerlicherweise völlig falsch interpretiert.«

»Hallo, Fred«, begrüßte ich meinen ersten Hörer, »sprichst du aus Erfahrung?«

»Ja. Vor Kurzem habe ich bei einem Abendessen mit Freunden erwähnt, wie sehr ich die romantische Literatur liebe. Dabei dachte ich an Byron, an Shelley, an Eichendorff, Novalis ... Also ihr versteht schon ...«

»Ja«, ermunterte ich ihn begeistert.

»Na ja, plötzlich haben mich alle etwas komisch angeguckt, und einer meinte, dass er nie gedacht hätte, dass ich *solche Bücher* lese. Als ich nachgefragt habe, was er mit *solche Bücher* meine, sagte er: ›Du weißt schon, solche *Liebesromane.*‹«

Freds Stimme klang ein wenig wie die eines verklemmten Buchhalters, und bei der Vorstellung, wie er auf die Kritik seiner Freunde an seinen Lesegewohnheiten hin rot wurde, musste ich schmunzeln.

»Genau das meine ich. Der Begriff wird heutzutage völlig falsch verwendet. Das eine ist die Epoche der Romantik und das andere das heutige Verständnis von Romantik in Liebesangelegenheiten.«

»Wobei Liebesromane ja nicht unbedingt etwas Schlechtes sind«, schaltete Josh sich ein.

»Trotzdem werde ich nie wieder sagen, dass ich die Romantiker lese«, klagte Fred am anderen Ende der Leitung. »Sondern lieber schweigend leiden.«

William lachte angesichts der Doppeldeutigkeit dieser Aussage.

»Genau! Gut gemacht, Fred.«

Santi verabschiedete Fred von seinem Aquarium aus, und gleich darauf kündigte Xavier den Eingang eines weiteren Anrufs an.

»Hallo, ich bin Adriana. Ehrlich gesagt, halte ich den Unterschied zwischen den beiden Bedeutungen von Romantik für Haarspalterei. Ich meine, es geht doch in beiden Fällen um die Liebe.«

»Nicht nur, Adriana. Die kulturelle und literarische Strömung Ende des achtzehnten und Anfang des neunzehnten Jahrhunderts hatte verhängnisvolle Auswirkungen auf ihre Anhänger. ›Eine Art von Schrecken oder Schmerz ist immer die Ursache des Erhabenen‹, wie Edmund Burke sagte. Es geht nicht nur um Liebe, sondern auch um Dunkelheit, Leidenschaft, die belebte Natur, das Geheimnisvolle, das Unerklärliche, die Freiheit ...«

»Düsternis, Schrecken, Morbosität und das Geheimnis der Finsternis«, warf Josh ein. »Die Anhänger der Romantik waren bereit, für die Liebe zu sterben, das stimmt, aber auch dazu, für die Freiheit und ihre Ideale ihr Leben aufs Spiel zu setzen.«

»Ja, aber man könnte auch sagen, dass die Dracula-Geschichte von Bram Stoker romantisch ist. Oder? Wegen der Liebesgeschichte und des schreckenerregenden, blutigen Mythos«, argumentierte Adriana am anderen Ende der Leitung.

»Natürlich«, sagte Josh. »Die Romantiker im achtzehnten und neunzehnten Jahrhundert waren auch leidenschaftlich Liebende; ich glaube, sie haben alles mit Leidenschaft getan. Sie haben leidenschaftlich gelebt, weil sie es anders nicht konnten. Auch die dunkle Seite der Romantik war ihnen nicht fremd. Aber das, was man heutzutage als Liebesroman bezeichnet, ist weder düster noch blutig, oder?«

Und so kam es, dass mein erster Beitrag viel länger dauerte als geplant. Es gingen mehr als zwanzig Anrufe ein (von denen wir aus Zeitgründen nur acht freischalten konnten), das gesamte Team nahm an der regen Debatte über »den Schrecken und das Erhabene« teil, und ich nahm Xavier den Wind aus den Segeln, der sicher fest mit meinem Scheitern und irgendeinem Gestammel über Miniröcke und Manolo Blahniks gerechnet hatte.

»Warum machen wir nächsten Freitag nicht einfach mit dem Thema weiter?«, schlug Josh vor, der noch immer ganz erhitzt war von seinem letzten Beitrag zur Verteidigung der Suche nach der blauen Blume und der Todessehnsucht der ursprünglichen Romantiker. »Natürlich nur, wenn du einverstanden bist, Kate, es ist schließlich deine Sendung.«

»Natürlich können wir das.« Ich lächelte. »Wir schalten wieder ein paar Hörer zu und fragen sie, was das Romantischste ist, was sie in der letzten Zeit getan haben.«

»Aber romantisch im Sinne der echten Romantiker, oder?«, meinte William lächelnd.

»Klar«, versicherte ich.

Als wir das Studio verließen, war ich regelrecht euphorisch. Ich war glücklich, dass ich in der Lage war, am Mikrofon die ganze Welt zu bewegen, stolz, dass ich mich mit fremden Menschen über ein leidenschaftliches, ungewöhnliches Thema austauschen konnte und mich dabei so wohl wie ein Fisch im Wasser gefühlt hatte. Nicht einmal die schneidende Kälte, die mir entgegenschlug, als wir nach draußen traten, konnte mir etwas anhaben. Ich hatte das gute Gefühl, dass sich etwas veränderte, und mit einem Mal fühlte ich mich stark und mutig.

Diesmal schloss ich mich den anderen an und ging mit ins Red Lion, um mit meinen neuen Freunden vom Radio noch ein Glas zu trinken. Xavier verabschiedete sich an der Tür und murmelte entschuldigend, dass er am frühen Morgen etwas zu erledigen habe. Wir anderen setzten uns an einen Tisch, stießen auf meinen gelungenen Einstieg an, und ich fühlte mich ausgesprochen wohl mit diesen drei jungen engagierten Männern, die jeden Freitag zusammenkamen, um ihr Radioprogramm zu machen. Ich lachte über ihre geistreichen Bemerkungen und leistete mir selbst einen kleinen boshaften Kommentar auf Xaviers Kosten.

»Ich war heute Morgen im Observatorium der Universität«, erzählte William, als hätte er schon lange darauf gewartet, uns eine großartige Neuigkeit zu verkünden. »Wir müssen uns auf ein heftiges Unwetter gefasst machen.«

Santi, Josh und ich sahen uns angesichts dieses abrupten Themenwechsels etwas irritiert an und tauschten dann ein einvernehmliches Lächeln. Wie leicht es doch war, ein Teil dieser kleinen Truppe von Sonderlingen zu sein. Ich sah Pierre vor mir, der mich mit erhobenem Zeigefinger warnte: »Eh du dich versiehst, bist du Teil der Show.« Aber es gefiel mir, auch ein Sonderling zu sein, das war jedenfalls viel besser, als weiterhin unsichtbar zu bleiben.

»Was genau meinst du mit *Unwetter*?«, fragte Josh.

»Hagel, Schneestürme und extrem niedrige Temperaturen, wie es sie hier noch nie gegeben hat.«

»Wirklich noch nie?«, hakte Santi nach und zwinkerte mir zu.

»Na ja, vielleicht schon mal vor Jahrtausenden, aber in jedem Fall nicht in den letzten Jahrhunderten. Dieses Unwetter wird in die Geschichte eingehen.«

»Das hört sich ja furchtbar an«, scherzte ich.

»Das wird es auch sein. Ich kann euch nur raten, nächstes Wochenende nicht aus dem Haus zu gehen.«

Ich war gerade im Auto auf dem Weg zum Hotel Ambassador, als mein Handy klingelte.

»WO, VERDAMMT NOCH MAL, STECKEN SIE? ICH HABE DIE GANZE ZEIT VERSUCHT, SIE ZU ERREICHEN!«

»Ich weiß. Ich habe die fünfundzwanzig eingegangenen Anrufe gesehen. Aber ich konnte nicht drangehen.«

»SIE MÜSSEN JEDERZEIT ERREICHBAR SEIN! WAS BRINGT MIR EINE SEKRETÄRIN, WENN ICH NICHT MIT IHR SPRECHEN KANN?«

»Es ist Freitag beziehungsweise ein Uhr nachts am Samstag. Das liegt wohl eindeutig außerhalb meiner Arbeitszeit.«

»DIESER QUATSCH AUS DER ZEIT DER ARBEITERREVOLUTION INTERESSIERT MICH NICHT. ICH FINDE DEN ABSCHLUSSBERICHT ÜBER SOERS INVESTIONS NICHT!«

»Der liegt auf meinem Schreibtisch. Aber ich habe die letzten Änderungen noch nicht eingearbeitet.«

»WARUM NICHT?«

»Nun ja, weil ich sehr viel Arbeit habe. Und weil Sie mir sagten, dass alles dringender sei als Soers Investions. Und weil es meiner Meinung nach genug ist, wenn ich zwölf Stunden am Tag für Sie da bin.«

»SIE SIND ENTLASSEN!«

»Schon wieder?«

»WAS HEISST HIER SCHON WIEDER?«

»Nun, ich erinnere ich mich an mindestens achtzehn Entlassungen. Wobei ich von der Personalabteilung nie etwas gehört habe und Sie es jedes Mal vergessen hatten, wenn Sie nach dem nächsten Kaffee, einem Bericht oder einer Änderung im Terminkalender gefragt haben.«

»ICH WERDE IHNEN DEN BERICHT PER MAIL ZUSCHICKEN, UND SIE ARBEITEN SOFORT DIE ÄNDERUNGEN EIN UND SCHICKEN MIR DIE KORRIGIERTE VERSION. HABEN SIE MICH VER-STANDEN?«

»Sicher. Sie schreien ja laut genug«, entgegnete ich. »Aber zunächst muss ich wissen, ob ich jetzt entlassen bin oder nicht. Und am Wochenende arbeite ich nicht.«

»HÖREN SIE AUF MIT DEM QUATSCH UND KORRIGIEREN SIE DEN BERICHT. ES IST DRIN-GEND.«

»Wie lange ist es eigentlich her, dass Sie am Wochen-ende mal etwas Zeit mit Ihren Kindern verbracht ha-ben?«, fragte ich.

Doch T-Rex hatte die Verbindung bereits beendet, nachdem er das von ihm meist genutzte Wort in mein Ohr gebrüllt hatte: DRINGEND.

# Gespenster der Vergangenheit

## DON

»Ich glaube, ich habe vielleicht was gefunden«, meinte Sierra mit der ihm eigenen Zurückhaltung.

Er reichte mir den Laptop und stand auf, um mir über die Schulter sehen zu können.

»Da.« Er wies auf die entsprechende Stelle. »Unter den Rechnungsbeträgen. Schau dir mal diesen Beleg an.«

»Das ist nur eine der vierteljährlichen Zahlungen«, sagte ich enttäuscht.

»Das schon wieder! Wir sind die Buchhaltung doch x-mal durchgegangen«, beklagte sich Punisher. »Da gibt es nichts.«

»Na ja, ich hab sie mir noch mal angesehen und hab etwas gefunden. Sieh dir mal diese Daten an. Die stimmen nicht mit den üblichen Zahlungen überein, und außerdem werden sie anders verrechnet als sonst. Ich vermute, die angegebenen Initialen sind die es Bearbeiters.«

»Das könnte sein«, überlegte ich. »Aber das allein bringt uns nicht weiter.«

»Nein«, gab Sierra zu, »aber wir haben jetzt ein Datum und sollten uns mal die vertrauliche Korrespondenz in diesem Zeitraum ansehen. Das, was Segursmart zwischen dem 23. und dem 30. April rausgeschickt hat.«

»Okay«, meinte Punisher, »da ist was dran.«

Wir hatten einen guten Freund namens Gabriel Culler. Er hatte als Informatiker bei Segursmart gearbeitet, einem Versicherungsunternehmen, das jede Woche Millionen Euro bewegte. Und jedes Mal, wenn wir in der kleinen Bar eine weitere Runde Schwarzbier bestellten, musste ich daran denken, dass Gabriel im Kreis der Freitags-Freaks fehlte. Denn eigentlich waren wir immer vier gewesen.

Sierra, Punisher, Gabriel und ich hatten uns im ersten Jahr unseres Informatikstudiums an der Uni kennengelernt und waren gute Freunde geworden. Aber anders als die anderen beiden war Gabriel für mich fast ein Teil meiner Familie gewesen. Vielleicht weil er keine Eltern mehr hatte und bei seiner Großmutter mütterlicherseits lebte, die schon so alt war, dass sie nicht mal genau wusste, in welchem Jahr ihr Enkel eigentlich geboren war. Vielleicht aber auch, weil er immer gut gelaunt oder so rührend naiv war. Jedenfalls hatten auch mein Vater und Charlie sich immer über seine Gesellschaft gefreut, wenn er abends oder an den Wochenenden bei uns war. Während der Sommersemesterferien hatte mein Vater sogar Gabriels Großmutter für ein paar Tage zu uns eingeladen, damit sie mal aus der Stadt rauskam und das Land und die Wälder in der schönsten Jahreszeit genießen konnte. Großmutter und Enkel lebten von der Witwenrente der alten Frau, und ihre finanzielle Lage erlaubte keine Urlaubsreisen. Die stille und freundliche Dame nahm die Einladungen meines Vaters immer gern an, weil sie wusste, dass in unserem großen Haus genug Platz war, und sie sich freute, ihren Enkel glücklich im Kreis einer Familie zu sehen.

»Was ist denn mit seinen Eltern?«, hatte mein Vater mich gefragt, als Gabriel zum ersten Mal bei uns war.

»Seinen Vater hat er niemals kennengelernt«, erklärte ich, »und seine Mutter hat ihn verlassen, als er noch klein war. Seit er denken kann, wohnt er bei seiner Großmutter.«

Mein Vater hatte mich entsetzt angesehen.

»Ich kann gar nicht glauben, dass es Eltern gibt, die in der Lage sind, ihr Kind einfach im Stich zu lassen«, sagte er. »Das hat deinen Freund sicher fürs Leben traumatisiert.«

Doch Gabriel war ein fröhlicher Junge mit einem guten Charakter, und überdies war er ein treuer Freund. Allerdings litt er unter einer fast krankhaften Unsicherheit und hatte einen Minderwertigkeitskomplex. Deshalb freuten wir uns alle für ihn, als einer unserer Professoren ihm nach dem Studienabschluss ein Volontariat in der EDV-Abteilung von Segursmart vermittelte, eines internationalen Unternehmens, das gut zahlte. Und noch besser war, dass die Firma ihn anschließend fest einstellte. Damals stand ich kurz vor der Aufnahmeprüfung als Informatiker bei der Polizei von Coleridge, und Sierra hatte bereits sein kleines Computergeschäft eröffnet. Da Punisher noch nicht ins Berufsleben eingestiegen war – er gönnte sich ein Sabbatical, um die Solidität und die Solvenz der Videospiel-Industrie zu überprüfen –, hatten wir Gabriel wegen seines Glücks, so schnell eine gut bezahlte feste Anstellung bekommen zu haben, aufgezogen und gesagt, dass er sich sicher bald ein dickes Auto kaufen und eine reiche Erbin heiraten würde, während er uns vergaß. Gabriel hatte nur gelacht und uns versichert, dass wir bald einen noch viel besseren Arbeitsplatz finden würden und dass er immer für uns da sein würde. Leider hat er sein Wort nicht gehalten und uns dann doch verlassen. Aber nicht aus Hochmut oder wegen seines fünfstelligen Monatsgehalts.

Gabriel arbeitete seit etwa zwei Jahren bei Segursmart, als er, mehr oder weniger zufällig, eine vertrauliche Kommunikation entdeckte, die den Sicherheitsrichtlinien des Unternehmens widersprach. Er hatte es seinen Vorgesetzten gemeldet, die ihm jedoch zu verstehen gegeben hatten, dass er sich irre und sich um seinen eigenen Kram kümmern solle. Das hatte Gabriel nicht gefallen. Bei einem derartigen Verstoß einfach wegzuschauen passte nicht zu ihm. Das war keine harmlose Sache, und als er sich intensiver damit beschäftigte, wurde ihm klar, dass es nur die Spitze des Eisbergs war. Schließlich fand er heraus, dass die Firma Segursmart es sich gut bezahlen ließ, vertrauliche Informationen weiterzugeben.

Gabriel wandte sich an mich, und die Nationale Einheit für Cyberkriminalität begann zu ermitteln. Das Unternehmen entließ Gabriel auf der Stelle. Das war nicht rechtmäßig, und in diesem Moment ahnten wir schon, was passieren würde. Der Durchsuchungsbeschluss kam leider zwölf Stunden zu spät, denn als meine Kollegen und ich endlich Zugang zu den kompromittierenden Daten hatten, war bereits alles gelöscht oder so verändert worden, dass wir nichts mehr nachweisen konnten.

Es gab zwar eine Anzeige wegen Vertuschung und Manipulation von Beweismaterial, aber das war auch schon alles. Obwohl der Leiter meiner Einheit mich bis zum Schluss unterstützt hat, wurden die Ermittlungen nach etwa einem Jahr aus Mangel an Beweisen eingestellt. Bei der Polizei zweifelte niemand an der Schuldigkeit der Täter, aber wir konnten es nicht belegen.

Gabriel hatte uns die ganze Zeit unterstützt, ich hatte ihm sogar einen Teilzeitjob als Berater beschafft. Nun schien alles vergeblich gewesen zu sein, aber das Schlimmste sollte erst noch kommen. Segursmart gab sich nicht damit zufrieden, Beweise zu vernichten, Tatsachen zu verfälschen und Gabriel zu entlassen. Ihre hochbezahlten Anwälte verklagten meinen Freund wegen Vertrauensbruch und Verletzung der dienstlichen Schweigepflicht.

Sie veranstalteten eine juristische Hexenjagd, zerstörten seinen guten Ruf, wühlten in seinem Privatleben, erfanden alles, was sie nicht beweisen konnten, und vernichteten auf diese Weise seine berufliche Zukunft. Denn als es Monate später zu einer außergerichtlichen Einigung kam, war kein Unternehmen mehr bereit, einen Informatiker mit einer traurigen Berühmtheit wie Gabriel Culler einzustellen.

Es gibt Momente in unserem Leben, in denen das Holz, aus dem wir geschnitzt sind, alles, was uns ausmacht, auf die Probe gestellt wird. Gabriel war immer ein unsicherer Mensch gewesen, und dass er nun ein solches Maß an Bosheit und Ungerechtigkeit ertragen musste, warf ihn aus der Bahn. Wie die Aasgeier hatten sie sich auf ihn gestürzt. Und der Tod seiner geliebten Großmutter, die kurz darauf starb, gab ihm den Rest.

Mein Freund fiel in sich zusammen wie ein Kartenhaus, er zog sich mehr und mehr zurück, bis er nur noch vor sich hin vegetierte und mehr als vierzehn Stunden am Tag schlief.

Mein Vater, Charlie und ich versuchten ihn davon zu überzeugen, für eine Weile zu uns zu ziehen, doch er wollte lieber allein sein und hoffte, dass es ihm bald wieder besser gehen würde. Die Wochen vergingen, ohne dass Punisher, Sierra und ich ihn sahen oder auch nur eine E-Mail von ihm bekamen.

Schließlich hatte mein Vater ihn ohne vorherige Ankündigung in seiner Wohnung aufgesucht. Er war von dem Ausmaß von Gabriels Zustand zutiefst betroffen, und in einem langen Gespräch, in dem mein Vater ihm voller Zuneigung seine Unterstützung versicherte und ihn vor einer düsteren Zukunft warnte, überzeugte er Gabriel, ihn zu einem ersten Termin bei einem Psychologen zu begleiten. Der Psychologe schickte ihn gleich zu einem Psychiater weiter, der eine starke Depression diagnostizierte und Gabriel eine Reihe Medikamente verschrieb. Mein Freund versicherte mir, dass er alle vierzehn Tage seinen Arzttermin wahrnehme, aber ich konnte keine Besserung feststellen.

»Komm, Kollege«, ermunterte Punisher ihn, »sogar ich hab einen Job gefunden. Du musst mal rausgehen und wieder am Leben teilnehmen.«

»Ich helfe dir, dich wieder an einen normalen Tagesablauf zu gewöhnen«, bot Sierra an, »wir können zusammen Sport machen oder kochen. Du musst ja nicht gleich wieder arbeiten.«

Doch die Verletzung saß zu tief. Zwei Monate nach dem Tod seiner Großmutter beging Gabriel Selbstmord. Eines Morgens fuhr er zur Dachterrasse des Gebäudes hinauf, in dem er wohnte, und sprang vom fünfzehnten Stockwerk in die Tiefe. Er hinterließ keine Nachricht, denn er hatte sich in den Wochen davor bereits von uns verabschiedet, wir hatten es nur nicht verstanden.

Keiner von uns kam mit seinem Tod klar. Punisher war davon überzeugt, dass die Leute von Segursmart ihn auf dem Gewissen hatten, und schloss sich in seiner Garage ein, um mit einer Gruppe Internetpiraten, die er in einem Forum kennengelernt hatte, alle möglichen Verschwörungstheorien zu erarbeiten. Mein Vater und Charlie waren sehr besorgt um mich und die ganze Zeit nach dem Unglück an meiner Seite, doch ich war unfähig, um meinen Freund zu weinen.

Ich war voller Wut, und die Ungerechtigkeit, die seinem Leben ein Ende gesetzt hatte, zerfraß mich fast. Also stürzte ich mich auf die Firma Segursmart, hackte mich illegal in ihr Computersystem, setzte den Vorstand unter Druck und sammelte alles, was gegen das Unternehmen sprach. Die Abende verbrachte ich im Fitnesscenter und schlug auf einen Boxsack ein, bis mir alles so wehtat, dass ich nur noch nach Hause gehen und ins Bett fallen konnte. Nur Sierra mit seiner Bedachtsamkeit und seinem Einfühlungsvermögen war in der Lage, angemessen um Gabriel zu trauern, und allmählich gelang es ihm mit viel Geduld und langen Gesprächen, uns so zu beeinflussen, dass auch wir wieder ins normale Leben zurückfanden.

Ich weiß nicht, wie viel Zeit verging, bis die Kollegen in meiner Einheit mich darauf hinwiesen, wie unangebracht und unprofessionell ich mich verhielt. Aber wenig später rief mein Chef mich in sein Büro und drückte mir ein Schreiben der Verwaltung in die Hand.

»Sie sind für zwei Wochen vom Dienst suspendiert, Berck«, teilte er mir mit. »Für zwei Wochen. Und wenn Sie zurückkommen, möchte ich nichts mehr von Segursmart hören. Sie werden noch eine Weile Büroarbeit machen, bis ich Ihnen wieder einen Fall zuteile. Lassen Sie die Finger von dieser Firma. Das ist kein guter Rat, sondern ein Befehl.«

Sierra besorgte uns Flugtickts nach Bern und reservierte Zimmer in einem Hotel in den Bergen. Dort kletterten Punisher und ich in den verschneiten Bergen herum, bis ich drohte, ihn umzubringen, wenn er noch einen Schritt weiterging. An diesem Wochenende schwor ich mit rissigen Lippen und Blasen an den Füßen, dass wir die Verantwortlichen bei Segursmart zu Fall bringen würden. Und auch wenn ich zwei Wochen später den normalen Dienst wieder aufnahm, wusste ich doch, dass Gabriels Tod mein Leben für immer belasten würde. Und diese Unfähigkeit, mit der Sache abzuschließen und den Verlust zu verarbeiten, sorgte letztlich dafür, dass ich jeden Freitagabend in der versteckten Bar des Hotel Ambassador landete.

Inzwischen war es fast fünf Jahre her, dass die Ermittlungen im Fall Segursmart eingestellt worden waren, und ich war immer noch davon besessen. Ich vermisste Gabriel, aber vor allem litt ich darunter, nicht beweisen zu können, dass er die Wahrheit gesagt hatte. Seit mehr als vier Jahren überwachten wir die Computersysteme des Unternehmens, das für den Tod meines Freundes verantwortlich war, und lauerten im Verborgenen darauf, dass Segursmart erneut etwas Illegales tat. Wir konnten nicht viel mehr machen, als darauf zu warten, dass sie sich sicher genug fühlten, um erneut mit sensiblen Daten zu handeln, und darauf zu achten, dass wir nicht entdeckt wurden. Es war zwar nicht so, dass wir uns jeden Freitag nur mit diesem verdammten Projekt beschäftigt hätten, aber wir ließen es nicht aus den Augen.

»Tatsache ist, dass wir noch keinen Schritt weitergekommen sind«, meinte Punisher mit seinem üblichen Pessimismus. »Wir müssten jemanden in die Firma einschleusen.«

»Oh nein!«, seufzte Sierra. »Nicht schon wieder das. Wer sollte das sein?«

»Charlie könnte uns helfen.«

»Charlie wird uns nicht helfen«, sagte ich zum x-ten Mal. Diese Unterhaltung hatten wir schon Millionen Mal geführt, und wir endeten immer in einer Sackgasse. »Charlie ist einer von den Bösen, schon vergessen?«

»Aber er ist dein Bruder.«

»Na und?«

Und in diesem Augenblick betrat Kate mit wehendem Mantel die kleine Bar, ihr bunter Schal schleifte über den Boden, und ihr kastanienbraunes Haar umschwebte sie wie eine Wolke. Ich verstummte mitten im Satz. Sierra, dem nichts entging, fiel sofort auf, dass ich mit einem Mal wie verzaubert war, und er wandte sich zu der Ursache meines entrückten Zustands um.

Kate hatte ihren Mantel inzwischen abgestreift. Darunter trug sie ein kurzes Kleid mit winzigen schwarzen Blüten. Es war ein Trägerkleid, unter dem sie einen dünnen langärmeligen Strickpullover anhatte, und der duftige Rock bestand aus mehreren Lagen eines leicht durchsichtigen Stoffs. Bewundernd blickte ich auf ihre schwarzen Strümpfe und die zierlichen Feenschuhe an ihren Füßen. Sie sah wunderschön aus, irgendwie aus der Zeit gefallen, und ich hätte ein Jahresgehalt darauf gewettet, dass sie es nicht einmal wusste.

Sierra stieß einen leisen Pfiff aus und sah mich vielsagend an.

»Dornröschen?«

»Wie bitte?«, fragte ich irritiert.

»Dieses Mädchen weiß nicht mal, dass wir hier sind«, erklärte mir mein Freund. »Nicht, weil wir sie nicht interessieren, sondern weil sie uns gar nicht wahrnimmt. Sie verhält sich so, als ob außer ihr niemand hier wäre.«

Punisher drehte sich ebenfalls um und beobachtete Kate, die nun zur Theke schwebte und den Barkeeper mit einem Wangenkuss begrüßte, bevor sie sich auf einen der Hocker setzte, um mit ihm zu plaudern.

»Wenn du mich fragst, Kollege«, meinte Punisher, während er sich wieder seinem Laptop zuwandte, »diese Frau ist äußerst seltsam.«

»Sicher, im Vergleich zu uns«, spottete Sierra.

»Also mir gefällt sie«, erklärte ich. »Ich finde sie ganz reizend.«

Ich betrachtete Kates Profil, das vom schummrigen Licht der Bar leicht erhellt war und von den dunklen Locken umrahmt wurde. Wie immer wirkte sie müde und ein wenig traurig.

»Ich bestelle uns noch eine Runde«, sagte ich und stand auf, und dabei dachte ich an nichts anderes als daran, dass ich mich dieser außergewöhnlichen Frau unbedingt nähern musste.

Sierra lächelte mir ermutigend zu, während Punisher seufzend den Kopf schüttelte.

»Wenn du scharf auf ein Abenteuer bist«, brummte er finster, »dann schließ dich doch meiner *World-of-Warcraft*-Gruppe an.«

# Die Freitags-Freaks

»Hast du mich im Radio gehört?«, fragte ich Pierre aufgeregt, nachdem ich mich auf einen der Hocker in der versteckten Bar gesetzt hatte.

Mein Freund zeigte auf seine Ohrstöpsel, die neben der Kasse lagen.

»Natürlich, meine Liebe! Du warst sehr gut. Aber, ernsthaft, die Romantiker? Diese Leute sterben immer sehr früh und selten eines natürlichen Todes. Ist das nicht furchtbar deprimierend?«

»Ach, sei still, du hast ja keine Ahnung! Diese Romantiker waren wunderbar, sie waren romantisch, wirklich authentisch romantisch ... Byron, Shelley, Caspar David Friedrich ...«

»Wie viele Stunden?«

»Ich schon wach bin?«

Pierre nickte mit ernster Miene, während er mir einen Martini mit Oliven zubereitete.

»Fast zwei Tage, etwa vierzig Stunden also.«

Mein Freund seufzte und schüttelte den Kopf.

»So kannst du nicht weitermachen, Kate. Du musst zum Arzt gehen«, sagte er streng.

»Ich werde kein Schlafmittel nehmen, nicht mal ein homöopathisches. Sonst bin ich den ganzen Tag über benebelt und eine leichte Beute für den T-Rex. Ich kann es mir nicht leisten, unaufmerksam zu sein. Übrigens wollte er mich heute Abend wieder mal entlassen.« Ich nippte an meinem Martini.

»Ich wünschte, er würde es endlich tun.«

»Hallo!« Der gutaussehende junge Mann von den Freitags-Freaks war an die Bar getreten.

Er war groß und athletisch, machte ein ernstes Gesicht, und das Haar fiel ihm lässig in die Stirn.

»Hallo, Don, noch eine Runde Schwarzbier?«, fragte Pierre lächelnd.

»Ja, bitte.«

Er stand so dicht neben mir, dass ich den Duft von Rasierwasser und frischer Wäsche wahrnahm. Es roch angenehm, und ich atmete tief ein und genoss den Moment. Zu jener Zeit glaubte ich nicht mehr an das vollkommene Glück – zumindest nicht auf längere Sicht –, wohl aber an die kleinen glücklichen Augenblicke, die einem das Gefühl von Frieden geben. Als Donald Berck zum ersten Mal so dicht neben mir stand, dachte ich für einen Moment, dass die Welt eigentlich ganz in Ordnung war.

Er trug ein schwarzes Shirt, dunkelblaue Jeans und schwarze Turnschuhe, und er bewegte sich mit einer beneidenswerten Selbstsicherheit. Trotz seiner zusammengezogenen Augenbrauen und dem strengen Zug um den Mund war er eine äußerst attraktive Erscheinung. Nicht wie diese männlichen Models aus der Parfümwerbung, die einen ansehen, als ob sie einem alles verzeihen, sondern mit einer kleidsamen nachdenklichen, umsichtigen Ernsthaftigkeit.

»Ich würde dir gern mal ein anderes Bier anbieten. Heute Morgen ist eine Kiste davon fälschlicherweise bei mir gelandet. Ich nehme an, dass es eigentlich für die Gäste in der Penthouse-Suite gedacht war, aber eine Kiste mehr oder weniger wird ihnen sicher nicht auffallen«, meinte Pierre, während er drei Bierflaschen auf die Theke stellte und öffnete. »Ich bin gespannt, wie es euch schmeckt.«

»Gern. Wobei meine Freunde nicht gerade Feinschmecker sind.«

Pierre hob sein Whiskyglas und prostete uns zu: »Auf die toten Romantiker.«

»Auf die reichen Schnösel in der Penthouse-Suite«, sagte Don.

»Auf lange bunte Schals«, sagte ich.

Wir stießen miteinander an, tranken einen kleinen Schluck, und Pierre beeilte sich, uns einander vorzustellen.

»Don, das ist Katherine, mit der ich schon seit Jahren befreundet bin. Wir stoßen jeden Freitag auf die kleinen Dinge des Lebens an.«

Don stellte sein Bier neben den anderen beiden Flaschen auf der Theke ab. Mir fielen seine großen Hände und die langen Finger auf. »Angenehm. Ich bin Don«, sagte er. Und ehe ich michs versah, küsste er mich auf meine erhitzten Wangen. Seine festen, so ernsthaften Lippen fühlten sich angenehm kühl auf meiner Haut an.

»Ich bin auch jeden Freitag hier, mit meinen Freunden«, meinte er dann, ohne dass sich sein düsterer Blick auch nur ansatzweise aufhellte.

»Diese Bar ist ein sehr angenehmer Ort, nicht wahr?«
Ich lächelte ihm versuchsweise zu, als mir wieder einfiel,
dass Pierre mir in der Woche zuvor erzählt hatte, dass
dieser Mann Polizist war.

»Sicher, vor allem, weil fast niemand in der Lage ist,
sie zu finden«, entgegnete er, und seine dunklen Augen
fixierten mich.

»Das stimmt«, gab ich lächelnd zurück. »Pierre droht
mir manchmal mit möglichen Umbauten am Eingang,
damit man die Bar leichter findet. Aber voller Menschen
wäre sie nur noch halb so schön.«

»Na ja, das Schwarzbier würde sich dadurch nicht verändern. Aber ich würde vielleicht mehr Trinkgeld bekommen.« Pierre stellte sein leeres Glas irgendwo unter
der Theke ab und tätschelte meine Hand. »Hör mal,
Liebes, genug geplaudert, ich muss hier weitermachen.
Viel zu tun.«

Die Bar war fast leer, und ich sah ihn einigermaßen
überrascht an, während er einen kurzen Blick auf Don
warf, der gerade seine drei Flaschen an sich nahm.

»Inventur. Wir reden später wieder. Warum trinkst
du nicht etwas mit Don und seinen Freunden, und ich
komme nachher wieder zu dir?«

Hätte ich Pierre nicht so gut gekannt, hätte ich ihm
wohl geglaubt. Aber wenn irgendjemand Pierre einschätzen konnte, dann ich – und dieser blöde Mario natürlich, aber der zählte in diesem Augenblick nicht. Pierre
wollte ganz offensichtlich, dass ich mich zu Don und
seinen freakigen Freunden gesellte, und dazu hatte ich
überhaupt keine Lust.

Eigentlich mochte ich Computerfreaks mit ihrer eigenartigen Sprache und der geheimnisvollen Aura der verbotenen Machenschaften im Internet, aber ich war müde und brauchte die Schulter eines guten Freundes, an die ich mich anlehnen konnte, und nicht eine Gruppe Fremder, denen ich vorgaukeln musste, wie gut gelaunt und interessiert ich war.

Doch Don ließ mir keine Zeit zu antworten. Er hielt die drei Bierflaschen in seiner großen Hand und legte die andere sanft in meinen Rücken.

»Natürlich«, sagte er und schob mich vorwärts. Und auch wenn er nicht lächelte (mit der Zeit sollte ich lernen, dass Don die Kunst des Lächelns nicht beherrschte), bemühte er sich doch, dass seine Stimme fest und freundlich klang und nicht wie die eines Generals. »Komm, ich stelle dir die Jungs vor.«

Pierre kam eilig hinter der Theke hervor und drückte mir meinen Mantel, den Schal und meine Tasche in die Hand.

»Nur zu«, sagte er, ein Lachen unterdrückend. »Wir reden später weiter.«

Ich war so überrumpelt, dass mir alles herunterfiel, und er musste mir beim Aufsammeln helfen.

»Und hör auf, so verdammt traurig zu sein«, zischte er mir zu. »Sonst bist du schuld, wenn der Wein zu Essig wird.«

Mich überkam kurz der Impuls, ihm einen Schlag in sein feixendes Gesicht zu verpassen, bis mir wieder einfiel, dass ich niemals mit Gewalt argumentierte.

Und so lernte ich die Freitags-Freaks kennen.

»Jungs, das ist Katherine«, sagte Don und stellte die Bierflaschen auf den voll beladenen Tisch.

»Kate«, korrigierte ich.

»Kate, das sind Sierra und Punisher.«

Freak-Namen natürlich, was hatte ich anderes erwartet. Zumindest musste ich nicht besonders freundlich sein, da sie sicher an exzentrische Leute gewöhnt waren.

Der mit dem Namen Sierra, ein großer, schlanker Typ mit weißem Hemd und einer kleinen randlosen Brille, stand auf und gab mir die Hand.

»Eigentlich heiße ich Frank. Aber du kannst mich Sierra nennen. Oder Frank. Wie du möchtest.«

Er lächelte mir zu und wirkte sympathisch. Sein Blick war aufrichtig und sein Händedruck angenehm fest. Er schien in Ordnung zu sein, ein wenig gestresst vielleicht von der anstrengenden Aufgabe, die Welt vor Cyber-Kriminellen zu beschützen. Trotz meines Schlafmangels – der in dieser Woche sehr ausgeprägt war – fiel es mir nicht schwer, mich in das Leben anderer hineinzuversetzen.

Punisher blieb sitzen, streckte mir aber ebenfalls die Hand hin. Zumindest folgten die beiden nicht dem von mir verhassten Protokoll der Wangenküsse.

»Ich bin Punisher. Immer«, erklärte er, bevor er sich wieder auf seinen Bildschirm konzentrierte.

Allerdings wirkte er gar nicht so feindselig. Er konzentrierte sich nur auf seine eigenen Dinge, und ich konnte ihm nicht verdenken, dass das, was sich auf dem Bildschirm seines Laptops abspielte, deutlich wichtiger war, als die Bekanntschaft einer unbedeutenden übernächtigten jungen Frau namens Kate zu machen. Wir waren Fremde, die lediglich eines gemeinsam hatten: dass sie sich im gemütlichen Halbdunkel einer ruhigen versteckten Bar aufhielten.

Don fegte mit der Hand ein paar Dinge vom Sofa, um mir Platz zu machen. Und als ich mich neben ihn setzte, verschwand meine ganze Nervosität. Als ob die Tatsache, dass ich mich in diesem Moment an genau diesem Ort befand, eigentlich das wäre, was ich gewollt hatte. Ich saß neben Don und fühlte mich, als säße ich zu Hause auf dem Sofa und hätte mir nach einem langen Tag im Büro endlich die Schuhe abgestreift. Einige Zeit später, als ich die Freitags-Freaks etwas besser kannte, hatte Sierra mir mit der ihm eigenen Sensibilität, die man bei Menschen, die in der virtuellen Welt leben, normalerweise nur selten antrifft, erzählt, dass es bei Don immer so war: Gute Menschen fühlten sich sofort wohl in seiner Gesellschaft – »beschützt« war das Wort, das er gebrauchte –, und schlechte Menschen ergriffen die Flucht.

Ich denke, dass Sierra mir mit seinen Worten Mut machen wollte, aber ich teile seine Theorie, nachdem ich mehrfach mitbekommen habe, wie Don nur mit der außergewöhnlichen Kunstfertigkeit, mit der er eine seiner ständig gerunzelten Augenbrauen hob, Leute aus ihrem Schneckenhaus lockte.

»Au weia, Kollegen!«, rief Punisher aus. »Schaut euch mal diese Satellitenbilder an!«

Er drehte den Bildschirm so, dass wir alle den wirklich hübschen bunten Farbflecken sehen konnten, der sich langsam über eine kaum erkennbare dunkelblaue Landkarte bewegte.

»Ist das der sogenannte Big White Storm?«, fragte Don.

»Ja, angeblich soll er Ende nächster Woche hier ankommen und wirklich apokalyptische Ausmaße annehmen«, erklärte Punisher.

»Vorhin hat ein Meteorologe, den ich kenne, gemeint, dass die Experten sich nicht einig sind, ob das Unwetter nicht vielleicht doch an Coleridge vorbeizieht«, führte ich aus.

»Und? Was sagt dein Meteorologe?«

»Dass das Unwetter, wenn es uns trifft, gigantische Ausmaße haben wird. Massen an Schnee und Temperaturen weit unter null. Aber ich weiß nicht, inwieweit man sich auf seine Einschätzung verlassen kann.« Ich dachte an den kleinen lächelnden Mann von Longfellow Radio. »Seine Kollegen nehmen ihn nicht wirklich ernst.«

An jenem Freitag interessierte mich das Unwetter, wenn ich ehrlich bin, nicht im Geringsten. Ich glaube, keiner von uns konnte sich damals vorstellen, wie recht William haben würde.

# Kirschmarmelade zum Frühstück

## DON

»Wir haben dir zwei Pancakes übriggelassen«, begrüßte mich einer der Zwillinge freundlich.

»Mit Kirschmarmelade von Mama. Die, die du so gern magst«, fügte der andere hinzu.

An diesem Morgen trugen sie rot-weiß gestreifte Ringelpullover, waren noch blonder und fröhlicher als sonst, und ich dachte, wie schön es doch war, sie bei uns zu haben. Ich wollte sie mir nicht als Erwachsene vorstellen, ich wollte sie für immer so in Erinnerung behalten, wie sie jetzt waren – gleich angezogen, mit baumelnden Beinen auf ihren Stühlen sitzend, die Gabeln in der Hand, mit marmeladenverschmiertem Kinn.

»Danke, Jungs«, sagte ich und setzte mich zu ihnen an den Tisch.

»Du bist ein Langschläfer«, sagte Charlie vorwurfsvoll hinter seiner Finanzzeitung.

»Na ja, das erspart mir immerhin, einer deiner Barbies im Badezimmer zu begegnen.«

»Kein Streit«, ermahnte mein Vater uns, während er mir eine Tasse Kaffee hinstellte. »Heute Morgen habe ich jedenfalls noch keine Blondine gesehen, die ... ähm ... fluchtartig das Haus verlassen hätte.«

»Eine schlechte Woche, Charlie?«, spottete ich.

»Ein schlechtes Jahr, Don?«, schlug er zurück.

»Beeil dich, Jacob, wir machen heute einen Ausflug«, sagte einer der Zwillinge.

Mein Vater sah mich amüsiert an und zog vielsagend die Augenbrauen hoch. In der letzten Woche hatten wir überlegt, ob die Zwillinge selbst überhaupt wussten, wie sie wirklich hießen, oder ob sie sich spontan für Jacob oder Jasper entschieden, wenn sie dem anderen etwas zu sagen hatten. Charlie war natürlich der Meinung gewesen, dass die Zwillinge ihre eigenen Namen gar nicht mehr kannten, weil sie seit Jahren niemand mehr damit angesprochen hatte. Nicht mal die eigene Mutter.

»Es schüttet wie aus Eimern. Das ist sicher nicht das richtige Wetter, um einen Ausflug zu machen«, meinte Papa. »Den solltet ihr besser auf ein anderes Mal verschieben.«

Der unglückliche Blick, den die Zwillinge wechselten, brach mir fast das Herz.

»Ich mache euch einen Vorschlag. Nach dem Frühstück ruft ihr eure Mutter an und fragt, ob ihr hierbleiben könnt, bis der Regen aufhört. Wir könnten ein bisschen zocken.«

»Jaaaaaaa!«, kreischten sie unisono.

»Und vergesst nicht, euch in meinem Namen für die leckere Marmelade zu bedanken.«

»Aber zuerst trinkt ihr eure Milch aus«, sagte mein Vater. »Könnt ihr überhaupt schon telefonieren?«

»Oh Mann, Nooooorm«, beschwerten sich die Jungs. »Wir können schon seit Jahren telefonieren.«

»Klar. Schon seit sechs Jahren wahrscheinlich, oder?«, fragte ich ernst.

»Viel länger!«, versicherten sie mir und wischten sich mit den Ärmeln ihrer Pullover die Milchreste von den Mündern.

»Aber wie alt sind sie denn?«, fragte Charlie, als die Jungs aus der Küche rannten.

»Sechs«, entgegnete mein Vater. »Und ich kann mir ein Wochenendfrühstück ohne sie gar nicht mehr vorstellen.«

»Wohl wahr«, bestätigte mein Bruder angesäuert. »Die beiden sind eine echte Plage.«

Ich blickte durch das Fenster über der Spüle. Ein feiner Regen hüllte die Landschaft ein. Ich dachte an Kate in ihrer kleinen Wohnung in der Stadt. Ob sie noch schlief? Wahrscheinlich nicht. Pierre hatte von ihren Schlafproblemen gesprochen. Und ich konnte es kaum erwarten, sie am nächsten Freitag wiederzusehen. Wobei ich am Dienstag zu einer Sicherheitsüberprüfung in der Nähe des Ambassador musste. Vielleicht konnte ich dann kurz bei Pierre vorbeischauen, um ihm noch mehr über die Frau mit den Feenschuhen und dem traurigen Blick zu entlocken, die mich verzaubert hatte. Schließlich war ich Polizist, da sollten derartige Ermittlungen kein Problem sein.

»Woran denkst du?«, unterbrach mein Vater meine Gedanken.

»An ein Mädchen«, erwiderte ich, ohne zu überlegen.

Charlie senkte sofort die Zeitung und warf dabei fast seine Kaffeetasse um.

»Ernsthaft?«

»Sie ist nicht blond, also nichts für dich«, wehrte ich ab.

»Was macht sie? Wo arbeitet sie?«

»Das weiß ich nicht. Sie moderiert freitags ein Radio-programm, aber das ist nicht ihre eigentliche Arbeit.«

»Bei welchem Sender?«

»Bei Longfellow Radio. Ein Lokalsender.«

»Pfft!«, machte Charlie verächtlich. »Da kann ich mir schon vorstellen, wie sie aussieht: dünn, bleich, mit Brille und faden Spaghetti-Haaren.«

Ich dachte an Kates schwebendes kastanienbraunes Haar und lächelte.

»Ich dachte, du stehst mehr auf Frauen, die Action lieben. Eine wagemutige Polizeikollegin vielleicht«, nahm mein Bruder mich auf die Schippe.

»Bring sie doch mal mit«, sagte mein Vater und stand auf, um den Tisch abzuräumen.

»Ich habe sie gerade erst kennengelernt, Papa.«

»Und? Worauf wartest du?«

# Liberté, égalité, fraternité

## KATE

»Napoleon!«, sagte ich aufgeregt. »Napoleon Bonaparte ist der romantischste Mann, den ich kenne.«

»Aber was redest du denn da?«, wandte Xavier entsetzt ein. »Napoleon war ein Tyrann.«

»Am Anfang, meine ich.« Ich ignorierte meinen Kollegen und beugte mich ein bisschen weiter zum Mikrofon vor. »Der junge Bonaparte kam nach Paris, um die Ideale der Französischen Revolution und der Aufklärung zu verteidigen. Er glaubte tatsächlich an Freiheit, Gleichheit und Brüderlichkeit. Er führte die Armee der Revolution mit dem Versprechen an, ganz Europa vom Joch der absolutistischen Monarchien und dem von Adel und Klerus dominierten Klassensystem zu befreien. Er hat sich für die Meritokratie eingesetzt – die Regierung durch das Volk und für das Volk –, für kostenlosen und verpflichtenden Unterricht für alle Kinder, unabhängig ihrer sozialen Herkunft, für die Abschaffung des Gottesgnadentums und einen festgelegten Preis für Grundnahrungsmittel.«

In dem kleinen Aufnahmestudio war es totenstill. Ich konnte die anderen nicht mal atmen hören. Alle hingen an meinen Lippen.

»Und dann? Was für eine Enttäuschung!«, sagte ich mit einem traurigen Seufzen. »Was für ein Verrat, als er sich zum Kaiser krönte und vom Glanz der absolutistischen Macht verführen ließ.«

William sah mich erstaunt an und atmete tief ein. Dann applaudierte er geräuschlos und lächelte mir zu.

»Die Ideale, die das Fundament der Französischen Revolution bilden, waren auch die der Romantik«, fuhr ich fort.

»Was? Die Guillotine?«, fiel Xavier, dieser Absolutist, mir ins Wort.

»Liberté, égalité, fraternité«, unterstützte Josh mich freundlicherweise.

»Genau. Was könnte romantischer sein als das Ideal der Freiheit? Der Kampf für die universellen Rechte, die Macht des Volks für das Volk, das Prinzip, dass alle Menschen von Geburt her gleich sind. Rousseaus *contrat social*, einer der Grundpfeiler der Französischen Revolution, oder der spätere Unabhängigkeitskrieg der amerikanischen Kolonien, der direkt auf der revolutionären Idee aufbaut, sind gute Beispiele für die Romantik, von der ich spreche.«

»Hier kommt noch ein Anruf«, verkündete Xavier missmutig.

»Hallo, ich bin Marisa. Und ich bin gerade entlassen worden, weil ich das Romantischste getan habe, was ich mir vorstellen kann.«

»Hallo, Marisa. Das tut mir leid«, entgegnete ich. »Was ist passiert?«

»Ich arbeite ... Ich habe bei einer bekannten Buchhandelskette gearbeitet. Wenn ich nicht gerade Dienst an der Kasse hatte, war ich für die Hardcover-Abteilung zuständig. Und das hat mir wirklich Spaß gemacht. Bis mir die Verlorenheit der Fantasyleser auffiel.«

Josh verschluckte sich, und William konnte ein leises Lachen nicht unterdrücken.

»Was meinst du damit?«, griff Xavier in das Gespräch ein.

»Na ja, sie kamen mir so einsam und verloren vor. Und ich war schon immer der Meinung, dass Leser von epischer Fantasy-Literatur im tiefsten Inneren Romantiker sein müssen. Ihr wisst schon, die Romantik der legendären Königreiche, der mythologischen Helden, der historischen Heldentaten. Schwertkämpfe, große Schlachten, Liebe, die den Tod überdauert ...«

»Stimmt«, unterstützte Josh die Hörerin. »Jetzt, da du es sagst: Das Universum, das Andrzej Sapkowski in seiner Geralt-Saga kreiert, ist eine düstere, traurige Szenerie und tatsächlich sehr romantisch.«

Xaviers Augen schossen Blitze, und er hatte beinah Schaum vorm Mund.

»In der Tat«, unterstützte ich Josh. »Genau wie die Artus-Legende oder Tolkiens *Herr der Ringe*.«

»Genau!«, bestätigte Marisa am anderen Ende der Leitung. »Deshalb habe ich die Fantasy-Romane zu den Liebesromanen gestellt, damit die Leser von beiden Genres sich begegnen konnten. Ich weiß nicht, ob ihr mich versteht: Die Leser von Liebesromanen, die sich nach Romantik sehnen, treffen auf die leicht weltabgewandten und wunderbar epischen Leser von Tolkien und Rothfuss. Ein perfekter Plan.«

Xavier lachte zynisch.

»Natürlich«, sagte ich. »Und? Hat es funktioniert?«

»Na ja, das weiß ich nicht, denn einen Tag nach meiner Initiative ist meinen Vorgesetzten aufgefallen, dass ich die übliche Aufteilung des Geschäfts verändert hatte, und sie waren ziemlich sauer. Sie haben mich gezwungen, alles wieder zurückzuräumen. Sie meinten, dass meine Theorien absurd seien, dass sie Bücher verkaufen wollen und dass es die sozialen Medien gibt, um neue Bekanntschaften zu machen. Darauf habe ich gesagt, dass ich es schwachsinnig finde, an einem System festzuhalten, nur weil man es immer schon so gemacht hat.«

»Oh, oh!«, meinte William leise.

»Genau. Gestern hat man mich gefeuert.«

»Oje, das tut mir wirklich leid«, sagte ich aufrichtig. »Mir gefällt deine Idee, beide Bedeutungen des Romantikbegriffs zu verbinden.«

»Nicht wahr? Als ich gehört habe, was du über die Romantiker und die Romantik gesagt hast, musste ich einfach bei euch anrufen, weil ich wusste, dass ihr mich verstehen würdet.«

»Und was wirst du jetzt tun, Marisa?«, fragte Josh, der aufmerksam zugehört hatte.

»Na ja, ich weiß noch nicht. Vielleicht suche ich mir einen ähnlichen Job, obwohl ...«

»Ja?«, hakte ich nach.

»Vielleicht wäre es keine schlechte Idee, einen eigenen Buchladen zu eröffnen. Einen, in dem ich die Bücher so anordnen kann, wie ich es möchte.«

»Liberté, égalité, fraternité«, rief William.

Ich sah den Wettermann dankbar an und musste lächeln. Der Hauch einer Idee, einer Möglichkeit weckte meine übermüdete Hirnmasse und ließ sie in Regenbogenfarben erstrahlen. Plötzlich spürte ich Schmetterlinge im Bauch. Marisa hatte keine Angst. Vielleicht war sie erschöpft, traurig oder enttäuscht, aber sie hatte keine Angst. Sie hatte einen Job verloren, der ihr nicht gefallen hatte, und war bereit, etwas anderes zu versuchen.

Wenn ich heute an diesen Abend zurückdenke, weiß ich, dass es nicht ihr Anruf war, der mich davon überzeugte, all meinen Mut zusammenzunehmen. Ich möchte lieber glauben, dass die Entscheidung, meinen enttäuschenden Job aufzugeben, schon lange in mir schlummerte und dass Marisa nur der Auslöser war. Ihre ruhige Stimme, die Überzeugung, dass es nicht das Ende der Welt war, dass sie ihren Arbeitsplatz in diesem Buchladen verloren hatte, öffnete das Fenster, das in einer dunklen Ecke meiner Seele existierte und das schon so lange geschlossen war. In diesem Moment, in dem Studio eines lokalen Radiosenders über den Dächern von Longfellow, umgeben von den sympathischsten Schiffbrüchigen der Geschichte, wusste ich, während ich über Bonaparte und Mittelerde sprach, dass der Zeitpunkt gekommen war, dieses Kapitel zu beenden und mein Glück woanders zu versuchen.

Xavier verabschiedete Marisa und spielte Werbung ein. Er nahm den Kopfhörer ab und machte seinem Ärger Luft: »Romantik? Hörer, die Bücher umstellen und entlassen werden? Napoleon Bonaparte? Also bitte! Das ist ein humoristisches Programm! Was soll der ganze Scheiß!«

»Ich finde das interessant«, beeilte sich William zu versichern, bevor er mich weiter bewundernd ansah.

»Das ist ein guter Ausgleich. In den anderen Beiträgen ist genug Humor. Ich finde diese Abwechslung gut«, verteidigte Josh mich. »Außerdem sind jede Menge Anrufe eingegangen. Das ist doch ein Zeichen, dass es den Hörern gefällt.«

Xavier war immer noch wütend, aber da er nicht nur dumm, sondern auch feige war, war er nicht in der Lage, mir ins Gesicht zu sehen. Ich war für diesen neuen Programmbereich verantwortlich, und wenn er ihm nicht gefiel, hätte er mir das unter vier Augen sagen müssen und nicht in einer Werbepause vor der versammelten Mannschaft. Er hätte Verbesserungsvorschläge machen können, anstatt alles schlechtzumachen.

»Wir werden sehen«, fuhr er fort. »So gut läuft das Programm nämlich nicht. Ich weiß nicht, wie lange wir überhaupt noch senden dürfen.«

Seine Worte waren für Josh, William und mich wie eine eiskalte Dusche.

»Noch sechzig Sekunden, dann sind wir wieder auf Sendung«, verkündete Santi aus seinem Aquarium.

Wir beendeten das Programm mit Williams Wetterbericht, der die Bevölkerung – zumindest den geringen Teil, der uns zuhörte – erneut vor dem Ende der Welt in Form des apokalyptischen Unwetters warnte.

»Tosender Sturm, Schnee und Gewitter – das ist nun wirklich sehr romantisch«, meinte Josh lächelnd.

»Das mag sehr romantisch sein, aber ich musste den Hörern noch einmal klarmachen, wie wichtig es ist, vor allem in den ersten sechs Stunden des Sturms ihre Häuser nicht zu verlassen. Die Behörden müssten mit ihren Warnungen an die Bevölkerung meines Erachtens viel deutlicher sein und den Leuten sagen, dass sie sich mit Vorräten eindecken, sich warm anziehen und nachsehen sollen, ob die Heizung gut funktioniert.«

Mein Blick fiel auf Josh und Santi, die mit ihren Lippen ein schweigendes »Bla-bla-bla« formten, und ich musste lachen. Wahrscheinlich sah unser Wettermann Gespenster. Xavier starrte mich hasserfüllt an und verabschiedete sich dann von unseren Zuhörern.

# Etwas Neues

»Auf den jungen General Bonaparte«, sagte ich, nachdem Pierre mir in dem maritimen Ambiente der versteckten Bar meinen Martini mit Oliven serviert hatte.

»Auf bunte Socken«, entgegnete er und hob sein Glas.

»Ich dachte, es bringt Unglück, mit Wasser anzustoßen?«

»Nicht, wenn es um Socken geht. Mir ist heute nicht nach Whisky. Ich habe mit meinem Vater geredet.«

Pierre stammte aus einer langen Ahnenreihe von Textilunternehmern, die auf der Welt nur zwei Interessen hatten: sehr reich zu werden oder bei dem Versuch, reich zu werden, zu sterben und in Paris zu leben. Im Laufe der Generationen war die Familie Lafarge entweder immens erfolgreich gewesen, oder sie waren an Schulden zugrunde gegangen. Dazwischen gab es nichts. Und fast neunzig Prozent der Vorfahren meines Freundes, die mit ihren Fabriken und Geschäften, in denen Socken und Unterwäsche produziert und verkauft wurden, ein kleines Vermögen gemacht hatten, waren irgendwann in ihrem erfolgreichen Leben nach Paris gezogen. Alle anderen hatten verfügt, dass nach ihrem Tod ihre Asche in der schönen Hauptstadt Frankreichs von irgendeiner Brücke aus in die Seine verstreut werden sollte. Ich weiß nicht, was die Behörden in Paris dazu sagten, aber ich fand es schaurig-schön.

Mein Freund war einer der wenigen Familienmitglieder, die sich dem Fluch der Familie, ihr Leben der Herstellung und dem Verkauf von Socken zu widmen, entzogen hatten, und derzeit schien er der Bestimmung, nach Paris umzuziehen, mit stoischem Heldenmut zu widerstehen. Ich hätte ihn gern dorthin begleitet, aber Pierre Lafarge, mit dem ich das Glück hatte, mich verbunden zu fühlen, schien gegen familiäre Zwänge immun zu sein.

In einem späten Anflug von jugendlicher Rebellion hatte Pierre ein Studium der Kunstgeschichte begonnen, aber nachdem er seine Eltern, Onkel, Cousins und die anderen Familienmitglieder, die sich am Ende jedes Jahres um den weihnachtlich gedeckten Tisch versammelten, einmal aus der Reserve gelockt hatte, hing er das Studium an den Nagel und reiste nach Italien, um die Schönheit, die auf den Dias seiner Professoren zu sehen gewesen war, mit eigenen Augen zu bewundern. Schließlich musste er jedoch feststellen, dass das Stendhal-Syndrom allein zum Überleben nicht ausreichte, denn die elterlichen Zuwendungen, die er anfangs noch auf Drängen seiner in der Ferne besorgten Mutter bekam, blieben irgendwann aus. Daraufhin begann Pierre, als Kellner zu arbeiten, und promovierte in der hohen Kunst des Servierens eines echten italienischen Espressos.

Den Rest der Biografie meines Freundes kannte ich nur vage. Ich wusste, dass er in verschiedenen europäischen Ländern gelebt hatte, ohne festes Ziel und allergisch gegen jede Art von Bindung, selbst wenn er sich in einen Ort, seine Menschen, einen bestimmten Menschen oder einfach das Leben dort verliebt hatte. Immer wenn wir auf diese Wanderjahre zu sprechen kamen, war er darauf bedacht, möglichst wenige Details preiszugeben, aber mir entging weder der sehnsüchtige Klang seiner Stimme noch die Geste seiner Hände, die nach der verlorenen Zeit zu greifen schienen.

»Warum bist du eigentlich nach Coleridge zurückgekehrt?«, wagte ich eines goldenen Herbsttages zu fragen, als wir zu Füßen der Kastanienbäume auf dem Rathausplatz saßen und eine heiße Schokolade mit Karamell genossen.

»Weil meine Eltern nach Paris gezogen sind und ich das Haus nun für mich allein habe.«

»Der Fluch der Familie Lafarge.« Ich lächelte ihn an, denn ich wusste, dass er log.

Soweit ich über Pierres Familienleben informiert war, hatte er seine Eltern seit mehreren Jahren nicht mehr gesehen. Manchmal riefen sie ihn an, um ihm sein Leben als Barkeeper vorzuwerfen, ihn aufzufordern, in den Schoß der Socken produzierenden, in Paris lebenden Familie zurückzukehren und sich nach seiner Gesundheit zu erkundigen – in genau dieser Reihenfolge. Mit der Zeit hatte mein Freund gelernt, Streitereien aus dem Weg zu gehen, aber nicht nachzugeben, doch nach den Telefonaten mit seinen Eltern war er jedes Mal ein paar Tage äußerst schweigsam.

»Das Gleiche wie immer?«, wollte ich wissen.

»Mehr oder weniger.« Wenn Pierre mich belog, wandte er jedes Mal den Blick ab und strich sich mit der

Hand durchs lockige dunkle Haar. »Ich erzähl es dir ein andermal.«

Seine blassblauen Augen baten mich um eine Schonzeit, die ich ihm gern bewilligte. Auch ich war müde, und es war Freitag. In letzter Zeit war mein Leben voller Freitage. Freitage von morgens bis abends.

»Hast du unsere Sendung gehört?«

»Teilweise. Napoleon? Also echt! Was hat das denn mit Humor zu tun?«

»Du wirst schon sehen. Man braucht nur die Geschichte zu erzählen, wie es Bonaparte gelungen ist, aus der Verbannung auf der Insel Elba zu fliehen, und er seinen Marsch auf Paris begann. König Ludwig XVIII., ein Bourbone, der nicht besonders beliebt war, aber den französischen Thron besetzte, schickte ihm seine Truppen entgegen, die ihn aufhalten sollten, möglichst, bevor er die Landesgrenze erreichte. Allerdings waren die meisten Soldaten, die der König aussandte, um die Rückkehr des gefallenen Helden zu verhindern, Kriegsveteranen, und als sie ihrem geliebten ehemaligen General gegenüberstanden, wechselten sie die Seite und ordneten sich dem Befehl des Mannes unter, der sie in den Kampf für die Republik und die Freiheit geführt hatte. Und so ging es immer weiter. Ludwig XVIII. schickte weitere Truppen, um Napoleons Vormarsch aufzuhalten, und der rückte mit einem stets wachsenden Heer Paris immer näher. Bis der König eines Morgens aufwachte und – so erzählt man – an einer der Wände des Palasts geschrieben stand: ›Du brauchst mir nicht noch mehr Soldaten zu schicken, ich habe bereits genug.‹ Das nahm der König dann zum Anlass, seine Koffer zu packen und zu fliehen.«

Pierre lachte.

»Siehst du? Es *ist* lustig.«

»Ich weiß nicht, meine Liebe, du sprichst ja nur von toten Männern.«

»Sind das nicht die Besten?«

Mein Freund machte ein beleidigtes Gesicht, musste aber trotzdem lachen.

»He, Pierre, ich hätte gern noch drei Bier.«

Punisher, in Jeans und einem dunklen T-Shirt – diesmal erstaunlicherweise ohne Aufdruck – lehnte an der Theke direkt neben mir. Wie lange er uns wohl schon zugehört hatte?

Mein Handy meldete sich, und ich ging ran, ohne aufs Display zu schauen. Ich wusste schon, wer dran war.

»Guten Abend, Mr. Torres.«

»ICH FINDE MEINEN TERMINKALENDER NICHT. ICH HABE IHN AUF MEINEN SCHREIB-TISCH GELEGT, UND JETZT IST ER NICHT MEHR DA. DEN HABEN BESTIMMT DIE VON MERCURY GESTOHLEN, UM MICH AUSZUSPIONIEREN.«

»Mr. Torres, Ihr Terminkalender liegt neben dem Aquarium. Ich habe ihn dort hingelegt, damit er in der Unordnung auf Ihrem Schreibtisch nicht verloren geht.«

»DAS IST NICHT MEIN TERMINKALENDER.«

»Aber Sie haben doch nur einen Terminkalender, Mr. Torres.«

»ER SIEHT AUS WIE MEIN TERMINKALENDER, ES KANN ABER NICHT MEIN TERMINKALENDER

SEIN. DIE EINTRÄGE SIND ALLE FALSCH. ICH HABE IN DIESER WOCHE KEINE VORSTANDS-SITZUNG.«

»Haben Sie vielleicht die falsche Woche aufgeschlagen?«

Auf der anderen Seite der Leitung war es auf einmal ungewöhnlich still. Dann:

»ICH LASSE MIR NICHT VORSCHREIBEN, IN WELCHER WOCHE ICH NACHSEHE.«

»Natürlich nicht, Mr. Torres.«

»KATHERINE, DIE FISCHE IN DIESEM AQUA-RIUM SIND AUS PLASTIK.«

»Ja. Die echten sind vor etwa einem Jahr gestorben, und Sie haben mir gedroht, das Aquarium aus dem Fens-ter zu werfen, wenn Sie noch einmal ... wie sagten Sie noch? ... *eklige bunte schwimmende Kadaver* sehen müssen.«

»HALTEN SIE ES ETWA FÜR NORMAL, EIN AQUARIUM MIT PLASTIKFISCHEN ZU FÜLLEN?«

»Nein. Nicht wirklich. Es verursacht mir jedes Mal eine Gänsehaut, wenn ich Ihr Büro betrete. Es war nur eine Notlösung. Soll ich das Aquarium entfernen lassen?«

»UNTERSTEHEN SIE SICH. ES BEEINDRUCKT DIE GESCHÄFTSFÜHRER.«

»Wie Sie möchten.« Ich seufzte.

»WAS IST MIT DEM BERICHT ÜBER CROSS? WENN DER MORGEN NICHT AUF MEINEM SCHREIBTISCH LIEGT, BRAUCHEN SIE AM MONTAG GAR NICHT ERST ZUR ARBEIT ZU KOMMEN.«

»Werde ich entlassen? Schon wieder?«

»MORGEN AUF MEINEM SCHREIBTISCH!«

»Auf Ihrem Schreibtisch ist kein Platz mehr, Mr. Torres. Außerdem ist morgen Samstag, und ich werde nicht ins Büro gehen, denn ich leiste an den Wochentagen schon genug. Vielleicht bleiben Sie auch mal zu Hause bei Ihrer Familie. Wann haben Sie das letzte Mal etwas mit Ihren Kindern gemacht?«

Doch wie immer hatte Mr. Torres längst aufgelegt.

»Du meine Güte!«, rief Punisher aus. »Wer war das denn?«

Pierre bediente gerade einen anderen Gast an einem Tischchen am Eingang – den einzigen, der sich an diesem Abend noch in die kleine Bar verirrt hatte –, sodass wir allein an der Bar waren. Wir sahen uns einen Moment schweigend an.

»Mein Chef«, seufzte ich dann.

»Du meine Güte!«, wiederholte Punisher beeindruckt. »Der hat ja so laut geschrien, dass ich jedes Wort verstehen konnte.« Er schüttelte den Kopf. »Du solltest auf ihn hören und am Montag nicht zur Arbeit gehen. Niemand hat es verdient, dermaßen angebrüllt zu werden. Wo, zum Teufel, arbeitest du?« Er musterte mich mitfühlend.

»Bei Milton Consultants.«

Als Don mich am vergangenen Freitag seinen Freunden vorgestellt hatte, hatte ich das Gefühl gehabt, dass Punisher eher genervt gewesen war und ich bei ihm nicht besonders gut angekommen war. Sein Mitgefühl überraschte mich.

Pierre kehrte zur Theke zurück und servierte dem Informatiker sein Bier.

»Ernsthaft, Mädchen, such dir einen anderen Job. Das ist doch nicht normal, wie dieser Typ dich behandelt.« Punisher warf mir einen letzten mitleidigen Blick zu und griff nach den Getränken. »Danke, Pierre.«

Er ging zu dem Tisch im hinteren Teil der Bar zurück, an dem seine Freunde saßen. Don wandte gerade den Blick ab, und ich hatte das Gefühl, dass er uns beobachtet hatte.

»Der Mann hat recht«, meinte Pierre.

Ich zuckte mit den Schultern und trank einen Schluck von meinem Martini.

»Ich hab mich daran gewöhnt.«

»Sei vorsichtig mit dem, was du sagst. Wenn du dich daran gewöhnst, wie der letzte Dreck behandelt zu werden, glaubst du irgendwann selbst, dass du nichts wert bist.«

»Ja, ich weiß. Ich werde Milton verlassen«, erklärte ich seufzend.

»Das sagst du schon seit Jahren. Aber du bist noch immer dort.«

Ich starrte betrübt in meinen Martini. »Weißt du, heute hat doch so eine junge Frau beim Sender angerufen«, sagte ich dann.

»Die, die es für romantisch hielt, dass ihr Freund ihr einen Koala zum Geburtstag geschenkt hat?«

»Nein, die nicht.«

»Nicht? Aber das war doch unglaublich romantisch. So einen Koala kann man nämlich nicht einfach so in der Tierhandlung kaufen, ist euch das überhaupt klar?«

»Ich meine Marisa, die entlassen wurde, weil sie den Buchladen umsortiert hat.«

»Außerdem essen die jede Menge Eukalyptusblätter. Keine Ahnung, wo man die herkriegen soll.«

»Sie wirkte so mutig und gelassen, das hat mich sehr beeindruckt. Ich meine, sie ist gerade entlassen worden, aber deswegen ist ihre Welt nicht zusammengebrochen. Dabei hat sie nur versucht, den Laden zu verbessern, aber man hat ihr nicht mal zugehört.«

»In einer Reportage über Koalas hab ich mal gehört, dass sie dauernd kotzen müssen, weil ihr Organismus die Blätter gar nicht verarbeiten kann.«

»Man muss sich einfach einen neuen Job suchen, noch mal von vorn anfangen. Vielleicht ist das gar nicht so schwer.«

»Wie eklig, das ganze Haus voller Koala-Kotze.«

»Sie hat überhaupt keine Angst gehabt, es schien fast so, als halte sie ihre Kündigung für eine Chance und nicht für eine Katastrophe.«

»Und sie schlafen aneinandergeklammert oben in den Bäumen. Was nicht sehr praktikabel ist, wenn ich mir die Häuser in Coleridge ansehe. Die Bäume müssten aus den Schornsteinen wachsen.«

»Das hat mich ... ermutigt. Als ich dieser Marisa zugehört habe, hat es auf einmal in meinem Kopf Klick gemacht. Ich denke, ich sollte das Gleiche tun.« Ich hob entschlossen den Kopf. »Nächste Woche werde ich bei Milton kündigen. In den nächsten Tagen bereite ich alles vor, und dann gehe ich. Ich habe genug davon, immer nur herumzujammern.«

Pierre hörte damit auf, Gläser aus der Spülmaschine zu räumen und über Koalas zu sinnieren, und sah mich plötzlich aufmerksam an.

»Du gehst?«, fragte er.

»Ja.«

»Und du meinst es wirklich ernst.«

»Diesmal ja. Und ich habe nicht vor, meine Meinung über das Wochenende wieder zu ändern. Am Montag informiere ich die Personalabteilung, und spätestens in einer Woche bin ich weg.«

»Das hast du schon öfter gesagt, und dann ist doch nie was draus geworden. Und jetzt, nur, weil diese Frau, diese ... verrückte Buchhändlerin mit ihren seltsamen Vorstellungen der Buchsortierung beim Radio anruft, ist alles anders?«

»Ja.« Ich lächelte. »Außerdem ist sie nicht verrückt, sondern mutig und entschlossen. Davon kann man eine Menge lernen. Jenseits von Milton Consultants endet nicht die Welt, und schon seit Jahren habe ich genug davon, mich für diese Firma kaputtzumachen. Ich beschwere mich ständig, aber ich unternehme nichts. Ich habe mich in meiner Misere bequem eingerichtet. Aber ich will nicht mehr ständig traurig sein und nicht schlafen können. Warum siehst du mich so skeptisch an? Ich sage dir gerade, dass ich etwas Neues, etwas anderes machen will ...« Ich zog eine weinerliche Grimasse, von der ich genau wusste, dass sie Pierre beunruhigte. Er hasste Tränenausbrüche, denn er konnte seine Freunde nicht weinen sehen.

»Ist ja gut, ich glaube dir«, sagte er rasch. »Erzähl mir mehr. Was willst du machen, nachdem du gekündigt hast?«

Ich atmete tief durch, trank den Rest meines Martinis in einem Zug aus und lehnte mich mit einem verschwörerischen Blick über die Theke.

»Ich habe nicht die geringste Ahnung.«

»Na, das ist doch schon mal was.«

»Mach dich nicht über mich lustig.«

»Das tue ich nicht. Im Ernst – dass du nicht weißt, was du machen sollst, ist ein guter Anfang, weil es alle Optionen offenlässt.« Er lächelte mir aufmunternd zu. »Nächste Woche setzen wir uns in deinem Garten zusammen, um zu überlegen, wie es weitergehen soll.«

Ich nickte wie ein braves gehorsames kleines Mädchen, das endlich die volle Aufmerksamkeit ihres Lieblingslehrers für sich hat.

»Und bitte – mach nicht so ein trauriges Gesicht, Kate. Du willst mich und meinen Wein doch nicht enttäuschen, oder?«

# Gefährlicher als ein Höhlenmonster

## DON

»Hör mal, Don, deine Kleine braucht einen neuen Job«, sagte Punisher, als er mit der zweiten Runde Bier an unseren Tisch zurückkehrte.

»Sie ist nicht meine Kleine.«

»Wie auch immer.« Er zuckte mit den Schultern, trank einen Schluck von seinem Bier und stellte sich den Laptop wieder auf den Schoß. »Ihr Chef hat sie wegen irgendwelcher toten Fische angebrüllt. An einem Samstag, mitten in der Nacht. Das ist doch total irre.«

»Das macht irgendwie keinen Sinn«, pflichtete ihm Sierra bei, der sonst für alles eine Erklärung fand.

»Er hat gedroht, sie zu entlassen.«

»Ich dachte, du magst Kate nicht«, entgegnete ich trocken.

»Das stimmt nicht. Mir hat nur nicht gefallen, dass du sie einfach an unseren Tisch geholt hast. Ich meine – sie hätte eine Spionin von Segursmart sein können.«

»Das schon wieder«, sagte ich seufzend. »Glaub mir, Segursmart weiß nicht mal, dass wir überhaupt existieren.«

»Wir könnten Kate bei Segursmart einschleusen. Dein Bruder kennt eine Sekretärin, die dort in der Personalabteilung arbeitet. Sie könnte sicher ein Vorstellungsgespräch arrangieren.« Punisher blickte in die Runde.

»Das macht schon eher Sinn«, meinte Sierra nachdenklich.

»Was?«, fragte ich überrascht. »Glaubst du etwa auch an diesen Quatsch mit den Spionen?«

»Don, wir müssen pragmatisch vorgehen«, entgegnete Sierra ruhig. »Wenn wir diese Sache wirklich ernsthaft betreiben wollen ...«

»Und das wollen wir«, warf Punisher ein.

»... wird der Moment kommen, an dem wir an einen der Server ranmüssen. Technisch ist das kein Problem, aber praktisch bedeutet das, dass sich jemand in die Zentrale von Segursmart einschleichen muss, um einen USB-Stick oder eine externe Festplatte anzuschließen. Das geht schnell, aber wir brauchen eine Gelegenheit.«

»Und die haben wir jetzt, weil Charlie diese Blondine von der Personalabteilung kennt«, insistierte Punisher.

»Stimmt das?«, fragte Sierra und sah mich an.

»Glaub mir, wenn sie blond ist und in Coleridge arbeitet, kennt mein Bruder sie. Ich würde alles darauf wetten, dass sie eines Samstagmorgens bei uns zu Hause war und noch vor dem Frühstück gefahren ist.«

Ich lehnte mich in dem violetten Samtsofa zurück und streckte den Rücken. Ich hatte viel zu lange gebeugt an dem niedrigen Tisch gesessen und lustlos die Tastatur meines Laptops bearbeitet. Von meinem Platz aus konnte ich die Theke überblicken. Im schwachen Licht wirkte Kates Profil leicht verschwommen. Als sie hereingekommen war, hatte sie ihr Haar zu einem hohen Knoten zusammengeschlungen getragen, doch dann hatte sie ihn wieder aufgezogen, und die ganze Pracht ergoss sich über ihren Rücken. An diesem Freitag trug sie eine Hose und Stiefel. Ich vermisste ihre Feenschuhe und ärgerte mich über mich selbst, weil ich so einen Blödsinn dachte.

Als hätte Kate meine Gedanken gelesen, wandte sie sich plötzlich um und ertappte mich dabei, wie ich sie anstarrte. Sie lächelte und winkte mir zu. Ich antwortete mit einem Kopfnicken und fühlte mich wie ein Idiot. Fast hätte ich zurückgelächelt. Brachte diese Frau mich tatsächlich so aus dem Konzept? Nein, im Ernst, so war ich nicht. Ich lächelte nur, wenn mir jemand etwas wirklich Lustiges erzählte.

»Ich werde niemanden in die Sache mit hineinziehen, und schon gar nicht Kate. Ich möchte sie nicht in Gefahr bringen«, erklärte ich und runzelte die Stirn.

»Mach mal halblang, Kollege«, entgegnet Punisher. »Sie soll ja nicht gegen ein gefährliches Höhlenmonster kämpfen.«

»Und ich werde sie auch nicht dazu auffordern, etwas … Unmoralisches zu tun«, schloss ich.

»Als ob jemand, der bei Milton arbeitet, unschuldig ist wie ein Lämmchen.« Punisher ließ nicht locker.

»Wo hast du gesagt, arbeitet sie?«, fragte Sierra noch einmal nach.

»Bei Milton Consultants. Hat sie mir gerade erzählt.«

»Den Namen hab ich doch irgendwo schon mal gesehen«, murmelte Sierra. Er ließ sein Bier stehen und tippte etwas in seinen Laptop ein, »hier …«

»Schau einfach auf die Liste der vom FBI meist gesuchten Wirtschaftskriminellen«, meinte Punisher. »Diese Miltons haben so einiges auf dem Kerbholz.«

»Charlie hat gute Freunde dort.«

»Da ist es«, verkündete Sierra. »Jetzt weiß ich wieder, wo mir der Name schon mal begegnet ist.«

»Milton Consultants ist ein wichtiger Finanzdienstleister, den kennt jeder«, erklärte ich. »Sie beraten mindestens die Hälfte aller Firmen hier.«

»Mag sein, aber ich meine etwas anderes«, sagte Sierra. »Der Name kam mir bekannt vor, weil ich ihn hier gelesen habe. Milton Consultants arbeitet schon seit Jahren für Segursmart.«

»Dann kann Kate uns sicher helfen, die fragwürdige Kontobewegung, die du letzte Woche entdeckt hast, nachzuverfolgen«, sagte Punisher.

»Ich werde Kate da nicht mit reinziehen«, entgegnete ich aufgebracht. »Wir können diese Sache auch ohne sie und ohne Charlie hinkriegen. Vergesst die Finanzen und konzentriert euch auf die digitalen Spuren.«

Sierra sah mich auf eine seltsame Art an, die ich in jenem Moment nicht verstand. Ich dachte, seine Zweifel an unseren Fähigkeiten als Hacker wären der Grund. Damals kam mir gar nicht in den Sinn, dass mein Freund über einen alternativen Plan nachdenken könnte. Ohne dass ich auch nur die geringste Ahnung hatte, hatte das Schicksal uns mit der Entdeckung, dass es eine Verbindung zwischen Segursmart und Kates Arbeitgeber gab, den letzten fehlenden Mosaikstein zugespielt und damit etwas in Gang gesetzt, das die Fundamente meiner letzten fünf Lebensjahre ins Wanken bringen würde.

Ich starrte sehnsüchtig zur Bar, wo Kate sich gerade mit ein paar Küssen von Pierre verabschiedete. Dann nahm sie ihren Mantel und ihre Tasche und steuerte geradewegs auf unseren Tisch zu. Ich hätte mich fast am Rest meines Schwarzbiers verschluckt.

»Hallo, Jungs.« Sie lächelte

Punisher schenkte ihr ein freundschaftliches Brummen und sah mich dann mit hochgezogenen Brauen an.

»Hallo«, entgegnete Sierra, und auch ich stammelte einen Gruß.

»Lasst euch nicht stören. Ich wollte nur kurz vorbeischauen, bevor ich gehe. Wir sehen uns dann nächsten Freitag.«

»Warte«, rutschte es mir plötzlich heraus. »Ich komme mit. Ich wollte auch gerade gehen.«

Als ich meine Sachen zusammenräumte, redete ich mir ein, dass mein Herz nur so heftig klopfte, weil ich zu schnell vom Sofa aufgestanden war.

Ich verabschiedete mich von meinen Freunden und begleitete Kate durch die halbdunkle Bar zum Ausgang. Dabei hätte ich schwören können, dass Pierre mir zuzwinkerte, als wir an der Theke vorbeikamen, aber in dem schwachen Licht konnte man das nicht mit Sicherheit sagen.

In der Lobby des Hotels wartete ich darauf, dass Kate sich ihren Mantel anzog und ihren langen Schal gefühlt hundert Mal um den Hals schlang. Das war durchaus begründet, denn es war äußerst windig und kalt draußen, deutlich zu kalt für Anfang November.

Der erste Windstoß erwischte uns unvorbereitet, und ihr Haar wehte mir ins Gesicht. Es roch so gut, dass ich es beinahe laut gesagt hätte.

»Puh«, beschwerte sie sich, während sie versuchte, einige Strähnen mit der einen Hand einzufangen, während sie in der anderen ihre Tasche umklammert hielt. »Das ist sicher schon das Unwetter.«

»Was für ein Unwetter?«

»Ich dachte, ich hätte euch schon davon erzählt. Ein Bekannter von mir ist Meteorologe, und er behauptet, dass dieses Unwetter so schlimm wird, dass es uns von der Außenwelt abschneidet.«

»Dass es uns so richtig eiskalt erwischt?«

»Ja, das auch.« Sie lächelte. »Mein Auto steht dort drüben.«

»Ich warte, bis du eingestiegen bist. So spätabends und im Dunkeln weiß man nie ...«

»Danke, aber das ist nicht nötig.«

Ich begleitete sie zum Auto, spürte den Gurt meiner Laptoptasche schwer auf meiner Schulter und den Drang, etwas zu sagen, was sie noch ein paar Minuten aufhalten könnte. Aber in diesen Dingen bin ich noch nie gut gewesen. Charlie dagegen war ein Meister der schönen Worte – er hätte sie noch in derselben Nacht abgeschleppt und am nächsten Morgen ohne Pancakes in ein Taxi gesetzt. Oder vielleicht auch nicht. Vielleicht wäre Kate selbst für ihn ein harter Brocken gewesen. Dieses freundliche, irgendwie geistesabwesende Mädchen, das eindeutig in einer anderen Sphäre schwebte und eine andere Luft atmete als der Rest von uns Sterblichen, verfügte über einen komplizierten Abwehrmechanismus, der selbst den raffiniertesten Dechiffrierungstechniken zu widerstehen schien. Und ich stellte mich in dieser Nacht vor dem Eingang des Hotel Ambassador ausgesprochen dämlich an.

»Na dann ... Gute Nacht«, sagte Kate.

Sie öffnete die Autotür eines ziemlich alten Fords, legte ihre Sachen auf den Beifahrersitz und stieg ein.

Beim dritten Startversuch war klar, dass der Wagen nicht anspringen würde. Ich bedankte mich im Stillen bei der programmierten Überalterung der Automobiltechnologie und der ungewöhnlichen Kälte, die sicher zu dem Wunder beitrugen, dass Kates Schicksal nun in meinen Händen lag.

Leicht beunruhigt drehte sie noch einmal am Zündschlüssel, doch der Motor blieb stumm. Dann klopfte sie ans Fenster und rutschte ungeduldig auf dem Fahrersitz hin und her.

»Springt er nicht an?« Manchmal brachte ich mich selbst mit meinen genialen Kommentaren zum Lachen.

»Ich weiß nicht, was los ist. Vor einer Stunde hat er noch prima funktioniert.«

Sie zog den Schlüssel heraus, sah ihn irritiert an und steckte ihn wieder ins Zündschloss. Dann versuchte sie es erneut, doch der Motor rührte sich nicht. Inzwischen hatte der Wind den Weg in meine Jacke gefunden, und mir wurde kalt.

»Vergiss es, Kate.«

»Was?«

»Vielleicht verstehst du mich besser, wenn du kurz das Fenster runtermachst«, rief ich schlotternd.

Sie zögerte einen Moment und ließ dann das Fenster runter.

»Ich weiß nicht, was los ist«, wiederholte sie.

»Hör mal, Kate, ich würde gern nachsehen, aber ich habe keine Ahnung von Automechanik. Es ist kalt, es ist spät, und das ist kein Wetter für einen Spaziergang im Mondschein. Lass das Auto hier stehen, und ich bringe dich nach Hause.«

Sie sah mich einigermaßen entsetzt an. Das fiel sogar ihr auf, und sie wandte den Blick verlegen ab.

»Ich weiß, dass du mich kaum kennst. Aber vielleicht könntest du eine Ausnahme von der Regel machen, niemals zu einem Fremden ins Auto zu steigen, und dich von mir nach Hause fahren lassen. Möglicherweise hilft es, wenn ich dir sage, dass ich Polizist bin.«

Mit einem Mal kam mir die ganze Situation äußerst skurril vor. Hier stand ich und versuchte, die scheinbar hilfloseste Frau in der ganzen Stadt davon zu überzeugen, dass ich ihr nichts tun würde.

»Okay, das klang jetzt eindeutig nach einem Psychopathen.«

Kate lachte, und mir war klar, dass ich die Schlacht gewonnen hatte.

»Darum geht es nicht«, meinte sie zögernd, offensichtlich auf der Suche nach einer Ausrede, denn natürlich ging es genau darum. »Ich will nur keine Umstände machen.«

»Du machst mir keine Umstände. Mir wäre es deutlich unangenehmer, dich hier zurückzulassen.«

»Ich könnte ein Taxi rufen.«

»Ja, das könntest du. Gehen wir zurück in die Hotellobby und bitten wir den netten Mann am Empfang, dir ein Taxi zu rufen.«

Ich vertraute darauf, dass Kate genau wie ich wusste, dass der Nachtportier des Hotels ein glatzköpfiger Gorilla war, der die Menschen hasste und sich lieber einen Finger abhacken würde, als für jemanden ein Taxi zu rufen, der nicht im Hotel wohnte.

»Ich könnte auch auf Pierre warten.«

»Vorausgesetzt, dass Pierre nach der Arbeit nichts vorhat«, meinte ich. »Komm jetzt, nimm deine Sachen, und ich bringe dich nach Hause. Der kleine Umweg ist kein Problem. Du siehst ziemlich müde aus.«

Sie stieg aus ihrem Auto, schloss es ab, und wir gingen zur Tiefgarage des Hotels hinüber. Nicht wirklich überzeugt, blieb sie noch einmal stehen und blickte sich um.

»Wir können eines machen«, sagte ich. »Ich habe einen Freund, der hier ganz in der Nähe eine Autowerkstatt hat. Wenn du mir den Schlüssel dalässt, könnte er sich deinen Wagen am Montag früh direkt mal ansehen.«

Kate schien keine Energie mehr für weitere Diskussionen zu haben. Sie löste den Schlüssel von ihrem Schlüsselbund und gab ihn mir.

»Danke«, sagte sie leise.

Wir gingen in die Tiefgarage hinunter, ich half ihr, ihre Sachen auf dem Rücksitz zu verstauen, und sie sagte mir, wo sie wohnte. Ich kannte die Gegend, die sich relativ nah am Zentrum befand.

Die Straßen von Coleridge lagen im Dunkeln. Obwohl der Wind ein wenig nachgelassen hatte, sorgte die Kälte dafür, dass kein Mensch freiwillig das Haus verließ, und es waren nur wenige Autos unterwegs.

»Polizist also«, sagt Kate schmunzelnd angesichts meines Coming-out als Retter in der Not. »Hast du auch eine Waffe dabei?«

»Okay ... Und wer von uns beiden ist jetzt der Psychopath?«

Ich hörte sie leise lachen, und das gefiel mir. Dass sie so dicht neben mir saß, dass ihre Kleidung mich streifte und ich den Duft ihres Haars riechen konnte, war einfach nur schön. Ich wollte die Fahrt so lange wie möglich ausdehnen und achtete darauf, so langsam wie möglich zu fahren. Mit ein wenig Glück mussten wir an jeder Ampel anhalten, weil es in Coleridge keine grüne Welle gab.

»Eigentlich bin ich kein richtiger Polizist. Ich habe Informatik studiert und gehöre zu einer Einheit, die gegen Cyberkriminalität ermittelt.«

»Und gefällt dir deine Arbeit?«

»Ja. Die meisten Fälle sind eher langweilig, alltägliche Bürokratie, aber hin und wieder passiert etwas Interessantes, das mich herausfordert.«

»Das dich motiviert.«

»Genau.«

»Das ist das ganze Geheimnis«, meinte sie seufzend, »etwas zu finden, was einen motiviert und dafür sorgt, dass man sich nützlich fühlt.«

»Und was machst du?«

»Nichts, was so interessant ist wie gegen Cyberkriminalität zu ermitteln oder in der Nacht gestrandete Frauen zu retten.«

Ich merkte, wie ihre Stimme zitterte, und stellte die Heizung höher.

»Pierre hat mir erzählt, dass du bei einem Radiosender arbeitest. Das stelle ich mir aber schon interessant vor.«

»Das mache ich nur nebenbei. Eigentlich arbeite ich bei Milton Consultants im Büro.«

Also waren Punishers Informationen tatsächlich richtig. Kate arbeitete im Auge des Hurrikans und sprach darüber, als wäre es das Langweiligste von der Welt.

»Oh!«

»Ja, genau, *oh*! Kennst du die Firma?«

»Nein, aber mein Bruder Charlie arbeitet an der Börse und spricht von Milton Consultants immer mit großem Respekt. Er hat Freunde dort.«

»Mit *Respekt*?«, fragte sie entsetzt.

»Welchen Teil von ›Mein Bruder Charlie arbeitet an der Börse‹ hast du nicht verstanden?«

Kate schnaubte halb lachend, halb mit gespieltem Entsetzen und schlug mir zum Zeichen des Protests leicht auf den Arm.

»Und was machst du beim Radio?«

»Jeden Freitagabend bin ich bei der Sendung von Longfellow Radio mit dabei. Es ist eher so ein Comedy-Programm, in dem ich einen kleinen Beitrag moderieren darf«, erklärte sie verlegen.

»Und worum geht es in deinem Beitrag?«

»Um tote Männer«, sagte sie in komischer Verzweiflung.

»Oh, Mann. Ich hätte dich besser doch nicht in mein Auto einsteigen lassen sollen.«

Wir bogen in eine schmale Straße ein, und Kate zeigte mir, auf welcher Höhe ihr Haus lag. Ich hielt vor einem kleinen alten Gebäude, das wie eine Villa aus einem Gruselfilm aussah. Die Fassade, die noch aus dem Pleistozän zu stammen schien, bröckelte leicht. Die Fenster waren mit dunklen Schlagläden aus Holz verschlossen oder mit schmiedeeisernen Streben vergittert, die im Zweiten Weltkrieg wohl ihre beste Zeit gehabt hatten, und eine Laune des Schicksals hatte dafür gesorgt, dass das betagte, kleine Haus zwischen zwei modernen Gebäuden mit riesigen Fenstern und roten Klinkersteinen stand.

»*Hier* wohnst du?«, fragte ich von dem steinalten Gemäuer beeindruckt.

»Ja.« Kate schien sich das Lachen verkneifen zu müssen.

»Jetzt verstehe ich, wieso du nicht wolltest, dass ich dich nach Hause bringe.«

»Hey!«, protestierte sie, während sie ihre Sachen zusammenraffte.

»Nein, im Ernst. Hast du keine Angst, dass das Haus einstürzt, während du schläfst?«

»Ich schlafe nicht viel. Und Angst habe ich auch nicht. Alte Häuser sind am sichersten.«

»Das ist kein altes Haus, das ist eine Ruine. Wohnst du wirklich hier, Kate?«

»Sicher.«

»Aber warum?«, fragte ich besorgt.

Sie lachte wieder, was das halbdunkle Innere des Autos in einen Ort verwandelte, an dem nichts Schlimmes passieren konnte.

»Nun, es liegt nah an der Altstadt. Und innen ist es gar nicht so schlimm.«

»Schlimmer geht ja wohl auch nicht mehr.«

Kate sah mich mit glänzenden Augen an, und noch immer umspielte ein Lächeln ihre Lippen. Sie sah sehr müde aus und unglaublich hübsch.

»Na schön«, sagte sie und hob eine Hand, um mich zum Schweigen zu bringen. »Da wir inzwischen wissen, dass nicht du der Psychopath bist, würde ich dir gern etwas zeigen.«

Sie bemerkte meinen misstrauischen Blick, den ich erneut auf das alte Gemäuer richtete, und verbiss sich ein Lachen. Dann stieg sie aus dem Auto und wartete mit dem Schlüssel in der Hand auf dem Gehsteig, dass ich ihr folgte. In der Kälte war der weiße Hauch ihres Atems zu sehen. Der Wind hatte deutlich nachgelassen, und eine seltsame, beinah greifbare Stille hatte sich über die Stadt gelegt. Ich dachte, dass ich Kate so, wie sie gerade dastand und auf mich wartete, gern in Erinnerung behalten wollte.

»Nur ganz kurz«, ermunterte sie mich. »Ich verspreche dir, dass das Haus erst einstürzt, wenn du wieder draußen bist.«

Die Haustür sah aus, als könnte sie jeden Moment aus den Angeln fallen. Es gab eine Art mittelalterlichen Türklopfer, den ich aus Angst vor Pest, Cholera oder anderen schlimmen Krankheiten nicht mal angefasst hätte, wenn mich jemand mit einer Pistole bedroht hätte. Kate steckte einen seltsamen großen Schlüssel in das prähistorische Schloss und drehte ihn mehrmals herum. Ich muss zugeben, dass ich fast enttäuscht war, als die Tür beim Öffnen nicht quietschte und dass der Eingangsbereich nicht anders aussah als in jedem anderen älteren Wohnhaus.

»Vier Parteien wohnen hier«, informierte mich Kate, während wir die Treppe hinaufgingen. »Ich wohne im ersten Stock. Warte einen Moment, ich springe nur kurz rein, um meine Tasche abzulegen und den anderen Schlüssel zu holen. Dann gehen wir wieder runter.«

Kate verschwand in ihrer Wohnung und kam gleich darauf wieder heraus. Dann machte sie mir ein Zeichen, ihr wieder nach unten zu folgen. Sie hatte sich weder den Mantel noch ihren langen Schal ausgezogen.

Als wir im Erdgeschoss ankamen, durchquerten wir den Eingangsbereich und blieben vor einer anderen Tür stehen, die zum Glück weniger bedrohlich aussah und versteckt hinter einem Sicherungskasten lag.

»Jetzt müssen wir sehr leise sein, um niemanden zu wecken«, flüsterte Kate mir zu. »Zwei meiner Nachbarn sind ziemlich alt und haben einen leichten Schlaf. Bereit?«, fragte sie mich, bevor sie die Tür öffnete.

Ich nickte und trat hinter ihr über die Schwelle.

Während ich daran dachte, wie es wohl sein würde, die Hände in diese wolkige Masse an Haar zu versenken, bemerkte ich, dass wir erneut ins Freie traten und die Stille sich irgendwie verändert hatte. Ich hörte ein leises Klicken, und um mich herum flammten unzählige Lichter auf. Es war, wie wenn in meiner Kindheit der Weihnachtsbaum zum ersten Mal angezündet wurde.

Vor meinen Augen erstand ein wilder Garten, der wunderbar duftete. Zwischen den Ästen der Zitronenbäume und den großen Blättern des Farns und der

Hortensien (oder etwas Ähnlichem, denn in diesem blühenden Gewimmel aus Grün, Gelb, Orange und Braun hätte ich es nicht genau sagen können) entdeckte ich vor einer von Efeu berankten Mauer einen Tisch mit zwei Korbsesseln und eine weiße Hollywoodschaukel. Alles schimmerte grün und silbern unter den Lichterketten, die diesen geheimen Garten erhellten. Und der Mond, der sich in dieser ersten Novemberwoche beinah rundete, sorgte für eine Art chinesisches Schattenspiel zwischen den Blättern.

Kate, die ein paar Schritte vorausgegangen war, verschwand zwischen den herabhängenden Ästen einer efeuberankten Eiche. Ich schob die Ranken beiseite, und sie stand vor mir, als hätte ich sie in diesem kleinen Wald gerade entdeckt.

»Doktor Livingstone, nehme ich an«, sagte ich.

Kate ließ mich nicht aus den Augen. Sie wirkte seltsam ruhig, beinah fröhlich, und ihre Müdigkeit schien verschwunden zu sein. Im sanften Schein der kleinen Lichter war sie so schön, dass ich mir auf die Zunge beißen musste, um es ihr nicht zu sagen.

»Dieser Ort ist unglaublich«, flüsterte ich.

Kate lächelte triumphierend und sah mich voller Stolz auf ihren wilden Garten an. Sie schien gerade etwas sagen zu wollen, als sie plötzlich die Hände sinken ließ, sich erstaunt von mir abwandte und durch die schützenden Äste des Baums, der uns wie eine Laube umgab, in den sternenlosen Himmel sah. Irgendetwas hatte sich verändert.

Die Stille wurde intensiver, es war, als ob die ganze Welt den Atem anhielt. Für ein paar Sekunden bewegte sich nichts, kein Blatt raschelte, kein Tier kroch durch das Unterholz, bis mit einem Mal langsam und sanft die ersten Schneeflocken fielen.

Kate wandte sich um und sah mich wieder an – ihr Gesicht leuchtete vor Freude über diesen ersten Schnee. Ihr engelhaftes, unschuldiges Lächeln machte mich vollkommen wehrlos.

»Ich muss los«, sagte ich. »Bevor es noch mehr schneit.«

Dabei wäre ich in diesem Moment an keinem anderen Ort auf der Welt lieber gewesen als in Kates Garten.

# Auszug aus den Erinnerungen
# William Dorners

Wegen der Nähe zum Meer und des nahegelegenen Gebirges gelten Coleridge und Umgebung aus meteorologischer Sicht nicht als besonders unwettergefährdet. Die Temperaturen sind eher mild (zwischen null und zwölf Grad durchschnittlich im Winter und zwischen fünfzehn und dreiundzwanzig Grad im Sommer), Stürme sind selten, während der Niederschlag bisweilen kräftig sein kann.

Möglicherweise waren diese klimatischen Gegebenheiten der Grund dafür, dass die Behörden in jenem katastrophalen November von 2013 zu spät reagierten und nicht eindringlich genug vor dem aufziehenden Hurrikan und dem ungewöhnlich starken Schneefall und Hagel warnten. Das Kabinett um den Premierminister räumte später ein, dass die Wettervorhersagen der Meteorologen in London nicht alarmierend genug gewesen seien.

Ich habe damals mehrere Mails an die Verantwortlichen des Wetterdienstes und an das Amt für Katastrophenschutz geschickt, in denen ich auf das Ausmaß des sich nähernden Unwetters hingewiesen habe. Denn neben den für sich schon beeindruckenden Cumulonimbus-Wolken bildeten sich in den darauffolgenden Stunden noch ein halbes Dutzend Superzellen.

Doch niemand glaubte mir.

Ich bekam nicht einmal eine Antwort.

# Die Rolle von Moriarty

## DON

»Don!«, rief Charlie durch die Tür, gegen die er gnadenlos hämmerte. »Es ist schon spät, komm runter. Sonst
essen die Klone alle Pancakes auf.«

Schon seit einer Weile döste ich im Bett und genoss
den aufsteigenden Kaffeeduft und die fröhlichen Kin-
derstimmen, die bis in mein Zimmer schallten.

»Ich komme gleich.«

Wenig später ging ich in das gemütliche Chaos hinunter, in das sich unsere Küche verwandelt hatte. Die
Zwillinge stiegen abwechselnd auf ein kleines Fußbänk-
chen und halfen meinem Vater, die Pancakes in der
Pfanne zu wenden. Dem Boden war anzusehen, dass das
nicht immer geklappt hatte.

»Guten Morgen«, sagte ich.

Mein Vater zwinkerte mir zu und forderte mich mit
einer Handbewegung auf, mich an den Tisch zu setzen.

»Heute machen *wir* die Pancakes«, informierte mich
einer der beiden blonden Jungs mit aufgekrempelten
Eisbär-Pullover-Ärmeln und Teigspuren im Gesicht.

»Das ist eine große Verantwortung, die ihr da tragt«,
versicherte ich.

Der Kleine sah mich ernst an, nickte mit bedeutungs-
schwerer Miene und löste seinen Bruder auf dem Fuß-
bänkchen ab.

»Warum können wir nicht wie eine normale Familie frühstücken?«, beklagte sich mein Bruder.

»Charlie, jede normale Familie besteht aus Kindern und Erwachsenen. Warum bist du überhaupt noch im Pyjama?«

»Ich wusste nicht, dass es jetzt eine Etikette gibt, die vorschreibt, wie man morgens seinen Kaffee zu trinken hat.«

»Pancakes!«, rief einer der Jungs und knallte zwischen meinem Bruder und mir eine Platte auf den Tisch.

»Danke ... äh ... Jas... äh ... Danke.«

»Ich bin Jasper«, sagte Jasper verärgert.

»Und ich bin Jacob«, sagte Jacob ebenfalls leicht beleidigt.

»Und ich bin der, der die ganzen Pfannkuchen isst«, stimmte mein Vater in den Chor mit ein.

»He, einen Moment«, bat Charlie. »Wiederholt das noch mal. Du bist Jasper?«

Doch die Zwillinge stritten sich gerade um die Karamellsauce.

»Netter Versuch«, lobte ich meinen Bruder.

Charlie brummte etwas Unverständliches und versteckte sich hinter seiner Zeitung.

»Heute Nachmittag werde ich mich mit Vorräten eindecken«, teilte unser Vater uns mit. »Gestern Abend haben sie im Wetterbericht für die ganze Woche schwere Schneefälle angekündigt. Deswegen will ich ein paar Sachen besorgen. Nur um sicherzugehen.«

»Ich kann dir mit den Schneeketten helfen«, bot ich an.

»Wir leben im einundzwanzigsten Jahrhundert«, war Charlies Stimme hinter der Zeitung zu hören, »glaubt ihr wirklich, dass wir von der Zivilisation abgeschnitten hier ausharren und uns gegenseitig essen müssen?«

Die Zwillinge unterbrachen ihre Gabelschlacht und sahen meinen Bruder entsetzt an. Papa warf Charlie einen strafenden Blick zu.

»Charlie hat nur einen Witz gemacht«, versicherte ich.

»Wie eklig!«, sagte einer der Jungs.

»Charlie schmeckt bestimmt ganz furchtbar«, meinte der andere lachend.

»Ich werde mit Sarah sprechen«, meinte Papa. »Vielleicht will sie mit den Jungs ein paar Tage bei uns wohnen.«

»Oh jaaaa!«, riefen die beiden im Duett.

»Oh nein! Ist das wirklich nötig?«, beschwerte sich mein Bruder und senkte die Zeitung. Offensichtlich hatte er seinen Vorsatz, zu lesen und uns zu ignorieren, aufgegeben.

»Sarahs Heizung ist kaputt, und sie muss arbeiten. Ich helfe ihr gern mit den Kindern ... vor allem wenn wegen des Schnees die Schule ausfällt.«

»Und die Sterne vom Himmel fallen und Armageddon bevorsteht«, murmelte mein Bruder schlecht gelaunt.

»Sie könnten doch oben in der Mansarde wohnen, da ist jede Menge Platz.«

»Don, gehst du mit uns Schlitten fahren?«, fragten die Zwillinge voller Begeisterung.

»Natürlich. Aber erst später, wenn genug Schnee liegt.«

»Dann warten wir bis dahin«, versicherte einer der Jungs mir feierlich. »Wenn es nicht zu lange dauert.«

»In der Zwischenzeit könnten wir einen Schneemann bauen«, schlug mein Bruder mit überraschender Logik vor. »Papa, bewahrst du nicht irgendwo Knöpfe und Möhren auf?«

»Hör mal, Charlie«, sprach ich meinen Bruder an, nachdem die Argonauten sich mit ihren Fahrrädern auf den Weg nach Hause gemacht hatten, »hast du eigentlich noch Kontakt zu Segursmart?«

Mein Bruder sah mich misstrauisch an.

»Ja, ich kenne da ein paar Leute. Warum? Bist du etwa immer noch mit der Sache wegen Gabriel beschäftigt?«

»Je weniger du weißt, desto besser.«

Charlie nahm die Fernbedienung und schaltete den kleinen Fernseher in der Küche ein. Nachdem er ein wenig herumgezappt hatte, wussten wir, dass alle Sender über das Wetter berichteten.

»Ich will wegen deiner längst überholten Rachepläne keinen meiner Kontakte verlieren«, sagte Charlie, ohne den Blick von den Satellitenbildern abzuwenden, die auf dem kleinen Fernsehbildschirm zu sehen waren.

»Ich werde niemanden, den du kennst, in Schwierigkeiten bringen«, versicherte ich. »Es geht nur darum, jemanden dort unterzubringen. Punisher meint, dass du jemanden in der Personalabteilung kennst.«

»Ja, das stimmt.«

»Gut.«

»Gut? Was willst du, Don?«

»Ein Vorstellungsgespräch für jemanden, sonst nichts. Für welche Stelle auch immer, das ist nicht so wichtig. Was gerade anfällt.«

»Sag mal, tickst du noch sauber?«, fragte mein Bruder und starrte mich mit gerunzelter Stirn an.

»Gabriel war auch dein Freund.«

»Die Rolle eines Moriarty passt nicht zu dir, Bruderherz.«

Als ich die Küche verließ und die Treppe hinaufging, hörte ich die Stimmen meines Vaters und meines Bruders.

»Er ist echt besessen von seinen Racheplänen«, beschwerte sich Charlie.

»Don kann Ungerechtigkeit nicht ertragen, das ist alles. Und es ist sein Job, die Bösen zu jagen, schon vergessen?«

»Und deshalb will er seine berufliche Karriere und die seiner Freunde riskieren? Er soll endlich mal erwachsen werden, denn das Leben ist genau so: ungerecht.«

Im Fernsehen verkündete die schrille Stimme einer bekannten Moderatorin heftige Stürme und starken Schneefall.

Das war nun auch nichts Neues.

# Kuchen und heiße Schokolade

## KATE

Wenn ich im Nachhinein an jene mondlosen Nächte denke, in denen ich schlaflos und mit einem Buch in der Hand auf der Fensterbank in meinem Schlafzimmer saß und in den dunklen Himmel blickte, der sich über die Häuser von Coleridge senkte, glaube ich, dass ich überhaupt nicht so unglücklich war.

Auf irgendeine dumme, verdrehte Art erklärte ich mir mein unbefriedigendes Leben und die Leere, die ich immerzu empfand, damit, dass ich ein zutiefst melancholischer Mensch war. Ich hüllte mich in meine Traurigkeit wie in ein mehrlagiges Kleid und verwebte in jede Schicht die Fäden meines täglichen Unglücks, bis mir nicht mehr kalt war und ich mich recht behaglich fühlte in meinem seidenen Kokon, der mir Schutz vor dem Rest der Welt bot. Ohne dass es mir bewusst war, isolierte ich mich immer mehr. Meine vorgeschobene Melancholie bewahrte mich vor Veränderungen. Ich musste keine Entscheidungen treffen und kein Risiko eingehen. In meinem Kokon war ich in Sicherheit.

Ich lebte nun schon seit so langer Zeit allein, dass sich der körperliche Kontakt mit anderen Menschen in meiner Erinnerung beinahe aggressiv anfühlte. Die feingesponnenen Schichten der Einsamkeit zitterten vor Angst und Abwehr angesichts der geringsten zärtlichen Geste oder einer Umarmung durch einen anderen Menschen. Jede Nähe versprach in meinen Augen nur zukünftiges Verlassensein. Und das empfindliche Gleichgewicht, in dem ich mein Leben eingerichtet hatte, hätte einen weiteren Abschied nicht verkraftet.

Und dennoch saß ich dort auf der Fensterbank meiner schlaflosen Nächte mit der gelegentlichen Zuflucht in meinem wilden Garten und dem einfachen Trost der Freitagabende in der kleinen versteckten Bar. Und so wäre mein Leben wahrscheinlich immer weitergegangen, wenn ich mich in meiner unendlichen Müdigkeit nicht doch dazu aufgerafft hätte, die Treppe zum Studio von Longfellow Radio hinaufzusteigen.

»Stell dir vor, Papa, gestern Nacht hat es tatsächlich ein bisschen geschneit.«

»Oh, das ist etwas, was ich wirklich vermisse.« Das leicht unscharfe Gesicht meines Vaters auf dem Bildschirm meines Laptops lächelte. »All das mit dem kurzen Winter und dem warmen Frühling ist ganz prima, aber zur Abwechslung könnte es hier ruhig mal schneien.«

»Die sagen, in der nächsten Woche wird es bei uns ein heftiges Unwetter geben.«

»Sehr gut«, entgegnete er fröhlich. »Hier kommt deine Mutter, mein Schatz.«

Meine tadellos frisierte blonde Mutter, dezent geschminkt und mit Perlenohrringen zu einem bunten Ensemble aus Hose und Pullover, erschien auf dem Bildschirm.

»Hallo, Liebes«, begrüßte sie mich.

»Hallo, Mama. Ich habe Papa eben erzählt, dass es hier bald kräftig schneien wird.«

»Hast du eine Heizung in deiner Wohnung?«

»Natürlich, Mama, und ich habe Neuigkeiten.«

»Gute oder schlechte? Ich hoffe, gute. Peter und Ron haben die Masern, und ich hab schon Kopfschmerzen von dem ewigen Gequengel.«

»Sind sie bei euch?«

»Nein, aber ich war die ganze Woche bei ihnen. Habe ich dir schon erzählt, dass deine Schwester gerade ihr Badezimmer renovieren lässt? Also eines ihrer fünf Badezimmer. Das wird sicher schön bei dem guten Geschmack, den sie hat, aber der ganze Lärm ...«

»Mama, ich werde Milton verlassen.«

»Du wirst wen verlassen?« Sie blickte erstaunt.

»Meinen Job, Mama, ich werde bei Milton Consultants kündigen.«

»Hast du etwas anderes gefunden? Das freut mich, denn du hast etwas Besseres verdient, Kate. Du bist viel zu schade für diesen Job.«

»Na ja, nicht wirklich.«

»Nichts Besseres?«

»Ich kündige nicht wegen eines anderen Jobs, weißt du?«

Meine Mutter sah mich schweigend an. Ich konnte die Enttäuschung in jedem Pixel ihrer Augen sehen.

»Ich habe noch nichts anderes gefunden«, erklärte ich mit ruhiger Stimme. Dabei hatte ich das Gefühl, dass ich eher mich beruhigen wollte als sie. »Aber ich bin schon eine ganze Weile nicht mehr glücklich bei Milton.

Ich habe etwas gespart und gönne mir eine Auszeit, um mich zu entscheiden, wo ich von nun an arbeiten möchte. Oder was ich lernen möchte, vielleicht etwas Praktisches.«

»Nun ja, wenn es das ist, was du willst ...«

Nein, Mama, ich habe keine Ahnung, was ich will, dachte ich.

»Das Problem wird sein, dass du außerhalb der Arbeit kein Sozialleben hast«, meinte meine Mutter überraschenderweise.

»Nein, das stimmt nicht«, entgegnete ich. »Ich habe schon seit einer ganzen Weile *gar* kein Sozialleben mehr.«

»Meine Güte, das ist ja deprimierend. Such dir endlich einen netten Freund. Dann musst du dir wegen der Arbeit nicht den Kopf zerbrechen. Schau doch mal, wie glücklich deine Schwester mit ihrem Mann und den Kindern ist. Wenn sie morgens aufwacht, denkt sie garantiert nicht ›Oh, ich Arme, ich weiß nicht, was ich mit meinem Leben machen soll‹.«

»Nein, sie greift lieber gleich nach der Kreditkarte ihres Mannes und ruft den Innenausstatter an, um die Möbel im ganzen Haus auszutauschen.«

»Genau«, sagte meine Mutter und nickte mit ihren perfekt frisierten Haaren.

In diesem Moment wusste ich nicht, ob meine Mutter einfach nicht in der Lage war, Ironie zu verstehen, oder ob sie einfach nicht zuhörte, wenn ich ihr etwas sagte.

»Such dir einen Freund, Liebes. Geh raus und lern jemanden kennen. Wie lange ist es jetzt her, dass dieser Ronald dich verlassen hat?«

»Er hieß Robert, Mama. Und er hat mich nicht verlassen. Ich habe entschieden, ihn nicht mehr zu sehen.«

»Warum? Er war bezaubernd.«

»Er war ein kokainsüchtiger Lügner und Kontrollfreak.«

»Aber ein bezaubernder kokainsüchtiger Lügner und Kontrollfreak«, beharrte sie.

Ich stieß einen abgrundtiefen Seufzer aus, in der Hoffnung, dass sogar sie meine Verzweiflung begriff.

»Ein Mann ist nicht die Lösung meines Problems, Mama, es liegt an mir. Du ahnst ja nicht, was in der Firma los ist. Nur Geschrei, schlechte Laune und Geringschätzung.«

»Du stehst sicher unter dem Einfluss dieses schrecklichen Franzosen, der ein Alkoholproblem hat.«

»Wie bitte?«

»Na, dein sonderbarer Freund aus der Bar. Der Barkeeper. Dessen reiche Familie in Paris lebt.«

»Pierre?«

»Ja, Pierre.« Sie nickte.

»Pierre hat weder ein Alkoholproblem, noch ist er sonderbar, Mama.«

Sie schaute skeptisch. »Aber lebt er nicht mit einem Mann?« Sie schüttelte seufzend den Kopf. »Warum bist du ausgerechnet mit dem schwarzen Schaf dieser vermögenden Familie befreundet. Hat er nicht vielleicht einen gutaussehenden Bruder?«

»Zumindest hat Pierre mir nicht geraten, mir einen Freund zuzulegen, als ich ihm erzählt hab, dass ich bei Milton kündigen will.«

Doch Mama hatte bereits aufgehört, mir zuzuhören, und blickte auf ihr Handy, auf dem gerade eine Nachricht eingegangen war.

»Sicher, Liebes«, sagte sie zerstreut. »Halt mich einfach auf dem Laufenden, ja?«

Ich glaube, es gibt nur wenige Menschen auf der Welt, die wirklich zuhören können. Die meisten Leute auf diesem Planeten ergreifen panisch die Flucht, wenn du ihnen erzählst, dass es in deinem Leben nicht gut läuft. Die Erfahrung hat mich gelehrt, dass der Mensch – unabhängig, ob du mit ihm verwandt oder befreundet bist – genetisch offenbar darauf programmiert ist, auf die Frage »Wie geht es dir?« jede Antwort, die nicht »Gut« lautet, zu ignorieren.

»Wie geht es dir?«

»Furchtbar. Mein Hund ist überfahren worden, mein Chef hat mich entlassen, und das Dach meines Hauses ist gerade eingestürzt.«

»Ah gut, das freut mich«, antwortet dein Gegenüber mit einem zerstreuten Lächeln.

»Außerdem hat der Arzt bei mir einen bösartigen Tumor diagnostiziert, mein Mann betrügt mich, und alle Blumen in meinem Garten sind seltsamerweise eingegangen.«

»Super.« Weiterhin lächelnd wirft er einen Blick auf seine Armbanduhr. »Schauen wir, dass wir uns bald mal wieder zum Lunch treffen.«

»Ich glaube, ich wäre lieber tot, als dich zu treffen.«

»Wunderbar. Dann also bis demnächst.«

Und meine Mutter war wie die meisten Menschen auf diesem Planeten keine Ausnahme.

»Liebes, ich muss los, deine Schwester ruft mich gerade an, sie möchte, dass ich mit ihr zusammen die neuen Vorhänge auswähle.«

*Voilà.*

»Ah.«

»Ich hoffe, das ist in Ordnung. Reden wir nächste Woche weiter. Ich hab dich lieb, tschüss.«

»Tschüss«, sagte ich zum dunklen Bildschirm.

Ich glaubte, in einen Abgrund zu stürzen, so groß war meine Angst. Für jemanden, der bereits in Panik verfällt, wenn er irgendeine kleine Entscheidung treffen muss, war der Entschluss, einen Job aufzugeben, den er sieben Jahre lang gemacht hatte, wie ein Sprung aus dem Flugzeug ohne Fallschirm. Natürlich war Milton die Hölle, aber eine Hölle, in der ich mich auskannte, eine Hölle, die mir an jedem Monatsende mein Gehalt überwies und mir erlaubte, in der Nähe der Altstadt in einem alten Haus zu leben, wo es unverhofft einen wunderbar verwilderten Garten gab. Niemand ging gern zur Arbeit. Na ja, fast niemand. Mir war schon klar, dass ich ein erwachsener Mensch war und meine eigenen Entscheidungen traf – wenn ich es wagte, sie zu treffen –, aber war ein wenig Empathie seitens meiner Familie wirklich zu viel verlangt?

Doch trotz meiner Angst, die wirklich riesengroß war, meinte ich das Ganze absolut ernst. Diesmal würde ich gehen. Ich spürte, dass eine Veränderung bevorstand, dass die ersten Steinchen sich bereits gelöst hatten, was zu einem Zusammenbruch gigantischer – wenn nicht katastrophaler – Ausmaße führen würde. Milton Consultants zu verlassen, den toxischen Horror, den dieses Heer an skrupellosen Krawattenträgern verbreitete, hinter mir zu lassen, war nur der erste Schritt.

Das Klingeln meines Handys unterbrach meine bitteren Gedanken über das mangelnde Mitgefühl meiner Eltern. Die Nummer auf dem Display kannte ich nicht.

»Kate? Ich bin's, Don, der Psychopath.«

»Oh, hallo, Don.« Ich spürte, wie ein Lächeln sich auf meinem Gesicht ausbreitete.

»Ich hab für Dienstag einen Termin bei meinem Freund mit der Werkstatt bekommen. Wir schauen uns dein Auto mal an, und dann melde ich mich wieder.«

»Vielen Dank, Don. Ich schulde dir ein Bier.«

Ich musste kurz an Pierre denken und den Mut, mit dem er in die Welt gezogen war und nun als Barkeeper in einer kleinen versteckten Bar arbeitete, weil es ihm so gefiel.

Vielleicht bestand das Geheimnis darin, eine Familie mit einer Sockenfabrik zu haben, die dir ständig auf den Fersen ist und dich dazu bringt, drastische Entscheidungen zu treffen. Socken und Fersen. An diesem Morgen saß mir wirklich der Schalk im Nacken.

»Danke, Don. Sehen wir uns am Freitag?«

»Natürlich. Pass auf dich auf.«


Am Sonntag tauchte ein rettender Engel auf, um mich vor dem nicht enden wollenden Nachmittag zu bewahren: Pierre.

»Du hast die hässlichsten Schuhe an, die ich in meinem ganzen Leben gesehen habe«, begrüßte ich ihn.

»Du kennst meine Socken noch nicht.«

Er ließ seinen Blick über meinen Sonntagsschlumpel-Look gleiten – Wollpullover, schwarze Leggins, das Haar zu einem lockeren Knoten hochgewurschtelt, kein Make-up – und sah fröhlich darüber hinweg.

»Dein Outfit ist hingegen echt glamourös. Komm, zieh deinen Mantel einer Witwe aus den Zwanzigerjahren an oder ein omahaftes Schultertuch. Wir gehen runter in deinen wunderbaren Urwald. Wir haben etwas zu besprechen.«

»Bist du wahnsinnig? Es sind ich weiß nicht wie viel Grad unter null.«

»Du übertreibst. Wo hast du diesen langen grauen Mantel, in dem du aussiehst wie Katharina die Große?«, meinte er, während er die Kleidung an meinem übervollen Garderobenständer durchsuchte.

»Wo ist denn Mario?«

»Hat eine *soirée* mit ein paar Kollegen aus Mailand. Zu cool für mich.« Pierres Stimme klang dumpf unter dem Berg an Mänteln und Jacken hervor. »Wechsel nicht das Thema.«

»Ich habe nicht vor, in den Garten zu gehen.« Ich verschränkte die Arme vor der Brust.

Er hielt mir meinen wärmsten Mantel und einen meiner Lieblingsschals hin – violett mit kleinen grünen und rosafarbenen Blumen.

»Gut, dann muss ich wohl schwereres Geschütz auffahren«, sagte Pierre und zog ein sorgfältig umwickeltes Päckchen aus seiner Daunenjacke. »Kuchen und Karamellcrème.«

Ich nahm den Mantel und den Schal entgegen, machte aber keine Anstalten, die Sachen anzuziehen.

»Oh Mann, ist ja schon gut. Du kriegst den Hals nicht voll, was?« Er ging in meine kleine Küche und rief mir zu: »Fünf Minuten, um eine warme Schokolade zu machen, und dann nehmen wir alles mit runter!«

»Nicht nur warm«, sagte ich, »sie muss heiß sein.«

Eine Viertelstunde später saßen wir ins Gespräch vertieft auf der Hollywoodschaukel und hatten uns an der heißen Schokolade die Zunge verbrannt. Wir hatten den Tisch an Pierres Lieblingsplatz gestellt, an die rote Backsteinwand mit den vom Efeu beinah zugewachsenen Fenstern, die uns hoffentlich ein wenig vor der Kälte schützen würde. Der Kirschbaum über uns wiegte sich mit herbstlicher Geduld knarrend im Wind. Und durch die glänzenden Äste hindurch sah das Leben deutlich freundlicher aus.

»Und du meinst, dass ich jedes Mal einen Schritt zurückmache, wenn jemand mir zu nahekommt?«

»Das meine ich.« Er nickte.

»Wie kannst du das wissen? Du hast mich doch noch nie umarmt«, sagte ich und stupste ihn mit dem Zeigefinger an.

»Du bist nicht mein Typ.« Er grinste.

»Nein, ernsthaft.«

»Du weißt doch, dass ich so nicht bin. Und du auch nicht.« Pierre nahm einen vorsichtigen Schluck von seiner heißen Schokolade und blickte sinnend durch die Äste des alten Kirschbaums. »Aber ja, ich denke, du hast Angst vor Nähe.«

»Ich fühle mich bei so was äußerst unwohl«, gab ich zu.

»Ich weiß.«

Pierre atmete die eisige Luft ein, stieß sich mit dem Fuß ab und versetzte die Hollywoodschaukel in ein leichtes Schaukeln. In dem kleinen verwilderten Garten war die Stille wieder watteweich geworden.

»So wird es aber doch nicht immer sein, oder?«, sagte ich nach einer gefühlten Ewigkeit.

»Wie?«

»Na, dass jeder, den ich auf dieser Welt liebe, weggeht.«

Ich schluckte.

»Robert, meine Schwester, meine Eltern«, zählte ich mit einem Kloß im Hals auf, »meine Klassenkameraden ... alle weg.«

»Robert war ein Idiot.«

»War er nicht«, flüsterte ich.

»Okay, war er nicht. Aber es war einen Versuch wert. Es sagt jedenfalls viel über ihn aus, dass er kurz vor der Hochzeit auf eine Bohrinsel in der Nordsee geflohen ist.«

»Ich denke schon lange nicht mehr an Robert.«

»Ich weiß.«

Ich schloss die Augen und wünschte mir, auf der Stelle einzuschlafen, vor den Gefahren der Stadt geschützt und von Bäumen umgeben, deren Wurzeln so tief in die Erde reichten, dass sie niemals an einen anderen Ort gehen konnten.

»Ich meine, er hat dich damals nicht mal gefragt, ob du mitkommen möchtest«, sagte Pierre so leise, als fürchte er, mich zu wecken.

»Nun, ich glaube nicht, dass ich das getan hätte.«

»Vielleicht hat er das gewusst.«

»Vielleicht.«

»Was an dieser miesen Stadt hält dich hier? Wenn du ein Mitglied meiner Familie wärst, könnte dir nicht mal der Paris-Fluch etwas anhaben.«

»Worüber hast du letztens eigentlich mit deinen Eltern geredet?« Ich nutzte die Gelegenheit, um das Thema zu wechseln.

»Über alles und nichts, wie immer.« Pierre seufzte und füllte seine Lungen erneut mit der eisigen Nachmittagsluft.

Ich öffnete die Augen wieder, und mir fiel auf, dass sogar die Pflanzen an der Mauer mit Raureif bedeckt waren.

»Ich glaube, dass ich in diesem Jahr Weihnachten tatsächlich mal in Paris verbringen werde. Ich überlege, Mario zu bitten, dass er mich begleitet.«

Die Wolken zogen träge über den Himmel, und ein leichter, ahnungsvoller Wind spielte mit den Zweigen des Kirschbaums. Dass Pierre neben mir saß und mich tröstete, wog den verhassten Sonntag auf. Der November versprach, dass es bald dunkel werden würde.

»Da werden sie nicht besonders erfreut sein«, sagte ich und dachte an die ultrakonservative Familie Lafarge.

»Vermutlich nicht, nein. Aber ich werde gleich eine Rückfahrkarte dazubuchen.«

»Siehst du«, zog ich ihn auf, »du bist auch nicht in der Lage, diese kalte, verregnete Stadt zu verlassen.«

Pierre stellte die leeren Tassen auf den Tisch und zog mich hoch.

»Komm«, sagte er mit einem schiefen Lächeln, das ihn beinah unwiderstehlich machte. »Es ist wirklich kalt, und ich weiß nicht, wie ich auf die Idee kommen konnte, hier draußen Kuchen zu essen.«

Aber dann blieben wir doch noch eine ganze Weile unter dem Kirschbaum stehen und betrachteten Miss Maudies verwunschenen Garten.

»Es wäre sinnlos, von hier fortzugehen«, sagte ich schließlich, »denn die Traurigkeit würde mich an jedem Ort finden.«

# Ein Kaffee und die Nachricht
## eines Verzichts

### KATE

»Milton Consultants, guten Tag ... Ich verbinde Sie.«
Marian war gut in Form dafür, dass es Montag war. »Warum machst du so ein Gesicht? ... Ja, mein Herr, einen Moment, ich glaube, er ist auf Dienstreise, aber ich werde ihm sagen, dass Sie angerufen haben.«

»Was für ein Gesicht?«

»Das einer Katze, die gerade den Kanarienvogel gefressen hat.«

»Ich komme aus dem zwölften Stock, wo ich gekündigt und um ein Abschlusszeugnis gebeten habe. Außerdem habe ich der Personalabteilung mitgeteilt, dass ich ab nächste Woche die unzähligen Urlaubstage nehme, die dieses ausbeuterische Unternehmen mir bisher verweigert hat.«

Marian starrte mich überrascht an.

Dann sprang sie auf und reckte triumphierend eine Faust in den Himmel, während sie gleichzeitig das nächste Telefonat entgegennahm und mit strahlendem Lächeln irgendeinem Anrufer am anderen Ende der Leitung erklärte, dass Milton Consultants keine Zahnarztpraxis war, nein, wirklich nicht, und sie leider nicht weiterhelfen konnte.

»Kate! Du hast es getan! Du hast es wirklich getan!«

Sie stürzte auf mich zu und umarmte mich stürmisch über die Empfangstheke hinweg. Offenbar hatte sie dabei ein paar Knöpfe ihrer futuristischen Telefonanlage gedrückt, da mehrere Lämpchen zu leuchten begannen.

»Ich freue mich so für dich«, erklärte sie lächelnd und mit feuchten Augen. »Na ja, ich werde dich sehr vermissen und das alles. Aber ich glaube, dass du an jedem anderen Ort glücklicher sein wirst als hier.«

Marian war die einzige Angestellte bei Milton, die mich immer darin bestärkt hatte, dieser Firma so schnell wie möglich den Rücken zu kehren. »Das sind Bestien in Anzügen«, hatte sie immer gesagt. Und nun war ich den Bestien entkommen.

»Ich kann es selbst noch nicht glauben«, sagte ich. »Nie mehr muss ich mir das Geschrei vom T-Rex anhören. Keine Rückenschmerzen mehr, weil unsere Chefs den jährlichen Betrag für ergonomische Schreibtischstühle lieber in ein Wochenende auf den Fidji-Inseln investieren. Keine Drohungen gegen kleine Familienbetriebe mehr. Keine Entlassungen, weil ich mich weigere, abends nach zehn Uhr noch zu arbeiten. Keine Lügen über angebliche Sozialleistungen oder Leistungsprämien, die nie jemand erhalten hat. Keine misstrauischen Bemerkungen mehr, keine falschen Gerüchte, keine widerlichen Schleimereien, keine Heuchler mehr, keine skrupellosen Emporkömmlinge, kein jahrelanges Einfrieren von Gehältern, weil das Budget dafür bei sündhaft teuren Spesen draufgeht. Keine geringschätzigen Bemerkungen mehr, keine Dolchstöße, keine krawattentragenden Lügner, keine Bilanzfälschungen mehr. Und keine Schreibtische direkt an der Herrentoilette.«

»Es ist vorbei.«

Erst in diesem Augenblick wurde mir bewusst, was das bedeutete. Sofort überkam mich ein Gefühl grenzenloser Erleichterung. Ich hatte es wirklich getan. War mutig genug gewesen, um mir ein letztes Mal den Tropenhelm aufzusetzen, nach der Machete zu greifen und mir den Weg zum Ausgang freizuschlagen. Ein für alle Mal!

Und auch wenn ich Angst hatte vor dem, was kommen mochte, wusste ich doch, dass ich das Richtige getan hatte. Wenn ich meinen Kokon durchstoßen und einen Blick auf die Welt werfen wollte, war das der erste Schritt.

»Hast du es Torres schon gesagt?«

»Das werde ich als Nächstes tun. Ich wollte, dass du die Erste bist, die es erfährt, meine Liebe.«

Marian lächelte mich mit Tränen in den Augen an und drückte meine Hand, bevor sie das nächste Gespräch annahm.

»Ja, natürlich, ich verbinde Sie mit der Rechtsabteilung. Ich glaube nicht, dass man Sie zurückrufen wird, aber jeder von uns hat mal einen Glückstag, nicht wahr?«

Ich bedeutete Marian, dass ich zu unserem üblichen Kaffee um zwölf Uhr wiederkommen würde. Und dann machte ich mich auf die Suche nach meinem Chef. Vorsichtig schaute ich in die Höhle des T-Rex, um mich zu versichern, dass er allein war.

»MAN SIEHT JA GAR NICHTS MEHR MIT DIESEN NEUEN DESIGNERLAMPEN, DIE ICH JETZT HIER IM BÜRO HABE«, begrüßte er mich mit der ihm eigenen Freundlichkeit.

Ich griff nach der Fernbedienung und drückte auf den Knopf, um die Jalousien zu öffnen. »Besser so?«

»BRINGEN SIE MIR EINEN KAFFEE, ABER NICHT DIESES GRÄSSLICHE GEBRÄU AUS DEM AUTOMATEN, DAS MAN SEINEM ÄRGSTEN FEIND NICHT ZUMUTEN WÜRDE, SONDERN EINEN FRISCH GEKOCHTEN.«

Ich lächelte.

»Mr. Torres, ich gehe.«

»DEN KAFFEE HOLEN?«

»Nein, ich verlasse Milton. Die Personalabteilung weiß schon Bescheid. Am nächsten Montag ist mein letzter Tag hier, da mir noch jede Menge Urlaubstage zustehen.«

»REDEN SIE NICHT SO EIN DUMMES ZEUG, SIE HABEN KEINEN URLAUB.«

»Doch, den habe ich. Und Sie auch. Warum nehmen Sie sich nicht ein paar Tage frei und fahren mit Ihrer Frau und Ihren Kindern in ein schönes Hotel mit Pool?«

Doch wie erwartet hörte mein Chef mir schon nicht mehr zu. Er tippte eifrig auf seinem Handy herum, mit der Nase dicht am Display, als handele es sich um ein tödliches Duell mit seinem ärgsten Feind. Aber wahrscheinlich war es einfach nur eine Nachricht an einen seiner Vorstandskollegen.

Die Woche verging schnell und fühlte sich seltsam an, als ob sie kürzer wäre als sonst oder als ob jeden Tag Donnerstag wäre. Ich verbrachte noch mehr Zeit im Büro als bisher, sortierte die Ablage, schloss laufende Vorgänge ab, übergab die Verantwortung an andere und teilte vor allem jedem, der an meinem Schreibtisch vorbeikam, mit, dass er ab der kommenden Woche nicht mehr das Privileg haben würde, mich zu ignorieren, wenn ich vorschriftsmäßig grüßte. Allerdings wunderte ich mich schon ein wenig, dass ich trotz meiner neuen Ausgeglichenheit, die ganz offensichtlich daher rührte, dass ich die Entscheidung getroffen hatte, Milton zu verlassen, nach wie vor nur wenige Stunden schlafen konnte. Die meiste Zeit der Nacht wälzte ich mich unruhig in meinem Bett herum, oder ich vertrieb mir die Zeit mit der halbherzigen Lektüre dummer Krimis auf der Fensterbank in meinem Schlafzimmer.

Am Donnerstagnachmittag rief Don mich auf dem Handy an, als ich gerade den Computer ausschaltete, um nach Hause zu gehen.

»Kate, ich habe leider schlechte Neuigkeiten, was dein Auto angeht.«

»Ist es hinüber?«

»Nein, es wird sich wieder erholen, aber das wird bis nächste Woche dauern. Es ist zwar keine aufwändige Reparatur, aber die Ersatzteile sind schwer zu kriegen, deshalb dauert es so lange.«

Das war ein Problem, weil ich am Freitag wegen des Radioprogramms nach Longfellow musste und erst gegen Mitternacht nach Hause zurückkehren würde. Und die öffentlichen Verkehrsmittel fuhren sicher nicht länger als bis elf Uhr.

»Ich kann dir mein Auto leihen«, bot Don mir freundlicherweise an.

»Nein, nein, ist schon in Ordnung. Ich werde einfach ein Taxi nehmen.«

»Kommst du nach der Sendung denn dann trotzdem noch in die Bar?«

»Ja. Ich schulde dir schließlich noch ein Bier. Wir sehen uns am Freitag. Danke, Don.«

Ich sah aus dem Fenster. Draußen war es bereits dunkel, und die Bäume bewegten sich nicht. Der Wind hatte sich gelegt, und weder schneite noch regnete es. Vielleicht hatte William sich geirrt und das heftige Unwetter blieb uns erspart. Zum ersten Mal seit langer Zeit lächelte ich zufrieden und begann, langsam meine Sachen einzuräumen. Der T-Rex war den ganzen Nachmittag nicht da gewesen. Wahrscheinlich hatte er in einer Sitzung mit einem äußerst wichtigen Klienten festgesessen. Seit Anfang der Woche hatte ich jeden Tag genutzt, um ihn daran zu erinnern, dass der nächste Montag mein letzter Arbeitstag sein würde. Doch er hatte sich taub gestellt wie in der jährlichen Aktionärsversammlung, wo er friedlich schlief, wenn eines der Gründungsmitglieder das Wort ergriff, um über die guten alten Zeiten zu reden.

# Der Anruf von Calrissian

Ich hatte herausgefunden, dass eine der städtischen Buslinien bis nach Longfellow fuhr. Das schlechte Wetter gönnte uns eine Pause. Auch wenn die Sonne sich nach wie vor nicht zeigte, hatte es immerhin aufgehört zu schneien. Eine Viertelstunde vor Beginn der Sendung kam ich in Longfellow an und blieb einen Moment stehen, um das schöne Gebäude aus dem neunzehnten Jahrhundert noch einmal zu bewundern. Unter dem sternenlosen dunklen Himmel wirkte es noch anheimelnder.

Auf dem Weg in den Sender warf ich einen Blick auf die betagten Spielsüchtigen in der Halle im Erdgeschoss und nickte dem Glatzkopf an der Bar beinahe vertraut grüßend zu, bevor ich die enge Treppe hinaufging, die unters Dach führte. Wie üblich steckte der schmiedeeiserne Schlüssel im Schloss; ich drehte ihn um und betrat die kleine Insel, die Rettung verhieß für alle, die im Leben Schiffbruch erlitten hatten.

William telefonierte aufgeregt, und Josh stand mit resigniertem Gesichtsausdruck am Fuß der Treppe zu den Studios. Santi, der mit einem Lappen und Glasreiniger in den Händen hinter der Scheibe stand, winkte mir zu, als ich den Mantel und mehrere Jacken auszog.

»Hallo, Kate, worüber wirst du heute reden?« begrüßte Josh mich.

»Ich habe mich nicht speziell vorbereitet, aber ich würde gern über die Entdecker und Abenteurer im neunzehnten Jahrhundert reden und das mit dem Geist der Romantik von damals verbinden. Ich werde diesen mit der heutigen Mode der Extremsportarten, der Safaris und Bergtouren vergleichen und bin gespannt, welche Hörer anrufen werden.«

»Das klingt doch gut«, meinte er.

»Mit wem spricht William?«

Josh rollte mit den Augen und seufzte.

»Er telefoniert schon den ganzen Tag mit dem Rathaus, dem Observatorium, dem Meteorologischen Institut von ich weiß nicht wo und der NASA.«

»Der NASA?« Ich lachte.

»Könnte durchaus sein.« Josh zuckte mit den Schultern, während er mich aufforderte, mit ihm die Treppe hinaufzugehen. »Okay, vielleicht nicht mit der NASA. William ist davon überzeugt, dass uns ein Jahrhundertunwetter bevorsteht, und bisher hat er nicht gerade viel Erfolg dabei, zu dem Helden zu werden, der früh genug die Behörden gewarnt hat.«

»Es würde mich überraschen, wenn ihn jemand ernst nimmt. Ende letzter Woche hat es ein bisschen geschneit, zugegeben, und es ist ungewöhnlich kalt für November, aber wie es aussieht, hat sich das Wetter doch wieder beruhigt. Es regnet ja nicht mal mehr.«

»Was weiß ich«, meinte Josh, während er die Tür zum Studio öffnete und mich einließ. »Er behauptet, dass das Schlimmste noch kommt, und dass der Niederschlag in den letzten Tagen nur der Anfang gewesen ist.«

Xavier, der gerade etwas auf einen Zettel schrieb, begrüßte uns und wollte wissen, wie mein Beitrag an diesem Tag aussehen würde. Er machte ein unzufriedenes Gesicht, als ich wiederholte, was ich soeben Josh erklärt hatte. Wir warteten darauf, dass William, unser gestresster Nostradamus, uns mit seiner Anwesenheit beehrte, und Santi machte uns ein Zeichen, dass wir in zehn Sekunden auf Sendung sein würden.

»Nehmen Sie die Warnung bitte ernst«, beharrte unser freundlicher kleiner Meteorologe am Ende seines Wetterberichts, »ein Unwetter noch nie dagewesenen Ausmaßes wird schon sehr bald auf Coleridge niedergehen.«

»Aber wann?«, fragte Xavier, »Das mit dem Unwetter erzählst du uns schon seit zwei Wochen.«

»Mitte nächster Woche, wenn die thermischen Grundbedingungen, die Wolkenfronten und der Wind sich nicht ändern. Vielleicht auch schon eher. Ich empfehle unseren Hörern jedenfalls, sich mit Vorräten einzudecken und nicht aus dem Haus zu gehen.«

Xavier spielte Werbung ein und nahm die Kopfhörer ab, bevor er sich an William wandte: »Dir ist schon klar, dass die Zahl unserer Hörer sehr gering ist, oder? Denn ich glaube nicht, dass es etwas bringt, in einem humoristischen Programm, das kaum einen interessiert, das Ende der Welt zu verkünden.«

Aber William zuckte nur mit den Schultern. Ich muss zugeben, dass wir an jenem Freitagabend Williams Katastrophenmeldungen noch nicht wirklich ernst genommen hatten und ihn ein wenig aufzogen, indem wir laut über die Möglichkeit nachdachten, in den Süden auszuwandern, unser genetisches Erbmaterial zu verändern oder uns von Pinguinen und Eisbären beherrschen zu lassen.

Mein Beitrag an diesem Abend war nicht ganz so spritzig wie die vorherigen. Man merkte mir die Müdigkeit an und dass es mir ein wenig an Inspiration fehlte, ganz abgesehen davon, dass ich mich auch nicht wirklich gut vorbereitet hatte. Josh kam mir mit geistreichen Kommentaren zu Hilfe, in denen er darauf hinwies, wie wichtig es war, dass der Mensch auf Berge kletterte, um den Bergziegen zu zeigen, welchen Platz er in der Nahrungspyramide einnahm. Dennoch überraschte es mich, als Santi uns aus dem Aquarium ein Zeichen machte, dass ein Anrufer in der Leitung war.

»Hören wir, was der erste Anrufer an diesem Abend uns zu sagen hat«, verkündete ich, erleichtert, dass uns nach den apokalyptischen Vorhersagen des guten William tatsächlich noch jemand zuhörte. »Hallo?«

»Hallo, guten Abend«, sagte eine Männerstimme, die wegen irgendeiner elektronischen Rückkopplung leicht verzerrt klang. »Ich habe eine Frage an dich, Kate.«

»Und mit wem spreche ich?«

»Mein Name spielt keine Rolle. Du kannst mich Lando Calrissian nennen.«

Xavier, William, Josh und ich sahen uns verwundert an. Santi in seinem Aquarium hatte still zu lachen begonnen.

»Lando Cal... was?«, fragte ich.

»Das ist wohl ein Spitzname«, vermutete Josh.

»Lando Calrissian!«, wiederholte die Stimme vorwurfsvoll. »Kommt, Leute, hat denn keiner von euch die ersten drei Episoden gesehen?«

»War *Harry Potter* eine Trilogie?«, fragte Xavier.

»Nein, das waren viel mehr Teile«, kam Josh ihm zu Hilfe. »Meine ich jedenfalls.«

»Ich kann mich an keinen Calrissian aus *Herr der Ringe* erinnern«, überlegte William laut. »Das ist sicher einer der Elfen.«

»*Star Wars*«, korrigierte die Stimme am Telefon. »Die einzig wahre Trilogie ist die von *Star Wars*.«

Zu dieser späten Stunde erschien uns das in dem winzigen Studio über den Dächern von Longfellow nicht wirklich wichtig.

»Worüber willst du mit uns reden, Lando?«, ermunterte ich ihn.

Am anderen Ende der Leitung war eine Art Seufzen zu hören. Santi, der sich in seinem gläsernen Aquarium äußerst sicher zu fühlen schien, lachte sich tot.

»Ich finde es seltsam, dass du heute Abend über Abenteuer sprichst und gar nicht erwähnt hast, dass auch die Schurken in der Romantik eine wichtige Rolle gespielt haben.«

»Die Schurken?«

»Vor allem, wenn man bedenkt, wo du arbeitest.«

»Bei Longfellow Radio?«

William, Josh und ich wandten uns zu Xavier um. Wenn es um Schurken beim Sender ging, hatten wir alle drei das Gleiche im Sinn. Xavier sah uns genervt an, schüttelte den Kopf und zeigte uns ordinärerweise den erhobenen Mittelfinger.

»Nein, bei Milton Consultants«, sagte die Stimme des mysteriösen Hörers zu meiner Überraschung.

»Woher weißt du ...?«

»Ich weiß es eben«, fiel der seltsame Hörer mir ungeduldig ins Wort. »Ich weiß, dass du bei Milton arbeitest
und absolut nicht so unschuldig bist, wie du tust.«

»Hör mal, Lando Caruso, oder wie du heißt ...«, begann Josh verärgert.

Ich legte ihm beruhigend eine Hand auf den Arm,
um ihn zum Schweigen zu bringen.

»Worüber genau sprichst du?«, fragte ich.

»Ich habe Eurem Techniker eine Telefonnummer gegeben. Wenn du wirklich wissen willst, worüber ich spreche, dann ruf mich am Montag an, wenn du im Büro
bist. Vielleicht erlebst du dann ein Abenteuer, mit dem
du nicht gerechnet hast.«

Die Verbindung wurde beendet.

Santi in seinem Glaskasten machte eine resignierte
Geste, und ich hätte schwören können, dass ihm immer
noch Lachtränen über die schlecht rasierten Wangen liefen. Neugierig nutzte ich die kurze Werbepause, um ihn
nach der Telefonnummer zu fragen.

»Du wirst diesen Piraten ja wohl nicht anrufen wollen!«, schimpfte Josh, als ich an meinen Platz vor dem
Mikrofon zurückkehrte.

»Mal sehen«, sagte ich. »Wirklich gefährlich schien er
mir nicht.«

»Das sind die Schlimmsten«, wandte Xavier ein.

»Stimmt«, überlegte Josh laut, »schaut euch William
an. Das haben die Leute im Observatorium wahrscheinlich auch von ihm gedacht, als sie ihn zum ersten Mal
sahen.«

Der Rest der Sendung verlief eher ruhig. Es riefen noch ein paar Leute an: ein Archäologe, der von dem Mythos um Indiana Jones besessen war, und eine junge Frau, die sich angeblich auf die Besteigung der höchsten Berge der Erde vorbereitete, um sich selbst herauszufordern. Als wir nicht mehr auf Sendung waren, meinte Josh, dass man, anstatt auf hohe Berge zu steigen, auch einfach die Bücher von Jorge Bucay lesen könnte. Das sei weniger gefährlich, aber genauso absurd.

»Du meinst wohl eher Jorge Uruk-hai«, sagte William, der anscheinend in Gedanken immer noch in Mittelerde war, bevor er wieder in Richtung des Telefons am Eingang verschwand, um noch einmal sein Glück bei den Behörden zu versuchen, die, was die Meteorologie anging, äußerst rückständig zu sein schienen.

Josh ließ nicht zu, dass ich zu so später Stunde ein Taxi rief, und brachte mich mit seinem Auto bis zum Eingang des Hotel Ambassador.

»Kommst du noch auf ein Glas mit?«, fragte ich ihn, als wir vor dem Hotel hielten.

»Nein, vielen Dank, ein andermal vielleicht. Ich bin noch verabredet.« Er lächelte mir zu.

»Dann ganz herzlichen Dank. Mach's gut, wir sehen uns nächsten Freitag.«

»Ja, wenn wir das klimatische Ende der Welt, von dem William andauernd spricht, überleben.«

Ich trat in das angenehme Halbdunkel der kleinen Bar. An diesem Abend waren neben dem Tisch der Freitags-Freaks noch zwei weitere besetzt. Ich legte meine winterliche Garderobe ab, grüßte kurz zu Don hinüber und setzte mich zu Pierre an die Theke.

»Hast du unsere Sendung gehört?«

»Ja«, entgegnete Pierre, während er wie an jedem Freitagabend meinen Martini mit Oliven zubereitete. »Wer war denn der geheimnisvolle Anrufer?«

»Keine Ahnung.«

»Wirst du ihn zurückrufen?«

»Ja.«

»Warum?«

»Warum nicht? Ich hab doch nichts zu verlieren, schließlich hab ich bei Milton gekündigt.«

»Vielleicht steht dir ja das größte Abenteuer deines Lebens noch bevor.«

»Ja, vielleicht.« Ich lächelte. »Genau das habe ich auch gedacht. Es wird irgendein Blödsinn sein, ein schlechter Scherz, aber mir bricht ja kein Zacken aus der Krone, wenn ich diesen Typ am Montag vom Büro aus anrufe. Mal sehen, was er will.«

»Wirst du es deinen Freunden hier erzählen? Dreh dich jetzt nicht um, aber wenn dein Polizist dich weiterhin so ansieht, wird die ganze Bar gleich in Flammen aufgehen.«

Ich nahm mein Martiniglas entgegen, sah Pierre strafend an und versuchte mich zu entspannen. Die Woche war zu Ende, und es blieb nur noch der Montag, an dem ich mich für immer von Milton Consultants verabschieden würde.

»Ich werde mit niemandem darüber reden, solange ich noch nicht weiß, worum es geht.«

Pierre hob seine Flasche Malzbier, und wir stießen miteinander an.

»Auf Geheimnisse und Abenteuer«, sagte er.

»Auf die Mutigen und die Archäologen«, fügte ich hinzu.

Pierre seufzte und seine Miene verdunkelte sich plötzlich. »Apropos mutig – ich hab schon die Tickets nach Paris gekauft. Für Mario und mich.«

»Das wird sicher ein ganz wunderbares Weihnachtsfest werden.«

»Ja, ganz wunderbar. Mit meinem Vater, der uns vorwurfsvoll ansieht, meiner Mutter, die die Nase rümpft, und dem Rest der Familie Lafarge mit ihren hinterhältigen Kommentaren und ihren ganzen Vorurteilen. Ich hoffe, Mario läuft nicht schreiend davon.«

»Mario wird nicht davonlaufen. Er liebt dich, und es wird ihm gefallen. Er wird über all das einfach lachen. Und das solltest du auch tun.«

Pierre zwinkerte mir zu.

»Wie es aussieht, bin ich jetzt der Jammerlappen.«

»Du bist kein Jammerlappen. Manchmal unerträglich, aber kein Jammerlappen.«

»Oje, ich glaube, ich hol mal eben den Defibrillator.«

Ich sah ihn verständnislos an, während er von der Theke zurücktrat und so tat, als suche er etwas in einem der unteren Schränke.

»Was soll das, Pierre?«

»Don ist auf dem Weg hierher, und ehrlich – wenn mich jemand so ansehen würde, würde ich einen Herzinfarkt kriegen.«

Ich spürte eine Hand an meiner Taille, die mich auf dem Barhocker herumdrehte, und sah mich Don gegenüber. Besser gesagt, sah ich gegen seine Brust.

»Hallo, Kate«, sagte er.

»Hallo, Don.«

Er beugte sich zu mir herunter und gab mir einen Kuss auf die Wange. Einen einzigen. Ohne Eile, entschieden, kontrolliert, wie Don eben war. Sein Duft nach frischer Wäsche und Rasierwasser entlockte mir ein glückliches Seufzen.

»Kommst du mit rüber zu den anderen?«

»Ja, Kate«, schaltete Pierre sich ein, der hinter der Theke hervorschnellte wie der Kasper aus der Kiste. »Geh besser, du hältst mich nur von der Arbeit ab.«

Ich warf ihm einen eiskalten Blick zu, der jeden hätte gefrieren lassen außer Pierre Lafarge natürlich, griff nach meinem Martiniglas und ließ mich von Don zu den Freitags-Freaks mitziehen. Aus den Augenwinkeln sah ich gerade noch, wie Pierre hinter dem Rücken des gutaussehenden Polizisten, der mich abführte, einen Ohnmachtsanfall simulierte, um den ihn jede Hofdame des neunzehnten Jahrhunderts beneidet hätte.

# Wechselndes Licht in der versteckten Bar

## DON

Als Kate am Freitagabend die Bar betrat, wirkten ihre Bewegungen irgendwie anders als sonst. Ihr schönes lockiges Haar schwebte wie immer über ihren Schultern, und ihr langer Schal – der an diesem Abend grau-blau gestreift war – hob und senkte sich im Takt dazu, doch das Tempo ihrer traumtänzerischen Feenschritte hatte zugenommen, und sie wirkte energischer. Wenn ich Charlie von meinen mathematischen Kalkulationen über die Art, zu gehen und sich zu bewegen, erzählt hätte, hätte er mich sicher für vollkommen verrückt erklärt.

Sierra und Punisher wagte ich nicht zu sagen, dass das Licht in der versteckten Bar sich veränderte, wenn Kate eintrat und alles zum Leuchten brachte.

»Und was denkst du, Don?«, riss mich Sierra aus meinen verzückten Betrachtungen.

»Was? Worüber?«

»Aufwachen, Kollege …«, ermahnte mich Punisher und wandte sich um, um die Ursache meiner Benebelung zu ergründen. »Ah, Dornröschen wieder.«

»Wir reden gerade darüber, ob es überhaupt noch Sinn macht, Segursmart weiterhin zu überwachen«, sagte Sierra.

»Aber sicher.«

»Sicher?«

Sierra stellte seinen Laptop auf den Tisch und sah mich durch seine Metallbrille ernst an. Nach einer anstrengenden Woche hatte er dunkle Schatten unter den Augen und sah aus wie ein müder alter Herr.

»Don, vielleicht ist es an der Zeit, das ganze Projekt dranzugeben«, meinte er seufzend.

»Hat Charlie dir das eingeredet?«

»Nein, das ist mein normaler Menschenverstand. Die ganze Sache ist für dich zur Obsession geworden, und wenn man ehrlich ist, sind wir die ganze Zeit keinen Schritt weitergekommen.«

Ich starrte ihn nur an, und seine Worte rauschten an mir vorbei. Ich wollte nichts davon wissen, wollte nichts hören, als er jetzt von Verantwortung sprach, von unserem eigenen Leben, das wir endlich führen müssten, davon, dass wir ein neues Kapitel aufschlagen sollten, und wie sehr er Gabriel gemocht hätte bla, bla, bla. Gabriel hätte jetzt bei uns sein müssen, auf dem leeren Sessel in unserer Ecke in der kleinen Bar des Hotel Ambassador. Aber er war nicht da. Und das sollten wir einfach so hinnehmen?

Sierra war immer der Bedächtigste von uns dreien gewesen, er hatte stets seine Zweifel gehabt, und jetzt – nach vier langen Jahren – schien er von der ganzen Sache definitiv genug zu haben. Er beschwor mich, mich meiner Vernunft zu bedienen und diese sinnlose Mission aufzugeben. Vielleicht waren wir in unseren Racheplänen tatsächlich ein wenig festgefahren, aber ich fand, dass wir die Sache doch zu Ende bringen mussten, nach all den Jahren, die wir nun schon darein investiert hatten. Gabriels Tod musste gerächt werden, damit ich nachts mit der Gewissheit einschlafen konnte, dass es noch so etwas wie Gerechtigkeit gab.

»Glaub mir, du wirst dich auf nichts Neues einlassen können«, sagte Sierra und deutete auf Kate, die vorne an der Bar stand, »wenn du die Gespenster der Vergangenheit nicht endlich ruhen lässt.«

»Ich kann doch jetzt nicht einfach so aufgeben. Nicht, ohne irgendein Ergebnis zu haben.«

»Ich weiß«, entgegnete Sierra seufzend, »aber es ist meine Pflicht als Freund, dich wenigstens darauf hinzuweisen, dass du dir mit deiner Verbissenheit am Ende nur selbst schadest.«

»Also hacken wir uns jetzt in ihr System, oder nicht?«, wollte Punisher wissen. Wie immer fehlte ihm jegliche Empathie.

Ich schaute noch einmal zu Kate hinüber, zu ihrer im gedämpften Licht an der Theke leicht verschwimmenden Silhouette, und mir wurde klar, dass ich keine Minute länger mehr auf dem Sofa sitzen bleiben konnte. Ich stand auf, ging durch den Raum, drehte sie zu mir um und küsste sie auf die Wange. Und erst als meine Lippen auf ihre weiche Haut trafen, wurde mir bewusst, wie sehr ich mich danach gesehnt hatte, sie so zu berühren.

Pierre machte einen Witz, und ich zog sie einfach mit an unseren Tisch, wo unsere Laptops und iPads aufgebaut waren. Sierra und Punisher begrüßten Kate jeder auf seine Weise, sie lachte und setzte sich neben mich auf das Sofa, und ich hatte plötzlich das Gefühl, den Schatz des Priamos gefunden zu haben.

»Sag mal«, versuchte ich zu scherzen, »wo bleibt denn nun das furchtbare Unwetter, das euer Wettermann die ganze Zeit ankündigt und das uns von der Zivilisation abschneiden wird? Mein Vater hat schon den halben Supermarkt leergekauft, und am Montag ziehen unsere sechsjährigen Nachbarkinder mit ihrer Mutter zu uns in die Mansarde, weil bei ihnen die Heizung kaputt ist.«

Kate lächelte nur und kaute glücklich an ihrer Olive.

# Tee und Gebäck heute, aber nicht morgen

## KATE

Am Montag blieb ich bis zum späten Nachmittag im Büro, um den letzten Rest aufzuräumen – diesmal in dem glücklichen Bewusstsein, dass dies definitiv mein letzter Tag bei Milton Consultants war. Ich rief noch einmal in der Personalabteilung an, um sie daran zu erinnern, dass sie am nächsten Tag jemanden schicken mussten, der sich um meinen Chef kümmerte.

»Wir haben noch niemanden gefunden, der dazu bereit ist«, gestand einer der Kollegen verzweifelt.

»Wenn morgen früh keiner an diesem Schreibtisch sitzt, der seine Anrufe entgegennimmt, werdet ihr Mr. Torres bis in den zwölften Stock schreien hören. Und danach wird er höchstpersönlich zu euch raufkommen, um euch zu fragen, warum niemand an dem Schreibtisch vor seinem Büro sitzt. Den Aufzug kann er bedienen, und er hat einen Plan, auf dem steht, in welcher Etage sich die Personalabteilung befindet und wer genau dort arbeitet.«

»Ich weiß.« Der junge Mann aus der Personalabteilung war den Tränen nah. »Ich hatte schon mal das Vergnügen, mit ihm über das Budget einer Werbemaßnahme zu diskutieren, und ich dachte, er reißt mir den Kopf ab.«

»Sag ich doch.«

»Könnte man Sie vielleicht doch noch überzeugen zu bleiben? Ich könnte versuchen, eine Gehaltserhöhung rauszuschlagen.«

»Nein.«

»Das Doppelte von dem, was Sie bisher verdient haben, wenn Sie sich weiterhin um Mr. Torres kümmern. Wie haben Sie das nur all die Jahre ausgehalten?«

»Er hat einen toten Winkel«, scherzte ich. »Wenn man sich ihm von einer bestimmten Stelle aus nähert, kann er einen nicht sehen und fressen. Und an das Gebrüll gewöhnt man sich.«

»Könnten Sie wenigstens morgen noch mal kommen?«, flehte der Kollege. »Oder vielleicht eine Woche länger, bis ich jemanden gefunden habe?«

Von meinem Platz aus konnte ich den leeren Schreibtisch meiner Kollegin sehen.

Sie war Anfang des Jahres gegangen, und sie hatten bis jetzt noch niemanden gefunden, der für das miese Gehalt arbeiten wollte.

»Nein«, sagte ich mit fester Stimme. »Es tut mir leid, aber nein. Ich bin schon lange genug hier, um zu wissen, was ›bis ich jemanden gefunden habe‹ bedeutet. Das sind nur leere Worte. Ich denke nicht, dass es jemanden gibt, der das freiwillig auf sich nimmt.«

»Es gibt viele verzweifelte Leute«, meinte er flehend.

»So verzweifelt? Ich denke nicht. Sie sehen ja, ich gehe, ohne etwas Neues zu haben. Warum, denken Sie, ist das so?«

Ich lauschte auf die betretene Stille am anderen Ende der Leitung und hatte fast ein bisschen Mitleid. Es fiel mir nicht leicht, Nein zu sagen, aber ich war bereit, es zu lernen.

»Viel Glück«, sagte ich, bevor ich auflegte.

Ich sah auf die Uhr. Es war noch eine ganze Weile hin bis acht Uhr. Erst dann würde Mr. Torres kommen, und ich konnte mich definitiv von ihm und seinem Geschrei verabschieden. Vielleicht war dies ein guter Moment, um den mysteriösen Lando Calrissian anzurufen.

»Hallo«, sagte ich, als ich die seltsam verzerrte Stimme am anderen Ende der Leitung hörte. »Hier ist Kate vom Longfellow Radio.«

»Hallo, Kate. Bist du bereit für die Wahrheit?«

»Kommt drauf an.«

»Bitte?«

»Na, was das für eine Wahrheit ist.«

Die Stimme am anderen Ende der Leitung seufzte leicht genervt.

»Du musst einen Prüfbericht aus dem Jahr 2008 raussuchen. Das Unternehmen heißt Segursmart Inc. Es geht um das Original mit dem Stempel der Finanzbehörde, das der zuständige Wirtschaftsprüfer unterzeichnet hat.«

»Und wonach soll ich schauen?«

»Nach gar nichts. Du sollst den Bericht nur finden und mich dann wieder anrufen. Ich möchte wissen, ob es darin irgendwelche Unregelmäßigkeiten gibt.«

»Aber was glaubst du, dort zu finden?«

»Das werde ich dir nicht sagen. Vielleicht weißt du ja etwas über den Betrug. Aber das Risiko muss ich eingehen.«

»Welcher Betrug?« Ich war plötzlich alarmiert.

»Such einfach nach dem Bericht, okay?« Lando Calrissian verlor die Geduld. »Danach reden wir wieder.«

Neugierig öffnete ich das Intranet von Milton Consultants und suchte nach dem Segursmart-Bericht von 2008. Wie ich schnell feststellen konnte, war mein Chef, Mr. Torres, damals der zuständige Wirtschaftsprüfer gewesen und hatte den Bericht unterzeichnet. Und was auch immer darin nicht stimmte, war auch über meinen Schreibtisch gegangen. Es war mein letzter Tag bei Milton Consultants, und vielleicht würde ich nun feststellen, dass ich in einen Betrug verwickelt war. Dass ich, ohne es zu wissen, geholfen hatte, die Finanzbehörde mit einem gefälschten Bericht zu täuschen, den dieser Lando Calrissian nun aufdecken wollte. Offenbar dachte er, ich hätte auch etwas damit zu tun.

Beunruhigt ging ich in das Büro des T-Rex, bemüht, nicht auf die unheimlichen Bewegungen der Plastikfische zu achten, die in ihrem riesigen Aquarium schaukelten, und fing an, den Ordner mit den Berichten, die mein Chef dort abgeheftet hatte, durchzusehen. Der Bericht, den ich suchte, war schnell gefunden, und er trug den Stempel der Finanzbehörde. Ich nahm die Papiere mit zu meinem Schreibtisch und blätterte darin herum, ohne dass mir etwas Ungewöhnliches auffiel: eine Bilanz mit leichten Verlusten (im Vergleich zum Vorjahr).

Aber wenn ich meine Sache als Spionin wirklich gut machen wollte, wenn ich sicher sein wollte, dass dies tatsächlich der Bericht war, der der Finanzbehörde vorgelegt worden war, dann musste ich hinauf in den sechzehnten Stock, um ihn mit dem zweiten Original zu vergleichen, das dort im Archiv aufbewahrt wurde. Denn jeder Bericht, den die prüfenden Behörden erhielten, existierte in dreifacher Ausführung: eine für den Kunden, eine für den zuständigen Wirtschaftsprüfer und eine fürs Archiv im sechzehnten Stock, ein verstaubtes Heiligtum aus den glorreichen Zeiten der Bürokratie in Papierform. An den Kaffeeautomaten auf den Fluren munkelte man, dass dieses Archiv so etwas wie Aladins Schatzhöhle war, die von einem hundertjährigen Drachen bewacht wurden, und für die man die Zauberformel kennen musste, um hineinzugelangen.

Doch jenseits aller Bürolegenden war das Archiv im sechzehnten Stock nichts anderes als ein riesiger Raum voller Regale, die von der Decke bis zum Boden reichten, und einem Ablagesystem, das nach Farben und Buchstaben sortiert war. Darin ruhten friedlich die Originale aller Prüfberichte der Klienten von Milton Consultants – von der Gründung des Unternehmens Anfang des zwanzigsten Jahrhunderts bis in die Gegenwart. Und selbst Marian, die es schon so lange bei Milton aushielt, hatte nie eine andere Archivarin kennengelernt als Dolores Weiseman. So lautete der Name der ehrwürdigen Dame unbestimmbaren Alters, die ich noch nie woanders angetroffen hatte als im Vorraum des mythischen Archivs.

Ich griff nach dem Bericht, den ich aus dem Büro des T-Rex mitgenommen hatte, nahm den Aufzug, um in den sechzehnten Stock zu fahren, und kam mir vor wie Sherlock Holmes.

In den Büros hier oben herrschte eine Stille, die nur von dem Tippen eifriger Finger auf den Tastaturen unterbrochen wurde – und das, obwohl es bereits nach acht war. Als ich den Gang betrat, der zum Archiv führte, schluckte ein dicker Teppichboden jedes Geräusch.

Dolores Weiseman begrüßte mich mit einem freundlichen Lächeln. Mit ihrem rosafarben getönten Haar, der Brille, die an einer Goldkette um ihren Hals hing, und ihrer fast durchscheinenden, pergamentenen Haut sah sie aus wie eine alte weise Fee.

»Guten Abend, meine Liebe«, sagte sie.

Neben ihr auf dem Schreibtisch türmte sich in prekärem Gleichgewicht ein riesiger Stapel an Papieren, zwischen denen bunte Post-its steckten. Der gewaltige Ablageturm ließ die winzige Gestalt der bezaubernden Archivarin noch kleiner erscheinen.

»Guten Abend, Mrs. Weiseman.« Ich gab das Lächeln zurück. »Ich bin Katherine aus dem achten Stock.«

»Ja, ich weiß.« Sie nickte langsam und ihre rosa Löckchen schwebten auf und ab wie Zuckerwatte. »Die Sekretärin von Rudolph Torres. Ein sehr angenehmer junger Mann.«

Den T-Rex als »jungen Mann« zu bezeichnen erschien mir zumindest zweifelhaft, ganz zu schweigen davon, dass er angenehm sein sollte, aber ich war ja nicht gekommen, um mit der reizenden Dolores Weiseman über meinen Chef zu diskutieren, sodass ich nur leicht angespannt weiterlächelte und auf die vergilbten Papierstapel schaute, die mich zu wilden Spekulation animierten.

»Was kann ich für Sie tun?«

»Nun, ich bin gekommen, um ... Entschuldigen Sie, Mrs. Weiseman«, unterbrach ich mich, »was sind denn das für Unterlagen? Ich habe noch nie einen dermaßen beeindruckenden Stapel gesehen, nicht mal in dem Chaos, das auf dem Schreibtisch des Tyrannosau... äh ... meines Chefs herrscht.«

Der Archivarin schien mein Interesse zu schmeicheln. Sie richtete sich stolz auf, nahm mit einer koketten Geste die Brille ab, und ihr Lächeln wurde noch herzlicher.

»Ach, meine Liebe, das ist alles Geschichte.« Seufzend legte sie eine ihrer knochigen Hände auf den Wust an Dokumenten.

Ich bemerkte, wie Dolores Weiseman mich von Kopf bis Fuß musterte, und das, was sie sah, schien ihr zu gefallen, denn sie forderte mich mit einer Geste auf, auf dem Stuhl vor ihrem Schreibtisch Platz zu nehmen, und bat mich dann, sie für einen Moment zu entschuldigen. Sie verschwand kurz durch eine kleine Tür auf der linken Seite und kam nach einigen Minuten mit einem Tablett zurück, auf dem eine Teekanne, zwei Tassen und ein Teller mit Gebäck standen. Ich half ihr, den Tee zu servieren - schwarz, heiß, aromatisch, wie jeder gute Tee auf der Welt sein sollte -, und dann saßen wir uns wieder gegenüber, die grünbespannte Schreibtischplatte zwischen uns und im Schatten des historischen Papierstapels.

»Das, meine Liebe, sind Miltons Memoiren«, meinte die Archivarin, nachdem sie einen langsamen Schluck aus der weißen Teetasse mit dem Goldrand genommen hatte.

»Sie meinen die Firmengeschichte?«, fragte ich verblüfft.

»Nein, die Memoiren von Mr. Milton«, stellte sie richtig.

»Er ist schon vor einer ganzen Weile gestorben, vor mindestens fünfzehn Jahren, aber genau weiß ich es auch nicht mehr – hier oben verliert man ein wenig das Zeitgefühl und auch der Stapel ist, wie Sie sehen, sehr hoch ...«

Ich nickte mitfühlend. »Ja, das kann ich mir vorstellen.«

»Jedenfalls ist Reginald Milton nach dem Ersten Weltkrieg nach Coleridge gekommen. Er war in allen Ehren und mit einem furchtbaren Kriegstrauma aus der Armee entlassen worden, nachdem er beinah alle seine Kameraden in dem blutigen Gemetzel bei der Schlacht an der Somme überlebt hatte. Zu jener Zeit steckte die Psychologie natürlich noch in den Kinderschuhen, und die Soldaten, die ›leicht verwirrt‹ – sie machte mit den Fingern Anführungszeichen in die Luft – von der Front zurückkehrten, wurden in große Sanatorien auf dem Land oder in sogenannte Erholungs- und Genesungsheime geschickt. Dort wurden sie zusammen mit anderen jungen Veteranen von Krankenschwestern mit dem Charme eines bolschewistischen Kommandeurs gepflegt, die sie zum Essen zwangen, damit sie ihr Gewicht wiedererlangten, von gnadenlosen Trainern zur körperlichen Ertüchtigung gezwungen und von unerfahrenen Ärzten mehr oder weniger experimentell behandelt.

Der junge Milton hat ein Jahr in einem solchen Sanatorium zugebracht. Niemand hat je erfahren, ob er sich von seinem Kriegstrauma jemals erholt hat oder einfach nur begriff, dass es irgendwie weitergehen und er die schlimmen Erinnerungen aus dem Schützengraben hinter sich lassen musste. Jedenfalls kehrte er ins Haus seiner Eltern zurück, schloss sein Jurastudium ab und eröffnete mit dem Geld, das er von seinem Großvater mütterlicherseits geerbt hatte, sein erstes Büro für Finanz- und Rechtsberatung. Genau hier in Coleridge.«

»Aber wie kann das sein? Milton ist ein riesiges internationales Unternehmen. Ich habe die Liste mit den Filialen gesehen, fast in jeder Stadt der westlichen Welt gibt es eine. Wie kann es sein, dass das am Anfang nur ein einzelner Mann war?«

»Meine Liebe, fast alle großen Dinge fangen ganz klein an«, entgegnete Dolores Weiseman lächelnd und hob eine Hand, um meine Neugier zu bremsen. »Das ist eine lange Geschichte. Wissen Sie ...«

Als die reizende Archivarin mir die aufregende (und ein wenig ermüdende) Lebensgeschichte von Reginald Milton erzählt hatte, war fast eine Stunde vergangen, und die Reste unseres Tees in den zerbrechlichen Tassen waren kalt und dunkel geworden. Wir hatten Plätzchen gegessen und immer mal wieder auf den Papierstapel geschaut, als müssten wir uns stets aufs Neue davon überzeugen, dass die Geschichte wahr war und nur ein paar Zentimeter von uns entfernt in schriftlicher Form neben uns lag.

»Und das haben Sie alles aufgeschrieben?«, fragte ich beeindruckt.

»Nein, natürlich nicht. Zum größten Teil hat Mr. Milton es selbst geschrieben, und den Rest hat dann einer seiner Anwälte übernommen. Ein Mann, der heimlich von einer Karriere als Romanautor träumt«, vertraute sie mir leise und mit funkelnden Augen an. »Ich bin nur dafür zuständig, alles in den Computer einzugeben und an den Verlag zu schicken.«

Ich nickte. Ganze sieben Jahre hatte ich in dieser Firma gearbeitet und mich nie gefragt, wie das Unternehmen am Anfang gewesen war. Wahrscheinlich, weil es mich bisher nicht interessiert hatte, ob es eine Geschichte über einen ehemaligen Soldaten im Ersten Weltkrieg gab, der wahrscheinlich zutiefst unglücklich darüber gewesen wäre, wenn er noch gelebt hätte und mitansehen müsste, was aus seiner ehrenwerten Firma geworden war: ein Vorhof der Hölle und das Hauptquartier von eiskalten, gierigen Verbrechern.

Nachdem wir wieder in die Gegenwart unseres kalten Tees zurückgekehrt waren, fiel mir ein, dass ich ja wegen eines ganz anderen Dokumentes heraufgekommen war, und ich bat Dolores Weiseman, es im Archiv heraussuchen zu dürfen. Die angenehme Stimme der Archivarin hatte uns beide in ferne Zeiten geführt, als Coleridge in seinem steinernen Herzen noch lebendig war und nicht das Monopol der Finanzwelt mit ihren hohen Gebäuden aus Glas und Stahl. Ich dachte, dass ich das Unternehmen gern in der Mitte des letzten Jahrhunderts kennengelernt hätte, mit seinen Fluren voller hübscher, gebildeter junger Frauen und Gentlemen mit Fliege und Hut. Ob die Leute hier damals glücklicher gewesen waren? Und ob es so etwas wie ein Echo ihrer eiligen Schritte auf dem Parkett der alten Büros gab, die nun mit pflegeleichtem Teppichboden ausgelegt waren? Die Geschichte dieser Firma war viel interessanter, als ich gedacht hatte, und ich bedauerte fast, den Gründer von Milton Consultants nie persönlich gekannt zu haben.

»Woran denken Sie, meine Liebe?«

»Ich frage mich gerade, warum ich in all den Jahren, die ich hier gearbeitet habe, nie zu Ihnen hinaufgegangen bin, um in Ihrer Gesellschaft einen Tee mit Gebäck zu genießen und etwas über die Geschichte der Firma zu erfahren.«

»Oh, diese Frage kann ich Ihnen auch nicht beantworten. Aber die Erfahrung hat mich gelehrt, dass die Dinge immer in der richtigen Reihenfolge geschehen.«

»Ich gehe weg von Milton, Mrs. Weiseman. Wenn ich heute Abend dieses Gebäude verlasse, werde ich nie mehr wiederkommen.«

»Dann haben wir unseren Tee ja genau im richtigen Moment getrunken.« Sie lächelte. »Morgen wäre es nicht mehr möglich gewesen.«

»Ja, da haben Sie wohl recht.« Ich nickte.

»Und nun gehen Sie hinein und suchen Sie Ihren Bericht«, ermunterte die alte Dame mich. »Die Akten sind nach Jahren geordnet und farbig gekennzeichnet. Die Unterlagen darin sind wiederum alphabetisch nach Klienten sortiert.«

Mit dem Segursmart-Bericht in der Hand betrat ich das Archiv und fand schnell das Jahr, nach dem ich suchte. In der blauen Akte aus dem Jahr 2008 befand sich unter dem Buchstaben S tatsächlich der Bericht. Ich nahm ihn vorsichtig aus der Schutzhülle und las ihn aufmerksam durch.

Zunächst konnte ich keinen Unterschied feststellen: von mir geschrieben, von meinem Chef unterzeichnet und von der Finanzbehörde abgestempelt. Doch als ich zur vierten Seite mit der Jahresbilanz kam und sie mit der in dem Bericht aus dem Büro des T-Rex verglich, erlebte ich eine Überraschung. Beide Berichte waren fast gleich. Fast. Abgesehen von ein paar Zahlen in der Schlussbilanz. Ich blätterte zur zweiten Seite zurück und entdeckte einen kleinen Absatz, der in dem Bericht aus dem Archiv hinzugefügt worden, in der Version des T-Rex jedoch nicht vorhanden war.

Eilig ging ich zum Fotokopierer hinüber, den es bei Milton auf jedem Stockwerk gab, machte eine Kopie von beiden Berichten, heftete das Archivexemplar wieder in die blaue Akte mit dem Buchstaben S und stellte sie erneut an ihren Platz im Regal.

»Vielen Dank für alles, Mrs. Weiseman. Es war ein großes Glück, dass ich diesen Tee heute mit Ihnen trinken durfte.«

Die alte Dame stand auf und drückte meinen Arm. Sie duftete nach Lavendelseife und Märchenfee.

»Viel Glück, meine Liebe. Ich bin mir ganz sicher, dass Sie da draußen viele interessante Dinge erwarten.«

»Wissen Sie, ich glaube, dass ich eines dieser interessanten Dinge die ganze Zeit vor der Nase hatte, ohne es zu sehen.«

»Das Leben ist ein wunderbares Abenteuer, wenn wir auf die kleinen Dinge achten. Die kleinen Dinge sind die Türangeln des Universums.«

»Von nun an werde ich aufmerksamer sein«, versprach ich ihr.

Als ich an meinen Schreibtisch zurückkehrte, war auch der T-Rex wieder in seinem Büro und brüllte gerade ein paar arme, unglückliche Anzugträger an, die ihre Aufstiegschancen wohl vergessen konnten. Rasch steckte ich die Kopien beider Berichte in meine Tasche, überzeugte mich davon, dass alle meine Schubladen leer waren, und blickte zufrieden auf den Karton, den ich mit nach Hause nehmen würde: sieben Jahre in Form von ein paar Blatt Papier und einer Handvoll nutzloser Dinge in einer kleinen Kiste.

Da der T-Rex immer noch telefonierte, rief ich noch einmal bei Lando Calrissian an und erzählte ihm von den beiden Kopien, die sicher in meiner Tasche verwahrt waren.

»Sollte ich nicht meinen Chef darauf ansprechen? Immerhin hat er die Papiere unterschrieben.«

»Um Gottes willen, nein! Du darfst mit niemandem darüber sprechen«, beschwor mich Lando Calrissian. »Morgen Mittag treffen wir uns, und dann gibst du mir die Kopien.«

»Und woher weiß ich, dass ich nicht etwas Illegales tue, wenn ich dir die Berichte gebe?«

»Und woher weiß ich, ob du nicht auch in der Sache mit drinhängst?«

»Das ist doch Unsinn.«

»Gut, wir werden es herausfinden. Komm morgen Mittag zu dem Treffpunkt, den ich dir jetzt durchgebe, und bring die Berichte mit.«

Eilig notierte ich die Adresse und war auf absurde Weise plötzlich fast glücklich, Teil dieses Abenteuers zu sein, in dem es Geheimagenten, heimliche Treffen, gefälschte Dokumente und mysteriöse Ermittler gab.

»Aber wie werden wir uns erkennen?«, fiel mir gerade noch ein, bevor wir das Gespräch beendeten.

»Mach dir darüber keine Sorgen.«

Ich legte auf, wartete, bis der T-Rex den Abteilungsleiter und seinen Senior Consultant mit Haut und Haaren verschlungen hatte, und trat dann in sein Büro, um mein letztes Gespräch mit ihm zu führen. Er hörte zerstreut zu, als ich ihn über den Stand der laufenden Projekte informierte, und sah erstaunt auf, als ich ihm die Hand hinstreckte, um mich zu verabschieden.

»Auf Wiedersehen, Mr. Torres.«

»BIS MORGEN.«

»Ich denke, nicht.«

»MIR IST EGAL, WAS SIE DENKEN. MORGEN SCHLIESSEN WIR DEN BERICHT DIESER IDIOTEN VON PETOIL AB.«

»Sie finden alle Berichte in Ihrem Computer.«

»WAS SOLL DAS?«

»Das habe ich Ihnen letzte Woche schon erklärt. Ich gehe.«

»IST ES SCHON SO SPÄT? SIE ARBEITEN AUCH JEDEN TAG WENIGER. NUN GEHEN SIE SCHON. BIS MORGEN!« Er wedelte mich mit einer ungeduldigen Handbewegung hinaus, während er fieberhaft auf seinem Handy herumtippte.

»Auf Nimmerwiedersehen, Mr. Torres«, sagte ich glücklich.

Ich verließ das Büro, zog meine Jacken, den Mantel, eine Mütze und meinen grünen Schal an – die Farbe der Hoffnung –, schaltete den Computer aus, hängte mir meine große Tasche über die Schulter und nahm den Karton mit meinen Erinnerungen in die Hand. Von der Türschwelle aus blickte ich noch einmal auf den T-Rex, betrachtete wohlwollend seine beginnende Glatze, die vom Licht seiner Schreibtischlampe erhellt wurde, während er, über sein Handy gebeugt, dasaß. Ich verabschiedete mich schweigend von ihm und seinen bunten Plastikfischen und zog die Tür hinter mir zu.

Von einer plötzlichen Nostalgie erfasst, lächelte ich bei dem Gedanken, dass dies das letzte Mal war, dass ich meinen tyrannischen Chef gesehen hatte.

Doch was das anging, sollte ich mich irren.

# Auszug aus den Erinnerungen
## William Dorners

Ich verschätzte mich um genau zweiundsiebzig Stunden. Meine Vorhersage erfüllte sich ein paar Tage später, als ich gedacht hatte. Ein unerwarteter Westwind und ein Schwall warmer Luft aus dem Osten verzögerten den Einzug des beeindruckenden Kälteeinbruchs. Die Klimatologie ist keine exakte Wissenschaft, mit der man wochenlang vorher Prognosen abgeben kann. Aber sie ist auch kein Glücksspiel, wie einige behaupten. Meine Berechnungen erwiesen sich am Ende als richtig, nur dass das Unwetter mit Verspätung kam.

Das erste Anzeichen dafür, dass der Herbst in Coleridge in diesem Jahr anders sein würde als sonst, war der leichte Schnee, der drei Tage vor den ersten Anzeichen des Unwetters fiel. Auch wenn keine übermäßige Kälte herrschte und der Wind nicht stärker war als sonst, blieben doch die Regenfälle aus, die die Grafiken der letzten Jahre verzeichneten.

Ich glaube, dass das Ausfallen des herbstlichen Niederschlags in den Wochen vor dem Unwetter dazu beitrug, dass die Behörden nachlässiger wurden. Dabei hätte diese klimatische Anomalie als Alarmsignal gewertet werden müssen.

Im Folgenden werde ich auf die meteorologischen Bedingungen eingehen, die zu dem leichten Schneefall vor dem Big White Storm führten.

# Die Apokalypse

## KATE

Der Dienstag begann mit einem grauen Morgen. Und es war kein angenehmes weiches Grau, sondern ein kompaktes Stahlgrau, das nichts Gutes ahnen ließ. Dieser seltsam bleierne Himmel hätte uns eine Warnung vor der wettermäßigen Apokalypse sein müssen, die nur Stunden später auf uns niederging. Draußen vor dem Fenster schien die Stadt auf mysteriöse Weise den Atem anzuhalten.

Eigentlich hatte ich gedacht, dass mein mehr oder weniger triumphaler Abgang bei Milton Consultants mich derart erleichtern würde, dass ich wenigstens ein paar Stunden am Stück hätte schlafen können, doch so war es nicht. Die schlaflosen Nächte waren offenbar auch Teil meines neuen Lebens als Arbeitslose – als wollten sie mich daran erinnern, dass ich nicht in der Lage war, mich zu ändern, auch wenn ich mich noch so sehr anstrengte. Außerdem machte ich mir Sorgen, zum Komplizen in einem Steuerbetrug unbekannten Ausmaßes geworden zu sein.

Ich frühstückte, duschte, trocknete mir ausgiebig das Haar – was ich schon seit Jahren nicht mehr in Ruhe gemacht hatte – und wählte mit Bedacht meine Kleidung aus. Immerhin stand mir die filmreife Übergabe brisanter Unterlagen an einen geheimnisvollen Fremden bevor, der sich Lando Calrissian nannte. Ich versuchte, die Sache ernst zu nehmen, doch dieser seltsame Deckname verlieh dem ganzen Unterfangen eine unfreiwillige Komik, die mich schmunzeln ließ. Dieser Tag war der erste Tag meines neuen Lebens, der erste Tag, an dem ich nicht ins Büro musste, der erste Tag, an dem ich mit meinen alten Schuhen neue Wege beschreiten würde.

Ich brauchte eine Ewigkeit, um mich für die richtige Kleidung zu entscheiden, wobei ich mich heute nur noch an die Schuhe erinnern kann, meine geliebten Feenschuhe, mit denen ich schon so oft über das alte Pflaster der Altstadt gegangen war. Und ich weiß noch, dass ich einen kirschroten Schal trug an jenem Tag, den ich mir um den Kopf schlang, sodass ich aussah wie Rotkäppchen, das sich mit dem bösen Wolf verabredet hatte, unter dem grauen Himmel einer Stadt, die an jenem Tag in beunruhigender Stille verharrte.

Calrissian hatte mir ein kleines Restaurant im Finanzzentrum genannt, wo wir uns mittags treffen sollten. Ob er ein Rechtsanwalt war? Ein Manager? Oder bei einer Versicherung arbeitete, die ihre Kunden über den Tisch zog? Oder, noch schlimmer, ein Banker? Nein, unmöglich, kein Banker, der etwas auf sich hielt, hätte für seine Spionageaktion diesen merkwürdigen Decknamen gewählt.

Als ich endlich beim Restaurant ankam – ich war mit der Bahn gefahren, hatte drei Mal umsteigen müssen und über eine Stunde gebraucht –, sah ich mich darin bestätigt, dass der geheimnisvolle Fremde garantiert nicht in einer Bank arbeitete, denn das Lokal gehörte zu einer großen Kette, die sich durch ihr simples Essen und die bescheidene Ausstattung auszeichnete. Jedenfalls wirkte die Kulisse absolut nicht so abenteuerlich, wie ich es mir in meinen kühnen Fantasien im gefährlichen Dschungel des Milton-Imperiums vorgestellt hatte.

Ich wartete eine Viertelstunde am Eingang, bis ich meine Füße vor Kälte nicht mehr spürte und meine Nasenspitze fast abgefroren war. Die Temperaturen waren auf einmal deutlich gesunken, und der eisige Wind blies immer heftiger. Also betrat ich das Restaurant und fragte, ob auf meinen oder den Namen Calrissian ein Tisch reserviert worden war.

»Wie bitte?« Der schmächtige bleiche Kellner sah mich irritiert an.

»Auf den Namen Lando Calrissian«, wiederholte ich und spürte, wie mir die Röte in die Wangen stieg.

Der Kellner versicherte mir, dass es eine solche Reservierung nicht gebe, und brauchte dafür nicht einmal in sein Reservierungsbuch zu schauen.

»An so einen albernen Namen würde ich mich erinnern«, meinte ich ihn murmeln zu hören.

Er bot mir einen der kleinen Tische in der Nähe des Fensters an, von dem aus ich die Straße gut überblicken konnte, und brachte mir eine Flasche Wasser, die ich in meiner Verlegenheit bestellt hatte.

Ich warf einen Blick auf mein Handy, das jedoch keinen verpassten Anruf anzeigte, da es gar kein Netz mehr hatte. William hatte uns schon darauf hingewiesen, dass der Satellitenempfang unter den atmosphärischen Störungen leiden könnte, und das, was da draußen aufzog, sah tatsächlich nach dem Jüngsten Gericht aus. Die Zeitanzeige des Handys teilte mir mit, dass dieser verdammte Calrissian bereits eine Dreiviertelstunde zu spät war (wenn er überhaupt noch kommen würde), und ich saß in einem hässlichen Restaurant mit einem Kellner, der mich offenbar für nicht ganz dicht hielt, und war Lichtjahre von zu Hause entfernt. Nervös umklammerte ich meine Tasche, als ob jeden Moment ein Gangster auftauchen könnte, um mir die mysteriösen Dokumente zu entreißen. Dafür, dass dies mein erster Milton-freier Tag war, gefiel er mir gar nicht. Ich starrte misstrauisch aus dem Fenster, wo sich der Himmel zunehmend verdunkelte, aber kein mysteriöser Fremder in Sicht war.

»Es tut mir leid, Miss, aber wir schließen gleich.« Der dürre Kellner stand plötzlich mit besorgter Miene vor mir. »Im Radio und im Fernsehen wurden Sturmwarnungen durchgegeben. Das Unwetter nimmt Kurs auf Coleridge, und die Behörden raten allen, nach Hause zu gehen und in den nächsten Stunden das Haus nicht zu verlassen. Deswegen machen wir auch früher zu als sonst.« Er legte die Rechnung vor mich auf den Tisch.

»Oh, ach so«, murmelte ich und zahlte. Der gute William hatte also doch recht behalten.

Ich brauchte eine gefühlte Ewigkeit, um mir Jacken und Mantel wieder anzuziehen, die ich in der übertriebenen Heizungswärme des Restaurants abgelegt hatte. Als ich schließlich so weit war, dass ich gehen konnte – Handschuhe und Schal inklusive –, hatte der Kellner bereits die Geduld verloren. Er hatte die Wasserflasche und mein Glas schon abgeräumt, das Licht ausgemacht und wartete im Mantel an der Tür auf mich, wo er die Schlüssel demonstrativ klimpern ließ.

Er hielt mir die Tür auf, verließ direkt hinter mir das Restaurant, schloss ab, ließ das Gitter herunter und eilte davon, ohne sich zu verabschieden.

Das meteorologische Chaos war über die Stadt hereingebrochen. Ein orkanartiger Sturm fegte durch die Straßen und brachte mich zurück in die Realität: Mein Kontaktmann war nicht aufgetaucht, und ich befand mich allein in einem Viertel, das ich nicht kannte, mitten in dem, was das schlimmste Unwetter werden sollte, das Coleridge je heimgesucht hatte.

Ich schlang mir den Schal noch fester um den Hals und schloss für einen Moment entsetzt die Augen. Dann öffnete ich sie wieder. Die Leute rannten in panischer Hast die Bürgersteige entlang, und auf der Hauptstraße staute sich der Verkehr wie nie zuvor an einem Dienstag um die Mittagszeit. In den Geschäften um mich herum wurden ratternd die Gitter heruntergelassen. Kleine Kinder versuchten rennend, sich dem schnellen Schritt ihrer Eltern oder Großeltern anzupassen, die sie fest an der Hand hielten und hinter sich herzogen. Offenbar hatten auch die Schulen bereits geschlossen und die aufgeregten Schüler nach Hause geschickt. An der Kreuzung standen Polizeiautos mit blinkenden Lichtern, die Männer sprangen heraus und versuchten, den Verkehr zu regeln. Hohe Bäume bogen sich gefährlich im Wind, morsche Äste fielen auf die Straße, und über mir donnerte es bedrohlich. Die Menschen sprangen über alles, was der Wind zu Boden riss, sie stolperten, rannten und schrien. Der Himmel verfinsterte sich, und das wilde Heulen des Sturms, der durch die Straßen tobte, klang wie das Gebrüll einer Bestie, das vor einem unsichtbaren Feuer floh. Der groteske Tanz der alten Bäume, das wilde Hupen der Autos, die panischen Gesten der Fußgänger, die Sirenen von Polizeiwagen ... Und ich hatte keine Ahnung, was ich inmitten dieses Pandämoniums zu suchen hatte.

Vor Angst wie gelähmt, blieb ich vor der Tür des hässlichen Restaurants mit dem unfreundlichen Kellner stehen, inmitten dieses Untergangsszenarios, in das sich das Finanzzentrum von Coleridge plötzlich verwandelt hatte. Ein orkanartiger Wind zerrte an meiner Kleidung und warf mich fast um. Ein Blitz zuckte hell auf, gefolgt von einem ohrenbetäubenden Donner. Das Unwetter wütete direkt über mir.

Und dann fing es an zu regnen, und das Wasser fiel sturzbachartig vom Himmel, der beinahe schwarz war.

# Der Sonderzug

## DON

»Conville, Grey, Berck!«, rief mein Chef in unser Groß-
raumbüro hinein. »Ihr habt die Anweisung des Katastrophenschutzes gehört. Alle nach Hause. Los!«

»Aber ich habe Bereitschaftsdienst«, wandte einer
meiner Kollegen ein.

»Das ist mir egal, Conville, den können Sie auch von
zu Hause aus machen. Alle raus hier. Ich will nicht, dass
eine Truppe superschlauer Informatiker die ganze Woche hier festsitzt. Wer weiß, wovon ihr euch ernähren
würdet. Ab nach Hause!«

Ich machte den Computer aus, verabschiedete mich
von meinen Kollegen und traf im Nebenraum auf ein
paar Feuerwehrleute, die ich kannte.

»Was macht ihr denn hier?«

»Der Katastrophenschutz hat hier Quartier bezogen
und uns um Hilfe gebeten«, erklärte mir einer der Feuer-
wehrmänner.

Der Raum war voller Menschen und Computer. Jemand hatte einen riesigen Stadtplan an die Wand ge-
hängt, und zwei Polizisten markierten die kritischen
Stellen.

»Von hier aus sind wir schneller im Zentrum und können koordinierter vorgehen. Und du solltest machen,
dass du nach Hause kommst.«

Dafür, dass die Lage so heikel war, wirkten alle relativ ruhig.

»Ich bin schon weg«, sagte ich und nahm meine Jacke.

»Der öffentliche Nahverkehr wurde eingestellt«, warnte mein Bekannter mich vor. »Um aus der Stadt rauszukommen, nimmst du am besten den Sonderzug. Der wurde gerade wieder aktiviert. Du weißt schon, dieser unterirdische Zug, der ...«

»Ich kenne die Geschichte«, sagte ich und schlug meinem Bekannten kameradschaftlich auf die Schulter. »Viel Glück. Ich denke, ihr könnt es brauchen.«

Als ich in den Flur trat, zog ich mein Handy aus der Tasche, um ein paar Telefonate zu machen.

Charlie war an diesem Morgen glücklicherweise nicht ins Büro gegangen. Gut informiert, wie er war, wusste er, dass die Stadt, wenn es anfing zu schneien, im Chaos versank (genau aus diesem Grund war ich nicht mit dem Auto zur Arbeit gefahren). Mein Vater hatte Sarah und die Zwillinge mit dem Geländewagen abgeholt, um die Jungs zur Schule zu fahren, war dann aber auf halbem Weg wieder umgekehrt, als er die Warnungen im Radio gehört hatte. Sarah hatte das Angebot angenommen, mit ihren Kindern ein paar Tage bei uns zu wohnen. Und Papa hatte so viele Lebensmittelvorräte gehortet, dass wir für mindestens zwei Monate davon leben konnten.

Auch meine beiden Freunde Punisher und Sierra waren in Sicherheit. Punisher arbeitete an diesem Tag von zu Hause aus, und als ich Sierra anrief, hatte auch dieser sich bereits zu Fuß auf den Heimweg gemacht.

»Ich bin gleich da«, schrie Sierra ins Telefon, um sich bei dem Sturm verständlich zu machen. »Eigentlich hätte ich einen Termin gehabt, aber es war unmöglich, dorthin zu gelangen.«

»Gut. Ich bin auch unterwegs. Bleiben wir in Verbindung.«

Ich beendete das Gespräch, erleichtert, dass alle in Sicherheit waren.

Charlie sagte immer, dass ich ein Kontrollfreak sei. Aber das Bedürfnis zu wissen, dass niemand, der mir wichtig war, in Gefahr schwebte, war bei mir angeboren. Punisher machte sich immer ein bisschen darüber lustig, von wegen »die Polizei, dein Freund und Helfer«, aber das kümmerte mich nicht. Vielleicht war ich tatsächlich genau deshalb Polizist geworden. Ich fühlte mich immer verantwortlich für die Menschen, die ich liebte.

Und deshalb machte ich auch noch einen letzten Anruf, bevor ich in den Aufzug stieg.

»Kate? Ich bin's, Don. Ich hoffe, dass ...«

Durch das Telefon hörte ich infernale Verkehrsgeräusche, die von starken Windstößen unterbrochen wurden.

»Kate? Bist du unterwegs? Der Katastrophenschutz hat doch geraten, zu Hause zu bleiben. Ich verlasse gerade die Polizeizentrale. Warum bist du nicht zu Hause? Wo bist du?«

»Ich weiß es nicht ...«, hörte ich Kates seltsam weit entfernt klingende Stimme, die im Lärm der Autos und des Sturms kaum zu verstehen war.

»Kate, ist alles in Ordnung?«, fragte ich besorgt.

»Nicht wirklich«, sagte sie. »Aber ich schaff das schon.«

»Kate, wo bist du?«

»Ich weiß es nicht. Irgendwo im Finanzzentrum. Hier auf der Straße herrscht das reinste Chaos, die Autos stauen sich, Leute rennen herum, es tobt ein unglaublicher Sturm, und es hat angefangen zu regnen. Ich finde die Bushaltestelle einfach nicht.«

»Vergiss den Bus«, sagte ich, während ich ins Büro zurückkehrte und eilig den Computer wieder anmachte, »die Busse fahren nicht mehr.«

»Mist.« Sie klang einigermaßen verzweifelt.

Das Tosen zerriss ihre Worte, und ich hatte Angst, dass die Verbindung abbrechen würde.

»Kate, ganz ruhig jetzt. Geh ans Ende der Straße, und sag mir, wo du bist.« Einen Moment war nur Rauschen in der Leitung zu hören.

»An der Kreuzung Robert und Fine Road«, sagte sie dann.

Ich öffnete das Fenster von Google Maps und fand die Stelle sofort.

»Von dort, wo du bist, ist es nicht weit zu einer Haltestelle des Sonderzugs, der dich aus der Stadt bringt.«

»Der Zug fährt nicht zu mir nach Hause. Ich muss wohl zu Fuß gehen.«

»Du kannst nicht zu Fuß gehen, das dauert zu lange, und das Unwetter ist direkt über uns. Der Katastrophenschutz hat gesagt, dass es draußen extrem gefährlich ist. Hast du vielleicht einen Freund oder einen Bekannten, der in der Nähe wohnt? Jemanden, bei dem du unterkommen kannst?«

Ich hörte einen erstickten Schrei im Verkehrslärm und ein ohrenbetäubendes Donnern. In meinem Büro flackerte das Licht und ging dann ganz aus. Der Bildschirm meines Computers war schwarz.

»Don!«, rief Kate auf der anderen Seite der Leitung. »Don! Jetzt hagelt es wie verrückt. Und es blitzt und donnert. Ich glaube, das ist das Ende der Welt, aber ich habe keine Lust, in diesem Yuppie-Viertel zu sterben!«

Sie versuchte, witzig zu sein, aber man hörte, dass sie große Angst hatte. Ihr Atem ging keuchend, und in ihrer Stimme schwang Panik mit.

»Aaaah!«, schrie sie dann. »Don, das sind riesige Hagelkörner. Au, das tut weh!«

Ich hörte das Geräusch der Hagelkörner und das Splittern von Glas.

»Kate, bleib ruhig, bitte. Sieh zu, dass du dicht an den Häusern vorbeigehst. Es sind nur noch zwei Blocks weiter die Fine Road entlang. Hörst du mich, Kate?«

»Ja, ich höre dich, ich bin auf dem Weg.«

In der Polizeizentrale sorgte der Generator dafür, dass das Licht wieder anging. Aber ich hatte mir die Koordinaten auch so eingeprägt und konnte Kate deshalb zu dem Sonderzug lotsen.

»Raus hier, Berck.« Mein Chef stand plötzlich vor meinem Schreibtisch. »Nun verschwinden Sie endlich!«

»Zu Befehl, Sir.«

Ich zog mir die Jacke an und verließ das Gebäude, ohne mein Telefon vom Ohr zu nehmen.

»Ich kann die Haltestelle sehen«, hörte ich Kate erleichtert sagen. »Ich bin gleich da.«

»Hör zu, dieser Zug wurde extra aktiviert, um die Leute aus der Stadt zu bringen. Geh zum Bahnsteig, und nimm den ersten Zug, der dort ankommt.«

»Aber wohin soll ich denn fahren?«, fragte sie.

»Zum Haus meines Vaters.«

»Nein.«

»Was hast du gesagt? Ich kann dich kaum verstehen.«

»Ich habe Nein gesagt. Ich werde nicht zu deinem Vater fahren. Au! Mann, dieser verdammte Hagel. Ich kann kaum noch die Augen offen halten.«

»Kate, geh zum Bahnsteig. Nimm den ersten Zug, und steig in Saint George aus. Hast du mich verstanden?«

Inzwischen war auch ich auf dem Weg zur Bahnstation. Es war zwei Uhr nachmittags, aber so dunkel wie in der Nacht. Der Hagel prasselte gnadenlos auf alles nieder, was sich im Freien befand. Und das Gewitter war beeindruckend heftig. Der Donner schien den Himmel zu zerreißen, und die Erde bebte.

Ich hoffte, dass der Zug zumindest noch so lange fahren würde, bis Kate und ich in Saint George angekommen waren. Wenn wir erst dort waren, konnte mein Vater uns mit dem Geländewagen abholen (zum Glück hatten wir am Morgen die Schneeketten angelegt) und nach Hause bringen.

»Don, ich bin jetzt auf dem Bahnsteig, und die Leute sagen, dass in fünf Minuten ein Zug kommt.«

»Sehr gut, du hast es geschafft, siehst du. Alles wird gut«, beruhigte ich sie.

»Ich will aber nicht zu deinem Vater fahren.« Kate schien vor Kälte zu zittern, und wegen des schlechten

Empfangs konnte ich sie kaum verstehen. Wahrscheinlich stand sie unter Schock

»Red keinen Unsinn«, sagte ich sanft. »Hör zu, ich erzähle dir eine Geschichte.«

»Was?! Die Welt geht unter, und du erzählst mir eine Geschichte?«

»Es geht um diesen Sonderzug, und du wirst sehen, die Geschichte ist wirklich interessant.«

»Da kommt er.«

»Steig ein, Kate.«

Meine rechte Hand tat schon weh, weil ich das Handy so fest umklammerte.

In diesem Moment hätte ich alles dafür gegeben, um an dem Bahnsteig im Finanzzentrum zu sein, Kate in den Arm nehmen zu können und dafür zu sorgen, dass sie in diesen verdammten Zug einstieg.

»Der Zug wurde im Frühjahr 1894 vom Bürgermeister der Stadt eingeweiht. Aber seine Geschichte begann viele Jahre vorher, als ein Träumer namens Robert W. Minestrone, der übrigens nicht der Erfinder der gleichnamigen Suppe war ... Hast du gerade gelacht?«

»Nein.« Ich hörte, wie sie kicherte. »Natürlich nicht.«

»Also ... Ein Träumer mit dem Namen Robert W. Minestrone hatte genug davon, dass jedes Mal, wenn es regnete – also im Herbst und im Winter eigentlich täglich –, die Eisenbahn ausfiel und er zu spät nach Hause kam. Robert war mit der Schriftstellerin Madeleine Courtness verheiratet (falls du das nicht gewusst haben solltest), die immer sehr beunruhigt war, wenn sie nicht wusste, wann ihr Mann zum Abendessen erscheinen

würde. Denn ihre Soufflés hatten die schlechte Angewohnheit, bereits nach fünf Minuten zusammenzufal-
len. Es ist ja allgemein bekannt, dass Schriftsteller, die
etwas auf sich halten, ein kompliziertes Verhältnis zu ihren Rezepten haben. Was wohl daran liegt, dass sie nach
Metaphorik suchen, wo es nur kulinarischen Realismus
gibt.

Jedenfalls litt Mrs. Courtness so sehr unter den ver-
späteten Zügen ihres Mannes, dass ihre schlechte Laune
sogar ihre Bücher beeinflusste. Wie du sicher weißt, ist
die Literatur, die Ende des neunzehnten Jahrhunderts
in dieser Gegend verfasst wurde, äußerst melancholisch
und bitter, was allein den stets unpünktlichen Zügen
von Coleridge zuzuschreiben ist. Daher entschied Mr.
Minestrone (den die Literatur nicht interessierte, sehr
wohl aber das Soufflé und die gerunzelten Augenbrauen
seiner geliebten Frau), die Verkehrsverbindung in die
Vororte zu verbessern, indem er ...«

Ich redete und redete und redete auf sie ein, erzählte
meine dumme Geschichte über den Zug und die Soufflés
von Madeleine Courtness und fügte immer noch etwas
hinzu, bis ich endlich in Saint George ankam. Sobald
ich ausgestiegen war, rannte ich den Bahnsteig entlang
und lief dann in die kleine düstere Bahnhofshalle. Ich
sah mich suchend um, die Halle war fast menschenleer.
Inzwischen war in der ganzen Gegend der Strom ausgefallen, weshalb ich mich erst, als ich mich an die Dunkelheit gewöhnt hatte, jenem Augenpaar gegenübersah, das
so blau war wie ein wolkenloser Himmel, wenn auch vor
Angst und Erschöpfung leicht verschleiert.

»Da bist du ja«, sagte ich mit trockenem Mund, während ich spürte, wie mich von Kopf bis Fuß eine Welle der Erleichterung durchlief.

Ich steckte das Handy weg, ohne den Blick von ihr abzuwenden, vielleicht fürchtete ich, sie könnte verschwinden, wenn ich sie auch nur einen Moment aus den Augen ließ. Ich sah sie einfach nur an und ging auf sie zu, doch als ich schließlich vor ihr stand, wagte ich es nicht, sie zu berühren.

Kate zitterte wie Espenlaub, und ein dünnes Rinnsal Blut lief ihr über die Stirn. Sie war vollkommen durchnässt, kreidebleich und aus ihrem wunderbaren kastanienbraunen Haar tropfte das Wasser auf den Boden der Bahnhofshalle. Ihr roter Schal und ihr grauer Mantel waren so nass, dass sie fast schwarz wirkten, und ihre Feenschuhe hinterließen kleine Pfützen. Sie hatte ihre Tasche sinken lassen und ballte so fest die Fäuste, dass ich unter all der Kleidung, die sie trug, ihre Anspannung ausmachen konnte. Ihre Wimperntusche war völlig verschmiert, unter ihren Augen lagen tiefe Schatten, und sie hatte sich so fest auf die Lippen gebissen, dass sie bluteten.

Kate wirkte so übernächtigt und erschöpft, dass ich mich fragte, wie sie sich überhaupt noch auf den Beinen halten konnte.

# Dornröschen

## KATE

Ich erinnere mich kaum noch an jenen schlimmen Nachmittag, an dem Don mich rettete, in dem er mir eine lange Geschichte über Züge und Soufflés erzählte, während die Stadt um uns herum verrückt wurde und ein apokalyptisches Unwetter hereinbrach.

Vieles habe ich verdrängt, aber ich weiß noch, dass Norman Berck, Dons Vater, ein großer, kräftiger Mann mit grauem Haar und einem gütigen Blick, der jede Zeit der Welt zu haben schien, uns mit einem riesigen grünen Geländewagen abholte, in dem wir ruckelnd und schaukelnd durch den Eisregen über die glatten Wege fuhren. Bis irgendwo am Ende der Landstraße neben einem Birkenwäldchen ein märchenhaftes Haus auftauchte. Es hatte eine rote Backsteinfassade, ein mit Schiefer gedecktes Dach, aus dem gleich drei rauchende Schornsteine aufragten, und durch die Fenster schimmerte einladend ein gelbliches Licht. Als ich durch die schwere dunkle Holztür trat, rechnete ich fast damit, auf Hänsel und Gretel zu treffen. Erschöpft, wie ich war, erschien mir das schöne Landhaus, das aus den Anfängen des neunzehnten Jahrhunderts zu stammen schien, als Sinnbild eines sicheren Zufluchtsorts.

Irgendwie gelang es mir, die nasse Kleidung auszuziehen, eine heiße Dusche zu nehmen, festzustellen, dass die Wunde an meinem Kopf nur ein Kratzer war, mir einen riesigen gestreiften Pyjama anzuziehen, den ich in der halb aufgezogenen Schublade einer Kommode fand, und mich in ein seltsames Bett zu legen, das beinah ebenerdig war und nach frischen Laken und Seife duftete. Ich musste vor dem Duschen mit Don und seinem Vater gesprochen haben, hätte aber beim besten Willen nicht mehr sagen können, was wir redeten. Ich weiß nur noch, dass ich, sobald mein Kopf das angenehm weiche Kissen berührte, in einen tiefen Schlaf fiel und sofort einschlief.

Ich schlief.

Und schlief.

Und schlief.

Bis ich jegliches Zeitgefühl verlor und beinahe einen ganzen Wochentag verpasste.

# Im gestreiften Pyjama

## DON

Ich zeigte Kate, wo sich mein Zimmer befand, begrub sie unter einem Berg sauberer Handtücher, begleitete sie zum Badezimmer, wo sie unter der heißen Dusche verschwand, und versprach ihr, dass sie im dritten Zimmer links im Flur trockene Kleidung finden würde, die sie anziehen konnte. Dann ging ich auf der Suche nach Sarah die Treppe hinunter und landete auf einer »Non-Birthday-Party«, bei der Charlie die Rolle des langweiligsten verrückten Hutmachers in der Literaturgeschichte innehatte.

Mein Vater und Sarah standen hinten in der Küche an der Anrichte. Beide hielten eine dampfende Tasse Tee in der Hand und starrten besorgt aus dem Fenster, während die Zwillinge und Charlie am Tisch saßen und einen heißen Kakao tranken.

»Don!«, riefen die Zwillinge im Chor, beide mit Schokoladenschnurrbärten unter ihren Stupsnasen.

»Wir haben auf dich gewartet!«, erklärte einer von ihnen.

»Um den Rest des Kuchens essen zu können«, fuhr der andere lachend fort.

»Die sind schlimmer als eine Heuschreckenplage«, knurrte Charlie. »Beeil dich, sonst essen die noch die Tischdecke.«

»Sarah, könntest du mir vielleicht etwas zum Anziehen leihen?«, fragte ich, ohne meinen Bruder eines
Blickes zu würdigen, und fügte erklärend hinzu: »Wir
haben gerade eine Freundin vor dem Unwetter gerettet,
ihre Kleidung ist völlig durchweicht.«

»Noch ein Flüchtling?«, seufzte Charlie resigniert und
verdrehte die Augen. »Wie viele sind wir denn jetzt? Sieben? Papa, wenn du mir das früher gesagt hättest, hätte
ich auch noch ein paar Freunde mitgebracht.«

»Welche Freunde? Du hast keine Freunde«, konterte
ich.

»Hör auf mit deinen zynischen Bemerkungen, Charlie«, sagte mein Vater. »Hier ist genug Platz für alle.«

»Und genug Essen«, ergänzte der eine Argonaut und
angelte nach einem Stück Kuchen.

Sarah, die so hübsch und so blond wie ihre Kinder
war und stets gute Laune hatte, die sie sich selbst von
meinem Bruder nicht verderben ließ, stellte ihre Tasse auf den Tisch und wuschelte ihren Söhnen durchs
Haar.

»Natürlich kann ich ein paar Anziehsachen heraussuchen«, erklärte sie lächelnd. »Sobald ich die zwei kleinen
Welpen hier gewaschen habe, gehe ich nach oben, um
sie zu holen.«

»Habt ihr es euch in der Mansarde schon bequem gemacht?«, fragte mein Vater.

»Nicht wirklich«, meinte Sarah und runzelte die Stirn.
»Jasper und Jacob haben darauf bestanden, ihre Schlafsäcke vom letzten Campingurlaub mitzubringen. Das
schien mir eigentlich eine ganz gute Idee zu sein, damit

wir nicht drei Betten beziehen müssen, aber wie es aussieht, haben sie andere Pläne.«

»Ja, wir wollen nämlich im großen Speisezimmer schlafen«, erklärte einer der Jungs.

»Direkt vor dem Kamin«, ergänzte sein Bruder.

»Da ist es schön warm und kuschelig.«

»Das ist fast wie Camping in den Bergen.«

»Gibt's dann auch blonde Argonauten vom Grill?«, konnte sich Charlie nicht verkneifen.

»Warum bist du eigentlich noch hier?«, fragte mein Vater ungehalten. »Vielleicht gehst du besser, wenn du nichts Nettes zu sagen hast.«

Charlie steckte sich den Rest des Zitronenkuchens in den Mund und verließ die Küche, wobei er etwas von fehlender Privatsphäre und eingeschränkter Meinungsfreiheit vor sich hin brummte, was wir alle geflissentlich überhörten.

Papa setzte sich zu den Argonauten, die ihn, auf seine Beurteilung ihrer Übernachtungspläne wartend, hoffnungsvoll ansahen.

»Ich könnte das Funkenschutzgitter anbringen«, schlug er vor, wobei er ein paar Kuchenkrümel mit der Hand zusammenfegte. »Und ab und zu mal nach dem Rechten sehen. Ich hab ja eh einen leichten Schlaf.«

»Nicht nötig«, griff ich ein. »Ich werde mit den beiden Jungs im Speisezimmer übernachten.«

Sarah sah mich erleichtert an, formte mit den Lippen ein »Danke« in meine Richtung und hielt sich dann die Ohren zu, weil ihre Söhne in ein lautes Jubelgeschrei ausbrachen. Sie kreischten und schrien, und ihre hellen durchdringenden Stimmen waren im ganzen Haus zu hören. Sarah lachte und beruhigte die kleinen Schreihälse mit einem eindringlichen »Psst!«. Dann stand sie auf, um das Teegeschirr zu spülen.

»Kate kann in meinem Zimmer bleiben, während ich im Speisezimmer campiere. Ich habe übrigens einen Pinguinschlafsack, um den ihr mich glühend beneiden werdet«, sagte ich zu den beiden Jungs, die mich mit strahlenden Augen ansahen.

»Damit wäre dann ja alles geklärt«, meinte mein Vater und nickte zufrieden.

Vorsichtig klopfte ich an die Tür meines Schlafzimmers und wartete auf eine Reaktion.

»Kate?«, rief ich schließlich. »Ich bringe dir hier frische Anziehsachen.«

Ich wartete ein paar Sekunden und rief dann erneut, aber von drinnen kam kein Mucks. Also öffnete ich vorsichtig die Tür und blickte ins Zimmer.

Kate lag tief schlafend auf meinem Futon. Ihr noch feuchtes Haar war auf dem Kissen ausgebreitet, und sie trug diesen grässlichen gestreiften Pyjama, den Charlie mir mal zu Weihnachten geschenkt hatte. Ich hatte ihn nur einmal angehabt.

Aber Kate stand er gut.

Ich legte die Kleidung auf die Kommode am Fenster und ließ den Rollladen ein Stück herunter, wobei ich mich bemühte, möglichst kein Geräusch zu machen. Dann trat ich ans Kopfende des Betts und zog behutsam die Decke hoch, sodass sie Dornröschen bis zum Kinn reichte. Kate schlief ganz friedlich und fest, und ohne groß darüber nachzudenken, beugte ich mich vor und drückte ihr sanft einen Kuss auf die Lippen. Ich könnte jetzt sagen, dass sie wie ein Samstagmorgen mit Pancakes und Kaffee im Haus meines Vaters duftete, aber ich habe es nicht so mit Metaphern.

Kate schlief.

Und wenn es nach mir gegangen wäre, hätte die Zeit einfach stehen bleiben können.

# Auszug aus den Erinnerungen
## William Dorners

Der Big White Storm, der mit kräftigen Winden aus Nord-west, Regen, Hagel und starken Schneefällen, die fast eine Woche andauerten, über uns hereinbrach, war am äußeren Rand des Atlantiks wie ein ganz normales Gewitter aufge-zogen, bevor er aufgrund des Zusammenspiels verschiede-ner Faktoren zu einem Jahrhundertunwetter wurde.

Der thermische Gegensatz zwischen den Aufwinden im In-neren und den Abwinden außen verursachte heftige Stür-me und formte riesige Cumulonimben. Die für derartige Wetterereignisse typischen Konvektionsbewegungen mit ihren beträchtlichen Energiemengen sorgten zunächst für Starkregen und Hagel, bevor sich eine Serie von weiteren Gewitterzellen vom Gebirge im Inland aus mit dem sich aufbauenden großen Unwetter vereinte.

Unter bestimmten thermischen Voraussetzungen können langlebige Gewitterkomplexe entstehen, die zur Superzelle werden. Und genau das passierte damals in der Umgebung von Coleridge und in der Stadt selbst.

Ich wusste, dass es dazu kommen würde, ich hatte mehr-fach davor gewarnt, aber niemand hörte auf mich. Denn letztendlich war ich nur ein arbeitsloser Meteorologe, der nicht mal über einen Doktortitel von einer angesehenen Universität verfügte.

# Über Superhelden und
# Börsenspekulanten

## DON

Kate schlief auch noch, als es Abendessen gab, und Sarah riet uns, sie in Ruhe zu lassen.

Vor ein paar Stunden war aus dem Regen Schnee geworden. Obwohl es draußen dunkel war, konnten wir die heftigen weißen Wirbel vor dem Küchenfenster beobachten. Der Wind heulte und drückte die Schneeflocken gegen das Haus, und durch den Temperatursturz vereisten die Fenster. Das Unwetter schien sich gar nicht mehr zu beruhigen. Später am Abend fiel drei Mal für etwa eine halbe Stunde der Strom aus. Mein Vater hatte den Notstromgenerator noch nicht in Gang gesetzt, aber das Wissen, dass er uns zur Verfügung stand, gab uns eine gewisse Sicherheit.

Während Sarah und Papa nach dem Abendessen das Geschirr abräumten, bereitete ich mit den Zwillingen unser Nachtlager am Kamin vor. Und als wir gerade darüber beratschlagten, in welchem Sicherheitsabstand zum Feuer wir unsere Schlafsäcke ausrollen sollten, rief Punisher mich auf dem Handy an.

»Es ist passiert«, rief er triumphierend.

»Was ist passiert?«, gab ich verwirrt zurück.

»Kollege! Was wohl?«, sagte mein Freund ungeduldig. »Das, worauf wir die ganze Zeit gewartet haben. Die

Kontobewegungen bei Segursmart, und ich habe zwei Mails mit jeder Menge verschlüsselter Daten abfangen können.«

»Gib mir eine Minute. Ich geh rauf ins Büro.«

Ich stürzte die Treppe hinauf und eilte in mein Büro. Dort schaltete ich die drei Computer ein, mit denen ich Segursmart überwachte, und schloss den Laptop an, um nachzusehen, wovon Punisher sprach. Inzwischen hatte sich auch Sierra in unser Gespräch eingeklinkt.

»Ich sehe es. Ich sehe die Kontenbewegungen«, sagte ich aufgeregt.

»Hallo, geht es euch gut?«, begrüßte uns Sierra ironisch. »Ich freue mich auch, dass ihr euch vor dem Unwetter habt retten können.«

»Ja, ja. Wir haben jetzt keine Zeit für so was«, entgegnete Punisher. »Wir haben sie erwischt. Der Informationsaustausch hat stattgefunden. *Und* wir haben die Daten.«

Nervös checkte ich den Mailaustausch, den Punisher meinte. Sierra bestätigte die Daten, überzeugte sich davon, dass alle Kontobewegungen sicher abgespeichert waren, und half mir, alles noch einmal zu überprüfen.

»Wieso die Zweifel?«, beschwerte sich Punisher. »Das ist genau das, worauf wir jahrelang gewartet haben.«

»Ich will absolut sicher sein«, sagte ich.

»Und warum passiert es gerade jetzt?«, wandte Sierra ein. »Warum gerade heute Abend? Sie sind nicht mal im Büro, sondern irgendwo außerhalb.«

»Das ist doch ganz egal, Hauptsache, wir haben die Daten!«

»Es ist wegen des Unwetters«, erklärte ich.

Meine beiden Freunde schwiegen verblüfft.

»Wegen des Unwetters«, wiederholte ich, »weil es dadurch zu Störungen kommt. Wenn wir offiziell ermitteln, reicht es nicht, wenn sie die Transaktionen einfach löschen, weil wir die Daten über die Festplatten wiederherstellen können. Aber das Unwetter kann nicht wiedergutzumachende Schäden an der Hardware verursachen ...«

»Sie sichern sich ab«, meinte Sierra. »Beim letzten Mal sind sie gerade noch mal davongekommen. Diesmal sind sie zur Not bereit, sogar den Server zu zerstören.«

»Egal«, sagte ich nach mehreren Sekunden der Stille, »halten wir uns an den ursprünglichen Plan.«

»Punisher, wissen wir schon, wer der Käufer ist?«, fragte Sierra.

»An dieser Sache bin ich dran. Ich bin jetzt erst mal bei einem anonymen User gelandet, der seine IP-Adresse getarnt hat und von einem Land zum nächsten springt. Ich folge ihm, und das Unternehmen, hinter dem er sich versteckt, existiert natürlich gar nicht.«

Wir überlegten noch ein paar Minuten hin und her, wie wir den Empfänger am besten verfolgen und die Daten, die wir hatten, sicher abspeichern konnten, und entwarfen eine Strategie für die nächsten Tage.

»Punisher und ich folgen dem Käufer. Sierra, du kümmerst dich um die Kopien der Daten und die Transaktionen. Und natürlich bleiben wir still und unsichtbar.«

»Wann wirst du deinen Dienst wieder aufnehmen, Don?«

»Solange das Unwetter noch andauert, sollen wir zu Hause bleiben. Und wie es aussieht, sind wir noch mitten drin.«

»Ist denn alles in Ordnung bei dir?«, fragte Sierra.

»Ja, sicher. Ich bin hier zu Hause mit meinem Vater, Charlie, den Argonauten, Sarah und Kate.«

»Kate ist bei dir?«, fragte Sierra verblüfft. »Wie kommt's?«

»Du hast sie zu dir nach Hause geholt, Kollege?«, warf Punisher ein, und es klang, als ob Kate ein gefährlicher Computervirus wäre, der mein Heim infizieren könnte.

»Das ist eine lange Geschichte, aber jedenfalls geht es uns allen gut. Warum fragst du, Sierra?«

»Weil wir das nicht machen müssen. Es gibt bestimmt auch einen anderen Weg«, meinte Sierra.

»Nein, wir bleiben im System und verfolgen weiter sämtliche Bewegungen«, entgegnete ich vielleicht ein wenig zu rasch.

»Wie du meinst.«

Wir beendeten das Gespräch, und ich machte mich an die Arbeit.

Nach vier Jahren bot sich uns nun endlich die Möglichkeit, Gabriel zu rächen, die Schuldigen zur Rechenschaft zu ziehen und für ein wenig Gerechtigkeit zu sorgen. Natürlich hatte es mich überrascht, dass Segursmart ausgerechnet jetzt wieder zuschlug. Wobei es in gewisser Weise natürlich Sinn machte, denn das Unwetter war die perfekte Gelegenheit, mögliche zukünftige Ermittlungen zu sabotieren. Ich fragte mich, ob Segursmart vielleicht sogar wusste oder zumindest ahnte, dass wir sie überwachten. Doch nachdem ich länger darüber nachgedacht hatte, verwarf ich diesen Gedanken wieder. Wir waren immer äußerst vorsichtig gewesen und man konnte unsere Spuren im Netz nicht zurückverfolgen. Und seit der letzten offiziellen polizeilichen Ermittlung war inzwischen so viel Zeit vergangen, dass sie sich bestimmt ganz sicher fühlten.

Es war schon spät, als ich beschloss, die Suche nach der wahren Identität des Käufers am nächsten Tag fortzusetzen und schlafen zu gehen. Ich war müde und hatte die Zwillinge schon viel zu lange allein gelassen. Gähnend schaltete ich die Bildschirme und mein Handy aus und streckte meinen schmerzenden Rücken.

Als ich an Charlies Zimmer vorbeikam, sah ich, dass bei ihm noch Licht brannte. Ich klopfte leise und trat ein.

»Du bist noch wach?«, empfing er mich, mit dem Laptop auf den Knien im Bett sitzend. Auf dem Nachttisch stand ein kleines Tablett mit einer Flasche Single-Malt-Whisky und einem mit Eiswürfeln gefüllten Glas.

»Das Gleiche wollte ich dich auch gerade fragen.«

»Willst du einen?« Er wies auf die Flasche mit der bernsteinfarbenen Flüssigkeit.

Ich öffnete die Tür seines Nachttischs, den mein Bruder zu einer Art Minibar umfunktioniert hatte, und nahm ein Glas heraus. Dann schenkte ich mir einen Whisky ein, zog einen der cremefarbenen Sessel heran und setzte mich meinem Bruder gegenüber.

»Ich habe euer Gespräch gehört«, meinte er und sah mich eindringlich an. »Wie blöd von diesen Idioten von

Segursmart, dieses kleine Unwetter für ihre Machenschaften zu nutzen.«

Ich sagte nichts. Charlie hatte den Rollladen nicht heruntergelassen, und ich gönnte mir einen Moment der Stille und einen Blick aus dem Fenster. Noch immer fiel der Schnee in dichten Flocken, aber der Sturm schien ein wenig nachgelassen zu haben. Ich wusste, dass mein Bruder den Waffenstillstand nicht lange durchhalten würde.

»Ich kenne deinen Chef ja nicht wirklich gut«, meinte Charlie schließlich in spöttischem Ton, »aber was, glaubst du, wird er denken, wenn ausgerechnet du mit den Beweisen gegen Segursmart ankommst? ›Oh, was für ein wunderbarer Zufall!‹, wird er sagen und einen Schluck von eurem furchtbaren Kaffee trinken, ›das nennt man wohl poetische Gerechtigkeit.‹«

»Ist es ja auch.«

»Dein Chef ist aber kein Poet, Don. Und er ist auch nicht blöd.«

Ich sah Charlie mit kalkulierter Feindseligkeit an, was jedoch nur dazu führte, dass sich ein ironisches Lächeln auf seine Lippen stahl.

»Gabriel war auch dein Freund, Charlie. Wie oft war er am Wochenende hier«, griff ich meinen Bruder an. »Die haben sein Leben zerstört. Hat er das etwa verdient?«

»Ich habe nie behauptet, dass er das, was geschehen ist, verdient hat. Papa und ich haben auch um ihn getrauert, aber du hast dich in deine *vendetta* verrannt. Und seitdem machen wir nichts anderes, als dich vor dir selbst zu schützen und auf dich aufzupassen.«

»Was?«

Das war neu für mich. Die Rolle des verantwortungs-vollen großen Bruders, des Verteidigers der Schwachen war doch eigentlich meine. Und jetzt wollte Charlie mir weismachen, dass es umgekehrt war?

»Als Gabriel gestorben ist, haben Papa und ich uns große Sorgen um dich gemacht, Don. Du tust immer so stark, aber in diesem Fall wissen wir alle, wer am sensibelsten ist.«

Ich starrte Charlie mit gerunzelten Brauen an. Auf einmal wurde mir bewusst, dass es von jeder Geschichte verschiedene Versionen gab.

»Wir leiden mit dir, Don«, fuhr Charlie fort, »in der Hoffnung, dass du den Schmerz um Gabriel, der sich in dir aufgestaut hat, irgendwann herauslässt. Nicht nur den Schmerz wegen des Selbstmords, sondern auch die Belastung durch diese jahrelange Hetzjagd und die Demütigung. Als dein Chef dich damals suspendiert hat, haben wir gedacht, diese Pause würde dir guttun, um noch einmal über alles nachzudenken. Und wieder haben wir auf deinen Einbruch gewartet, um dich aufzufangen. Aber du bist nicht eingebrochen. Stattdessen hat es deine Besessenheit noch verstärkt, und du hast dein ganzes Leben in diese Hackerstrategie gesteckt, die du mit deinen Kumpels ausgeheckt hast. Wie lange willst du noch so weitermachen, Don? Wach auf! Gabriel wird dadurch auch nicht mehr lebendig, aber du versaust dir dein ganzes Leben.«

»Aber es geht nicht nur um Gabriel, Charlie«, rechtfertigte ich mich. »Dieses Unternehmen verkauft persönliche Daten: Kreditkartennummern, Sozialversicherungs-

nummern, Informationen über Krankheiten, Kinder ...
Es geht auch um Daten von Kindern und wehrlosen alten Leuten, so wie es aussieht.«

»Du glaubst also weiter an deine Rolle des heldenhaften Retters, Bruderherz? Ist dir nicht bewusst, dass Papa und ich nur darauf warten, dass du eine Dummheit machst? Fällt dir nicht auf, dass Papa versucht, gewisse Themen dir gegenüber gar nicht anzusprechen, um dir nicht noch Auftrieb zu geben? Du bist nicht so stark, wie du denkst, das wirst du erst wieder sein, wenn du Gabriels Tod akzeptierst, dieses verbrecherische Unternehmen vergisst und dein Leben trotz des Schmerzes und der Enttäuschung fortsetzt. Denn so machen es alle Erwachsenen. Der Schmerz gehört zu dem komplizierten Prozess des Lebens dazu.«

Ich sah meinen Bruder überrascht und verletzt an. Von seinen Worten getroffen, fühlte ich mich auf einmal schuldig wegen all dieser Jahre, in denen ich Charlie und meinen Vater mit in den Abgrund der Rache gerissen hatte. Nicht ich allein war nach Gabriels Tod auf der Strecke geblieben, sondern ich hatte auch sie ausgebremst, da sie ständig darauf gewartet hatten, dass ich irgendwann abstürzte. Betreten schwieg ich.

»Ich bin nicht auf der Seite von Segursmart, wenn du das denkst«, fuhr Charlie fort, »aber du hast mir nie gesagt, wie du eigentlich erreichen willst, dass die offiziellen Ermittlungen wieder aufgenommen werden. Du wirst ja nicht so dumm sein, deinem Chef zu gestehen, dass du nur Beweise hast, weil du dich drei Jahre lang illegal ins System dieser Firma gehackt hast.«

Ich atmete tief durch, lehnte mich im Sessel zurück und beschloss, meinem Bruder die ganze Geschichte zu erzählen. Letztendlich wusste er ja, worauf es mir ankam. Und nun hatten wir die Zahlung auf dem Konto lokalisiert und würden in den nächsten Tagen die nötigen Fäden ziehen, um an die Daten des Käufers zu kommen.

»Und wenn sie alle Spuren vernichten, sobald wieder offiziell ermittelt wird?«

Charlies Frage war berechtigt, denn genau das hatten sie beim letzten Mal getan. Es hatte so lange gedauert, die offizielle Genehmigung zu erhalten, ihr Computersystem durchsuchen zu dürfen, dass bis dahin längst alle Beweise vernichtet worden waren. Es gab zwar die Möglichkeit, an die Daten zu gelangen, wenn wir das Supportteam der gelöschten Daten konfiszierten (wie Punisher immer sagte: Die Bits vergessen nichts), doch das hatte der Richter nicht erlaubt.

Deswegen hatten wir diesmal alles auf unseren eigenen Festplatten gespeichert. Nur dass wir das bei den polizeilichen Ermittlungen und vor Gericht nicht als Beweis heranziehen durften, weil wir auf illegale Art und Weise an die Daten gekommen waren.

»Ich werde diesmal nicht gegen Segursmart ermitteln, sondern gegen das Unternehmen, das die Daten erhalten hat. Zuerst ist der Käufer dran«, erklärte ich meinen Trick, den ich für genial hielt.

»Und wie?«

»Sie werden ein heftiges Sicherheitsproblem bekommen, ich werde mich mit ihnen in Verbindung setzen und ermitteln. Wenn es ein ausländisches Unternehmen ist, wende ich mich an Interpol. Während der ersten Ermittlungsschritte werde ich Dateien oder Zahlungen oder Spuren der Transaktion finden, was auch immer. Und das lege ich dann als Beweis vor.«

»Ein Sicherheitsproblem?«, fragte mein Bruder ironisch.

»Ja, genau.«

»Ja, genau, weil dieses Problem nicht von allein auftreten wird. Das werden deine Computerfreak-Freunde und du verursachen. Als ob es noch nicht genug wäre, vier Jahre lang ein fremdes Computersystem auszuspionieren, hackt ihr noch ein weiteres Unternehmen. Tickst du noch sauber?«

»Was ist? Bist du jetzt auch noch ein verdammter Anwalt, oder was?«

Ich stand auf, ging zu der niedrigen Fensterbank hinüber und drehte meinem Bruder den Rücken zu. Ich musste erst einmal durchatmen.

Nicht dass Charlies Einwände eine Überraschung für mich gewesen wären - wobei mich seine Sorge um mich tatsächlich überrascht hatte -, schließlich hatte er immer wieder sein Missfallen geäußert, wenn meine Rachepläne zur Sprache kamen. Aber angesichts der schmutzigen Geschäfte, die mein Bruder jeden Tag im Büro erlebte, hatte ich mehr Verständnis und vielleicht sogar eine gewisse Verbundenheit erwartet. Im Grunde hatte ich mir, verdammt noch mal, eine gewisse Bewunderung erhofft. Ich nehme an, dass alle großen Brüder in den Augen ihrer kleinen Brüder Helden sein wollen und nicht für ihre falschen Entscheidungen kritisiert werden möchten.

»Ausgerechnet du hältst mir unethisches Verhalten bei meiner Arbeit vor?«, attackierte ich ihn halbherzig. Ich war müde, wollte runter zu den Zwillingen und wusste, dass ich eh den Kürzeren ziehen würde, wenn ich mit Charlie diskutierte. Mein Bruder hatte seine Karten offengelegt, und ich musste erst noch verarbeiten, was ich darin gesehen hatte.

»Das, was du da tust, gehört nicht zu deiner Arbeit, Don. Und ja, das muss dir mal jemand sagen. Wenn du das machst, wenn du deine Rachepläne mit dem Argument, dass das Ziel die Mittel heiligt, durchziehst, wenn du diese Linie überschreitest, gibt es dann noch ein Zurück?«

Ich drehte mich um, um Charlie in die Augen zu sehen. Er schien nicht mehr aufgebracht, sondern nur noch traurig. Zu irgendeinem Zeitpunkt in all den Jahren hatte er aufgehört, das introvertierte, starrsinnige Kind zu sein, das im unteren Bett leise weinte.

»Angenommen, diese verrückte Sache geht gut aus«, sagte er jetzt leise, »dass du die Schuldigen erwischst und sie das bekommen, was sie verdienen. Was ist dann beim nächsten Mal, wenn so etwas Ähnliches passiert? Wenn das Gesetz oder die Bürokratie oder der Ehrenkodex von wegen ›die Polizei, dein Freund und Helfer‹ wieder zu langsam sind oder aus sonst einem Grund nicht funktionieren und die Schuldigen ungestraft davonkommen – warum dann nicht noch einmal die Gesetze brechen? Wenn du das hier jetzt durchziehst, dann ist das ein Präzedenzfall.«

»Woher willst du wissen, dass ich das nicht schon vorher gemacht habe?«

»Weil du einer von den Guten bist, Don, das warst du schon immer. Und jetzt bist du im Begriff, die Seiten zu wechseln. Und so nobel deine Beweggründe auch sein mögen, ist das, was du da machst, für mich eine Straftat.«

Mein kleiner Bruder saß einfach da, ganz ruhig, das Whiskyglas in der Hand, und warf mir vor, ein gewissenloser Rächer zu sein.

»Ich bin bestimmt nicht der Richtige, um dir einen Vortrag über Moral zu halten ...«

»Charlie, du bist ein Börsenspekulant!«

»Ich wiederhole: Ich bin nicht der Richtige, um dir einen Vortrag zu halten. Aber wenn ich dir einen brüderlichen Rat geben darf: Schlag dich nicht auf die falsche Seite. Wenn du diese Ermittlungen auf der Basis des ganzen konspirativen Zeugs führst, das du dir zusammen mit diesen beiden Nerds ausgedacht hast, bist du nicht mehr einer von den Guten. Es gibt andere, legale Möglichkeiten, die Schuldigen zu erwischen.«

»Diese legalen Möglichkeiten, wie du sie nennst, haben beim letzten Mal nicht besonders gut funktioniert, wenn ich dich daran erinnern darf. Ich habe versucht, es korrekt zu machen, aber das Einzige, was ich daraus gelernt habe, ist, dass die korrupten Schweinehunde einem ins Gesicht lachen, wenn man sich an die Spielregeln hält, und die guten Leute beißen ins Gras.«

Ich stellte mein leeres Glas auf den Nachttisch und sah meinen Bruder noch einmal an.

»Aber danke für das Gespräch. Ich bin müde, ich geh jetzt schlafen.«

Als ich ins große Speisezimmer herunterkam, schliefen die Zwillinge zu beiden Seiten meines mit Pinguinen und Delfinen verzierten Schlafsacks. Jemand – ich vermute, Sarah oder mein Vater – hatte das Funkenschutzgitter befestigt und die Kinder ins Bett gebracht. Im Feuerschein legte ich ein paar Holzscheite nach, zog mich bis auf die Unterwäsche aus, blickte gerührt auf die beiden Blondschöpfe, die aus den Schlafsäcken hervorsahen, und schlüpfte in den meinen. Mit dem leisen Schnaufen der Argonauten im Ohr, schlief ich endlich ein.

# Im Haus mit den drei Kaminen

KATE

Ich wurde von einem Flüstern irgendwo im Halbdunkel des Zimmers geweckt.

»Da liegt eine tote Frau in Dons Bett.«

»Die ist nicht tot, die schläft nur. Wie in dem Märchen, das Mama uns erzählt hat.«

Ich öffnete vorsichtig die Augen und sah zwei absolut identische Kinder, die mich von der Türschwelle her interessiert betrachteten. Sie waren etwa sieben Jahre alt, trugen Jeans, rote Shirts mit dunklen Streifen, und einer von ihnen hielt einen orangefarbenen Ball in den Händen.

Durch die Ritzen des Rollladens fiel ein seltsames fahles Licht in den Raum. Wenn ich aufmerksam lauschte, konnte ich das leicht verschnupfte Atmen meiner beiden Besucher hören, sonst war es ganz still. Ich schloss die Augen wieder und stellte mich schlafend, denn ich fühlte mich in der Gesellschaft dieser beiden absolut identischen blonden Wesen etwas verunsichert.

»Und wie lange schläft sie schon?«

»Ich weiß nicht genau. Hundert Jahre, glaube ich.«

»He, ihr zwei!«, hörte ich Don flüstern. »Was macht ihr denn hier? Ihr werdet sie noch aufwecken.«

»Nein!«

»Das musst du machen.«

»Mit einem Kuss.«

»So ist das in der Geschichte.«

»Mama hat sie uns erzählt.«

»Schnell, du musst dich wie ein Prinz anziehen.«

»Mit einem Schwert.«

»Und einem Pferd.«

»Sonst funktioniert das nicht.«

Ich musste lachen, öffnete die Augen und setzte mich auf.

»Keine Sorge. Ich bin schon wach.«

»Ohhhh!«, riefen die beiden Jungen im Chor.

»Tut mir leid«, entschuldigte sich Don, trat einen Schritt vor und ließ die Kinder an der Tür stehen. »Ich habe gar nicht bemerkt, dass sie hier reingegangen sind.«

Ich saß auf dem Futon und blickte auf die Uhr, die auf dem Nachttisch stand.

»Wie lange habe ich denn geschlafen?«

»Hundert Jahre«, antworteten die Zwillinge.

»Hört mal«, wandte Don geduldig ein, »wir machen einen Deal. Ihr lasst mich einen Moment mit Kate allein, und danach komme ich runter, und wir spielen eine Runde *Mensch ärgere dich nicht*.«

Die Kinder warfen mir einen letzten neugierigen Blick zu und rannten dann davon. Don sah mich mit dem typischen ernsten Blick an, den ich von ihm kannte.

»Du hast geschlafen, seit du gestern Nachmittag hier angekommen bist. Jetzt ist Mittwochmorgen.«

»Mittag, meinst du wohl.« Ich wies auf die Uhr. »Dann habe ich ja zwanzig Stunden geschlafen. Und was für ein grässlicher Pyjama.« Ich sah an mir herunter.

»Ja. Aber er steht dir gut.«

Don bat mich, einen Moment zu warten, und kam mit einem Stapel gefalteter Kleidung zurück.

»Hier ist alles, was du angehabt hast, sauber und trocken. Außer dem Mantel, der wohl in die Reinigung muss, und den Schuhen, die ziemlich hinüber sind. Aber wenn du lieber etwas Bequemeres anziehen würdest, könnte Sarah, die Mutter der Argonauten, also der beiden blonden Störenfriede, die du gerade kennengelernt hast, dir etwas leihen. Bitte fühl dich wie zu Hause.«

»Vielen Dank.«

»Und ...«, fügte er hinzu, legte die Kleidung neben dem Bett ab, öffnete eine der Kommodenschubladen und zog etwas heraus, »hier sind ein paar warme Socken, die sind so dick, dass nicht mal eine Pistolenkugel durchdringen würde. Die kannst du als Hausschuhe nehmen. Das reicht erst mal, denn man kann das Haus eh nicht verlassen.«

Ich nahm die riesigen, dicken und abgrundtief hässlichen Socken entgegen und betrachtete sie eingehend.

»Du hast recht, die könnte man glatt als kugelsichere Weste nehmen.«

Ich schlug die Bettdecke beiseite, stand auf und zog den Rollladen hoch. Draußen schneite es immer noch. Starke Windböen wirbelten die weiße Schneedecke auf, die alles unter sich begraben hatte. Die Sicht war nicht gut. Ich konnte ein paar Bäume ausmachen, die völlig verschneit waren, die dicke Schneeschicht vor dem Fenster und in der Ferne die Berge, die aussahen wie greise Könige mit langem weißem Haar.

Schweigend und ein wenig verwundert starrte ich in das Schneetreiben. Ich hatte mich ausgeschlafen, war ausgeruht und ganz ruhig, ich trug einen furchtbaren gestreiften Pyjama, stand mit bloßen Füßen auf einem warmen Holzboden, und ein netter, unfrisierter Mann, der niemals lachte, schenkte mir seine Aufmerksamkeit. Und zum ersten Mal seit langer Zeit empfand ich einen großen Frieden.

»Es tut mir leid, dass ich dich entführt habe«, entschuldigte sich Don, der mein Schweigen wohl falsch gedeutet hatte. »Aber bei diesem Wetter wäre es unmöglich gewesen ...«

»Alles gut«, fiel ich ihm ins Wort. »Danke, dass du mich entführt hast.«

Ich lächelte, und Don trat ein paar Schritte auf mich zu und blieb so dicht vor mir stehen, dass wir miteinander hätten tanzen können. Er sah mich an und hob die Hand, als wolle er mich berühren. Dann besann er sich verlegen und führte die Hand zum Kopf, um sich durch das wirre Haar zu streichen.

»Wenn du dich angezogen hast, komme ich wieder und zeige dir das Haus. Du hast sicher Hunger.«

Ich nickte langsam und wartete darauf, dass er das Zimmer verließ. Erst jetzt fiel mir auf, dass ich den Atem angehalten hatte. Mein Handy zeigte ungefähr hundert Anrufe von Mr. Torres an. Es war schon auf eine tragische Art komisch, dass der einzige Mensch, der sich für mich interessierte, während die Welt unterging, ausgerechnet mein wütender Chef war. Ich schaltete das Telefon aus und legte es in Dons Sockenschublade.

In Jeans, einem blauen Wollpullover und den dicksten Socken, die jemals von einem Menschen gestrickt wurden, verließ ich kurze Zeit später Dons Zimmer, und er führte mich durchs Haus. Im oberen Stockwerk gab es fünf Türen, hinter denen sich drei Schlafzimmer, das Arbeitszimmer mit den Computern und ein Abstellraum befanden, in dem Norman Berck ein paar Möbel und andere Holzgegenstände aufbewahrte, die er als Schreiner im Ruhestand angefertigt hatte.

»Hinten im Haus hat mein Vater seine Werkstatt«, erklärte Don. »Die zeigt er dir besser selbst. Er macht tolle Sachen.«

Am Ende des Flurs führte eine schmale Treppe zur Mansarde hinauf. Don erklärte mir, dass sie hier oben ihre Gäste unterbrachten und dass derzeit ihre Hausangestellte Sarah dort wohnte, die sie wegen des Unwetters mit ihren beiden Kindern bei sich aufgenommen hatten.

»Die Zwillinge haben allerdings die Nacht mit mir unten am Kamin verbracht.«

Dann gingen wir die schönste Holztreppe hinunter, die ich je gesehen hatte. Don fielen meine bewundernden Blicke auf, und er erklärte mir, dass sein Vater diese Treppe selbst gebaut hatte.

»Wie du siehst, ist er ein hervorragender Schreiner, und wenn du ihm eine Freude machen möchtest, dann frag ihn nach der Treppe. Er wird dich für immer ins Herz schließen.«

Das Speisezimmer war riesig und nahm mehr als die Hälfte des Erdgeschosses ein. Eine Seite ging auf einen verglasten Wintergarten hinaus, der mit Schiebetüren abgetrennt war. Es gab keine Vorhänge, und wenn man eine Weile in diese Richtung schaute, hatte man das Gefühl, sich in einer Schneekugel zu befinden, in der, wenn sie geschüttelt wurde, weiße Flocken tanzten. Ich stellte mir kurz vor, wie eine riesige Hand die Schneekugel schüttelte, wie Don und ich umfallen und über den dicken Teppich rollen würden und dass er dann vielleicht doch einmal lachen würde.

Dem riesigen Kamin gegenüber stand ein ausladendes moosgrünes Sofa, rechts und links davon ein paar Sessel. Weiter hinten gab es einen großen Tisch aus Teakholz, der von hohen Stühlen umgeben war. An den Wänden hingen Stillleben, und in den Regalen und verglasten Schränken standen Hunderte Bücher. Allerdings verpuffte der Zauber ein wenig, als ich näher trat und feststellte, dass die meisten davon wirtschaftliche und juristische Fachbücher waren.

Wir gingen weiter durch den weiträumigen Eingangsbereich des Hauses, von dem aus die schöne Treppe nach oben führte, und ich musste lächeln, als ich den Wust an Jacken und Mänteln in verschiedenen Größen und Farben sah, die an den Garderobenhaken an der Wand hingen. Darunter standen Schuhe und Stiefel und ein Schirmständer, in dem neben ein paar Regenschirmen auch Tennis- und Golfschläger und sogar ein gestreifter Sonnenschirm steckte.

»Fehlt nur noch die Küche«, sagte Don, als wir jetzt vor einer Tür im Eingangsbereich stehen blieben. »Da sind alle drin.«

Das Gelächter und Geplapper der beiden blonden Teufelchen war zu hören und zwischendrin die Stimmen der Erwachsenen, im Hintergrund plärrte ein Fernseher. Ich verspürte sofort einen Anflug von Sehnsucht nach meiner Kindheit und dem sonntäglichen Frühstück in der Küche, wo meine Mutter Berge von Pancakes, Rührei mit Speck und goldgelbe Bratkartoffeln gemacht hatte, während mein Vater, meine Schwester und ich über dem Kreuzworträtsel in der Sonntagszeitung zusammenhockten. Es kam mir vor wie aus einem anderen Leben. Mittlerweile beschränkte sich mein Frühstück schon lange auf eine in stiller Einsamkeit getrunkene Tasse Kaffee.

Don sah mich mit seinen wie üblich gerunzelten Augenbrauen an, dann öffnete er die Tür und trat mir voran in den Raum. Die Küche war ein kleines Universum voller Licht, Wärme und wunderbaren Düften, die in mir noch mehr Erinnerungen an früher weckten.

Die Zwillinge lagen neben ihren bunten Spielzeugautos auf dem Boden, warfen mir einen kurzen Blick zu und spielten weiter. Da ich nun aufgewacht war, hatten sie ihr Interesse an mir offenbar verloren. Norman, der am Herd stand und mit einem Holzlöffel in einem dampfenden Topf rührte, begrüßte mich mit einem freundlichen Lächeln. Sarah, eine hübsche, schlanke Frau mit einem blonden Pferdeschwanz, die etwa in meinem Alter sein musste und die natürliche Sympathie der Menschen ausstrahlte, denen man niemals böse sein konnte, trat zu mir und küsste mich auf die Wangen, als Don mich vorstellte.

Am Kopfende des Tischs saß eine schlankere, etwas kleinere und schlecht gelaunte Version von Norman Berck, die eine Finanzzeitung in den Händen hielt und mich entgeistert anstarrte.

»Das ist Charlie«, erklärte Don. »Mein kleiner Bruder. Charlie, das ist Kate.«

Charlie schien aus seiner Erstarrung zu erwachen. Er schüttelte unwillig den Kopf und versteckte sich hinter seiner Zeitung.

»Ein Flüchtlingscamp«, meinte ich ihn murmeln zu hören.

»Man gewöhnt sich an ihn«, erklärte Don.

»Da bin ich mir nicht so sicher«, meinte Sarah lächelnd, während sie sich mit einer Schüssel frisch gewaschener Bohnen an den Tisch setzte.

Don stellte den Fernseher lauter, als die Nachrichten kamen, und wir alle setzten uns aufmerksam zu Charlie an den Tisch, um die Neuigkeiten über das Unwetter und die weiteren Aussichten zu hören.

Ganz Coleridge lag inzwischen unter einer dicken Schneedecke. In der Nacht hatten ein furchterregendes Gewitter und ein Sturm von beinah zweihundert Stundenkilometern gewütet. Die städtischen Einrichtungen hatten ein paar Schäden davongetragen, der Strom war immer wieder ausgefallen, die Ampeln funktionierten nicht mehr, und an die hundert Menschen saßen in ihren Büros fest. Angehörige des Katastrophenschutzes und der Armee waren unermüdlich im Einsatz, um die Zugänge zur Stadt freizuräumen und eine Grundversorgung der Menschen zu gewährleisten. In der Panik der ersten Stunden hatte es einige Verletzte gegeben; ein älterer Herr, der mit seinem Hund spazieren ging, war von einem umfallenden Baum getroffen worden, doch Herr und Hund waren inzwischen außer Lebensgefahr und befanden sich in einem gut geheizten Krankenhauszimmer, wo ihnen, wie in einem kurzen Film zu sehen war, ein ungenießbar aussehender grüner Wackelpudding serviert wurde.

Man riet den Bewohnern Coleridges, ihre Häuser bis auf Weiteres nicht zu verlassen. Der starke Schneefall würde mindestens noch achtundvierzig Stunden andauern.

Und ich saß in dicken Socken am Tisch einer warmen behaglichen Küche und fühlte mich einfach nur wohl.

Ich erinnere mich noch, dass ich trotz meiner Befürchtungen, dieser hilfsbereiten Familie zur Last zu fallen, das Gefühl hatte, im Paradies zu sein. Ich saß mit diesen freundlichen Menschen in einem gemütlichen roten Backsteinhaus fest, eingeschneit und abgeschnitten von der Welt, und es fühlte sich großartig an. Noch heute bin ich davon überzeugt, dass ich die Einsamkeit meiner kleinen Wohnung nicht überlebt hätte, während draußen das Unwetter tobte, das uns trotz Williams Warnung alle überrascht hatte. Wir waren so beschäftigt gewesen mit unseren eigenen Problemen, unseren Obsessionen und unserem Kummer, dass wir die Prophezeiungen eines arbeitslosen Meteorologen, der bei einem kleinen Lokalsender gestrandet war, einfach überhört hatten.

# Tee und Gebäck mit dem Yeti

## KATE

Das erste gemeinsame Essen im Haus der Bercks war etwas, das ich nie vergessen werde: Schüsseln mit zarten grünen Bohnen, Berge an frisch gestampftem und gebuttertem Kartoffelpüree, rosige Scheiben Kalbfleisch, die in Mandelsauce schwammen, warmes, knuspriges Brot mit Butter, riesige purpurfarbene Trauben und süßer Kürbiskuchen. Aber das Beste an diesem Essen war Norman Bercks unübertreffliche Gabe, es uns allen einladend und gemütlich zu machen.

Weder Charlies Widerwillen noch Dons ernste Miene, weder die Ungeduld der blonden Teufelchen noch Sarahs mütterliche Besorgnis, ja, nicht einmal meine eigene Schüchternheit spielten eine Rolle.

Norman gelang es, eine Atmosphäre zu schaffen, in der sich alle wohl fühlten. Er bezog alle mit in das Gespräch ein und verwandelte die große Küche in einen einzigartigen heimeligen, sicheren Ort inmitten des Unwetters.

Nach dem Essen ging Sarah mit den Kindern zum Spielen in das große Speisezimmer, und wir anderen blieben in der Küche, um gemeinsam aufzuräumen.

»Ich habe so viel gegessen, dass ich nächste Woche jeden Abend bis Mitternacht im Fitnesscenter schwitzen muss«, stöhnte Charlie, nachdem wir die Spülmaschine eingeräumt und die Küche beinahe wieder in ihren ursprünglichen Zustand zurückversetzt hatten. »Aber so, wie es draußen aussieht, werde ich mich erst mal ein wenig hinlegen.«

»Gute Idee«, sagte Norman. »Machen wir eine kleine Siesta, und am Abend setzen wir uns am Kamin zusammen und reden miteinander, bis uns vor Müdigkeit die Augen zufallen.«

»Die Zwillinge werden begeistert sein«, sagte Don.

»Ich auch, wenn Papa uns den Cognac probieren lässt, den Onkel Sawyer letztes Jahr mitgebracht hat.«

»Ihr habt einen Onkel, der Sawyer heißt?«, fragte ich erstaunt.

Charlie schüttelte mitleidig den Kopf und verließ die Küche, um den angekündigten Mittagsschlaf zu halten.

»Unser Großvater war ein großer Fan von Mark Twain«, erklärte Don.

»Wer mag Mark Twain nicht«, meinte Norman und trocknete sich die Hände an einem Küchenhandtuch. »Schade, dass meine Eltern mich nicht Huckleberry Finn genannt haben.«

»Ich wette, dass hätte dir gefallen«, entgegnete Don. »Aber leider bevorzugte meine Großmutter anders als ihr Mann eher klassische Namen und konnte sich bei ihrem erstgeborenen Sohn durchsetzen.«

»Später dann allerdings nicht mehr«, setzte Norman schmunzelnd hinzu.

Don nickte. »Ich gehe jetzt mal rüber und unterstütze Sarah ein bisschen. Wir könnten ein *Mensch-ärgere-dich-nicht*-Turnier machen, bist du dabei, Kate?«

»Ja, sicher ... Wenn es möglich wäre, würde ich allerdings vorher noch kurz deinen Computer benutzen, um mit meinen Eltern zu skypen. Ich möchte ihnen sagen, dass es mir gut geht.«

Ich hatte keine Ahnung, ob die Nachricht von dem katastrophalen Unwetter in Coleridge bereits in die ruhige Herbstidylle von Mirall de Mar vorgedrungen war, aber das Familientreffen in der Küche der Bercks hatte in mir die Sehnsucht nach meinen eigenen entflohenen Familienmitgliedern geweckt.

»Klar«, antwortete Don. »Gehen wir rauf, dann kannst du einen meiner Laptops benutzen.«

Als ich Dons Büro betrat, hatte ich das Gefühl, in einer kleineren Version des Kontrollraums von Cap Canaveral gelandet zu sein.

Überrascht sah ich mich um.

»Warte«, meinte Don, dem offenbar gerade klar wurde, welchen Eindruck sein Technologielabor auf einen normalen Sterblichen wie mich machen musste. »Du nimmst am besten diesen Laptop hier. Du kannst ihn jederzeit benutzen, solange du hier bist.«

»Ich werde dich jetzt nicht fragen, ob du manchmal auch von zu Hause aus arbeitest.«

»Das Böse schläft nie.« Er zwinkerte mir zu. Wir setzten uns auf zwei von Dons ergonomischen Stühlen, und er räumte eine Ecke des Schreibtischs frei. Als er jetzt das Passwort in dem Computer eingab, war er mir so nah, dass unsere Arme sich beinahe berührten. Ich fühlte mich so wohl neben dem furchtlosen Kommandanten in dem Kontrollraum vom Kampfstern Galactica, dass ich am liebsten meinen Kopf an seine Schulter gelegt hätte, um noch ein bisschen zu schlafen.

Don, dem meine verführerischen Ruhegelüste offenbar entgingen, gab mir noch ein paar Anweisungen und ließ mich allein, sobald er sicher war, dass die Verbindung über Skype einwandfrei funktionierte.

»Papa.«

»Hallo, mein Schatz, ist denn schon wieder Samstag?«

»Nein, es ist Mittwoch, aber das Unwetter ...«

»Ja, richtig, das Unwetter! Ich habe es im Fernsehen gesehen. Wie aufregend! Ich wäre jetzt gern bei dir«, sagte er enthusiastisch.

»Das glaube ich kaum. Hier herrscht das absolute Chaos.«

»Die Stärke des Gewitters hat alle historischen Rekorde übertroffen, nicht wahr? Und wie viele Zentimeter Schnee sind pro Quadratmeter gefallen? Bestimmt mindestens vierzig.«

»Also ich weiß nicht, keine Ahnung.«

»Und die elektrischen Leitungen? Haben sie durchgehalten? Ich wette, ja.«

»Tatsächlich, Papa ...«

»Es sind bestimmt ein paar Rohre geplatzt, was? Ich habe in der Zeitung gelesen, dass es auch wie verrückt gehagelt hat. Ganze zwanzig Minuten lang! Und sie haben den alten Sonderzug reaktiviert, oder? Patricia! Komm her, Kate erzählt gerade von diesem Unwetter.«

Ich hörte ein schlecht gelauntes Seufzen und ein Kinderweinen, das sich näherte. Mama erschien mit einem kleinen rothaarigen Kind im Arm auf dem Bildschirm, das hochrote Wangen hatte. Ihre Frisur saß nicht mehr ganz so tadellos wie sonst, während sie die pummelige weinende Last schuckelte.

»Sag Tante Kate hallo!«, meinte sie und griff nach der kleinen Hand, um das quengelnde Kind zum Winken zu bewegen. »Hallo, Tante Kate!«

»Hallo, Mama. Ich bin nicht zu Hause, es ...«

»Hallo, Liebes. Das ist Darío, der die ganze Zeit weint«, erklärte meine Mutter unnötigerweise. »Er kriegt Zähne.«

»Hier war die Hölle los. Ich bin ...«

»So geht es den ganzen Tag mit den Kindern, eins hat immer was. Warum rufst du denn heute schon an? Ist alles in Ordnung?«

»Na ja, nicht wirklich. Das Unwetter hat mich am anderen Ende der Stadt überrascht, und ich bin nicht mehr nach Hause gekommen.«

Der zahnende kleine Mann nahm mir meine mangelnde Empathie angesichts seines eigenen Dramas offenbar übel und begann am blonden Puppenhaar meiner Mutter zu zerren. Als ob meine Probleme auf der anderen Seite des Kontinents mit seinem dentalen Schicksal zu vergleichen wären.

»Sicher, Liebes. Was macht die Arbeit? Lass das, Darío. Böser Junge ...«

»Ich dachte, das hätte ich dir schon erzählt ...«

»Das sind die Zähne, es ist zum Verrücktwerden. Bei Marion und Lucía war es das Gleiche.«

Ich seufzte und rieb mir die Augen. War das ein Albtraum, in dem mir keiner zuhörte? Offensichtlich nicht.

»Stell dir vor, das Unwetter hat mich erwischt, als ich auf einer geheimen Mission für den MI5 war. Ich seilte mich gerade von einem Hubschrauber auf das Dach eines Gebäudes ab, und dann riss das Seil ...«

»Das freut mich, Liebes. Hier ist immer was los, wie du siehst.«

»Zum Glück wurde ich gerettet, und jetzt bin ich in einem Camp am Nordpol gefangen«, sagte ich mit einem provozierenden Lächeln.

»Ja, danke, dass du angerufen hast, Kate.« Sie hörte mir gar nicht zu. »Ich muss dich jetzt leider abwürgen und mal sehen, ob deine Schwester kommt und wir die Sache in den Griff kriegen.«

»Sicher. Ich muss auch los. Der Yeti wartet mit Tee und Gebäck auf mich.«

»Einen dicken Kuss, Schatz.«

»Tschüss, Mama«, sagte ich leise.

Ich schloss das Fenster auf dem Bildschirm, und das strahlende Blau des Desktops schien sich über mich lustig zu machen.

»Ich hoffe, das mit dem Yeti war nicht wegen Charlie.« Norman stand plötzlich auf der Türschwelle und sah mich ernst an. »Er ist ein bisschen ... äh ... widerborstig, aber er rasiert sich jeden Morgen.«

Ich nickte und starrte auf meine Füße in den dicken Socken.

»Ich wollte nicht lauschen, ich bin nur gerade hier vorbeigekommen und ...«

»Sie brauchen sich nicht zu entschuldigen, Norman.« Ich lächelte mühsam. »Das ist Ihr Haus.«

Norman lehnte noch ein paar Sekunden im Türrahmen, dann entschloss er sich, ins Zimmer zu kommen. Er setzte sich auf einen Schreibtischstuhl und rollte zu mir herüber.

»Weißt du«, begann er und legte eine Hand auf die Armlehne meines Stuhls, als er neben mir stehen blieb. Eltern hören ihren Kindern nie richtig zu. Alles, was ihr sagt, scheint uns so ... äh ... überwältigend, dass wir lieber an komplizierte Algebra-Rechnungen denken, während ihr uns was erzählt.«

»Das stimmt nicht«, entgegnete ich lächelnd. »Aber danke.«

Ich mochte Norman Bercks graue Augen, die so freundlich und geduldig wirkten. Er verstand es, einen mit dieser Mischung aus Mitgefühl und Respekt anzusehen, wie es nur wenige Leute ihren Mitmenschen zuteilwerden lassen. Seine Augen waren von Millionen kleiner Fältchen umgeben, und wenn er lächelte, wurden sie ganz schmal.

»Meine Eltern sind vor ein paar Jahren nach Mirall de Mar gezogen, einen kleinen Ort an der Costa Brava, um näher bei meiner Schwester Sharon zu sein.«

Ich lehnte mich theatralisch zu Norman hinüber und sagte in konspirativem Ton: »Sie ist perfekt, wissen Sie?«

Norman gab den beeindruckten und überraschten Zuhörer und hörte auf zu lächeln. Dabei fiel mir auf, wie ähnlich Charlie seinem Vater war. Ernst und feierlich legte er einen Finger an die Lippen.

»Das bleibt am besten unter uns«, warnte er mich. »Don hat seit Ewigkeiten kein Mädchen mit nach Hause gebracht. Ich weiß nicht, wie er reagiert, wenn er erfährt, dass er die falsche Schwester erwischt hat.«

Ich musste lachen, und der Knoten, der mir seit dem missglückten Anruf auf Skype die Kehle zugeschnürt hatte, löste sich.

»Los«, sagte Norman und stand auf, »komm wieder mit in die Küche. Wir backen Brot. Und einen Kuchen, damit die Argonauten gleich etwas zu futtern haben.«

»Brot?«, fragte ich überrascht.

Er nickte. »Ich bin seit einiger Zeit in Rente, und mit irgendwas muss ich mich ja beschäftigen. Ich habe schon jede Menge Kurse hinter mir, und jetzt lerne ich gerade, Brot zu backen. Ich zeige es dir, wenn du möchtest.«

Wir verließen gemeinsam das Zimmer, und Norman ließ mir an der Treppe den Vortritt. Dabei hatte ich den Eindruck, dass er auf meine Socken schaute.

»Meine Schuhe sind leider hinüber«, entschuldigte ich mich verlegen.

»Diesem alten Parkett tut es sicher gut, wenn du es ein bisschen bohnerst, mit diesen ... äh ...«

»Ich glaube, diese Ungetüme gehören Don.« Ich lachte leise.

»Nicht schlecht.«

In die Küche fiel angesichts des grauen Himmels nur wenig Licht.

So sauber und aufgeräumt, ohne dass der Herd, der Ofen und der Kaffeekocher im Einsatz waren, wirkte sie wie ein Wartezimmer, und es war kaum vorstellbar, dass wir nicht lange zuvor dort lachend und plaudernd zusammengesessen hatten.

Ich trat ans Fenster über der Spüle. Es schneite noch immer so stark, dass man die Bäume auf der anderen Seite des Weges kaum erkennen konnte. Seit die Sonne vergessen hatte zu scheinen, war es unmöglich, die Uhrzeit einzuschätzen.

Mr. Berck schaltete die Deckenbeleuchtung ein und machte sich ans Werk.

»Mal sehen, hm, hm«, brummelte er. »Ach, Kate, sei doch so nett und gib mir bitte das Mehl, die Flasche mit dem Wasser und die frische Hefe, die im obersten Fach im Kühlschrank liegt ... Das wär's.«

Wenig später verbreitete der Ofen eine angenehme Wärme, und wir waren von einer Mehlwolke umgeben, während unsere Hände sich von der noch etwas klebrigen Teigmasse zu befreien versuchten.

»Der Schlüssel des Rezepts ist Geduld. Ich verrate dir jetzt ein Geheimnis«, meinte Norman, seine Anweisungen, wie man ein Mohnbrot backte, unterbrechend.

»Über den Teig?«

»Nein, über ... über das Leben«, gestand er, fügte dem Teig etwas Salz hinzu und arbeitete mit seinen Schreinerhänden im Ruhestand weiter. »Wir sind alle einsam.«

»Warum sagen Sie das?«

Norman sah mich nicht an, als ob sein Geständnis beschämend wäre. Er hörte nicht auf, den Teig zu kneten, und formte eine große Kugel.

»Der Weg ist lang«, sagte er nach einer Weile. »Und wir kommen nicht immer heil an. Wir müssen Verluste verkraften ... Abschiede, die uns das Herz brechen, die aber unvermeidlich sind.«

Schließlich war der Teig fertig. Norman wusch sich die Hände unter warmem Wasser und sah mich nachdenklich an. Ich hielt ihm ein sauberes Küchenhandtuch hin, und er dankte es mir mit einem Kopfnicken.

»Wir können die Menschen, die wir lieben, nicht festhalten. Das ... äh ... ist leider unmöglich«, sagte er mit einem warmen Lächeln. »Aber wir haben die Wahl, ob wir uns trauen, sie trotzdem zu lieben. Auch wenn sie möglicherweise eines Tages gehen.«

# In Dons Händen

## KATE

Norman und Don nannten die beiden blonden Teufelchen »Argonauten«, weil es den beiden Blondschöpfen
immer so schwerfiel, nach Hause zurückzukehren, wenn
sie einmal die Küche der Bercks betreten hatten. Ich
konnte es ihnen nicht verdenken. Nun, da ich Normans
Rezepte probiert und seine Gastfreundschaft genossen
hatte, lag der Gedanke an eine Rückkehr aus diesem
glücklichen Nimmerland meiner geflüchteten schuhlo-
sen Seele ganz fern.

In dem roten Haus mit den drei Kaminen und den
lichterfüllten großen Fenstern, die die Dunkelheit eines
Unwetters und einer verschneiten Landschaft umgaben,
konnte ich vieles vergessen. Mein Gedächtnis war auf
angenehme Art davon abgelenkt, dass ich in den letzten Wochen ein kleines Radiostudio mit einer Truppe
Schiffbrüchiger kennengelernt und meinen verhassten
Job gekündigt hatte. Ich war mitten in einem Unwetter
meinem Schicksal überlassen worden, hatte zwei Berichte in der Tasche, die meine ersten Schritte als Abenteu-
rerin bezeugten, und war von einem Mann mit starken
Armen gerettet worden, den ich immer noch nicht hatte
lächeln sehen. Und nun befand ich mich auf einer Insel,
auf der mir nichts Böses geschehen konnte. Jede Entscheidung über die nähere Zukunft war zunächst einmal

auf Eis gelegt; eine Schonzeit, die mir sehr recht war, damit ich endlich wieder schlafen, ausruhen und wieder zu mir selbst finden konnte und irgendwann später in dieser Woche dann zu einem Leben, das über neue Wege führen würde.

Aber bis dahin, während Charlie mich irritiert ansah, während die Argonauten mich mit den roten *Mensch-ärgere-dich-nicht*-Figuren spielen ließen, während Norman der Leuchtturm im Unwetter war und Don jede Gelegenheit wahrnahm, um mir so nah zu sein, dass er mich hätte berühren können, war in meiner kleinen Welt alles in Ordnung.

An diesem Mittwoch, als ich zum ersten Mal im Haus der Bercks aufgewacht war, als wir zu Abend gegessen und die Küche aufgeräumt hatten, setzten wir uns alle an den gemütlichen Kamin im Speisezimmer. Sarah machte das Radio an und stellte die Nachrichten ein, woraufhin Charlie sich beschwerte, dass er allmählich das Gefühl habe, im Zweiten Weltkrieg zu sein, als die Familien sich um das Radio versammelten, um den Reden Winston Churchills zu lauschen.

»Ich rufe gleich ›Versenkt die Bismarck!‹«, brummte er missmutig.

Don ging zum Radio, um einen Musiksender zu suchen. Er stellte ein Programm mit Jazzmusik aus den Dreißigerjahren ein, das die kriegerischen Ambitionen seines Bruders besänftigte und die Argonauten veranlasste, mit ihren kleinen blonden Köpfen im Takt der Musik zu wippen, während sie mit Wachsmalstiften ihre Malbücher bearbeiteten.

Nach und nach waren wir, von der Wärme und dem Licht angezogen, alle herbeigekommen und hatten es uns zwischen den Kissen auf dem moosgrünen Sofa bequem gemacht. Die Ersten waren die Zwillinge, die sich ihren Platz direkt vor dem Kamin sicherten. Dort hockten sie zufrieden neben einem Stapel von Büchern und Malheften auf ihren Schlafsäcken am Boden. Der Nächste war Charlie, der sich in dem Ohrensessel mit dem dazugehörenden Fußteil niederließ. Er saß links neben den Zwillingen und starrte in die Flammen, nachdenklich, in Hemd, Cardigan und Stoffhose und mit einem Paar Hausschuhen im Stil eines französischen Grafen an den Füßen, über die ich ein wenig schmunzeln musste.

Norman, Sarah, Don und ich waren als Letzte aus der Küche gekommen, die beiden Ersteren darauf bedacht, Charlie nicht zu lange mit den Zwillingen allein zu lassen. Als sie alle ganz friedlich vor dem Kamin sitzen sahen, ließen sie sich erleichtert auf dem Sofa nieder, zwischen all den bunten Kissen, die dem Lager einen Hauch von Tausendundeiner Nacht verliehen. Sarah hatte sich die Turnschuhe ausgezogen und die Füße ausgestreckt, die in einem Paar fröhlich gelb-geblümter Socken steckten.

Nachdem Don den Jazzsender eingestellt hatte, bot er an, Kaffee zu machen, und ich ging mit, um ihm zu helfen. Sarah sagte, dass sie, wenn es nicht zu viel Mühe mache, lieber einen Tee trinken würde.

Zurück in der Küche, füllten wir einen großen Kaffeekocher, den Don aus den Tiefen eines Schranks zum Vorschein brachte, und stellten ihn neben den kleinen

Teekocher aus Edelstahl auf den Herd. Der luxuriöse, ultramoderne Kaffeeautomat sah uns vorwurfsvoll dabei zu.

Don bereitete ein Tablett vor, auf das er Rosentassen, ein Kännchen mit Kaffeesahne und einen Teller mit einer Mischung aus mit Orangen-, Mint- und Himbeergelee gefüllten Plätzchen mit und ohne Schokolade stellte. Während wir auf das Pfeifen des Teekochers und das aromatische Blubbern des frischen Kaffees warteten, blickten wir schweigend durch das Küchenfenster auf den immer noch fallenden Schnee.

»Woran denkst du?« Meine Frage kam für uns beide überraschend.

Don sah mich an. Wir standen nebeneinander an der Anrichte am Fenster, und er antwortete: »An den Schnee.«

»Das glaube ich nicht. Du bist schon den ganzen Tag abgelenkt und wirkst besorgt. Und ich habe gesehen, dass du mehrmals nach oben in deinen Kontrollraum gegangen bist.«

»Meinen Kontrollraum?«

»Ja. Das Büro mit den dreihundert Computern.«

»Ich musste noch etwas für die Arbeit machen. Du weißt ja, die Bösen schlafen nie. Das liegt an ihrem schlechten Gewissen, das sie zu immer neuen Dummheiten verleitet. Dummheiten, die wiederum ihr Gewissen belasten und sie nicht schlafen lassen. Ein Teufelskreis.«

»Ich kann nämlich auch oft nicht schlafen,« sagte ich lächelnd. »Meinst du, das liegt an meinen düsteren Machenschaften?«

»Nein, das ist unmöglich. Du könntest gar nicht böse sein, selbst wenn du es wolltest.«

Er rückte vorsichtig noch etwas näher an mich heran und drehte sich zu mir. Ich sah auf und schaute ihm in die dunklen Augen, die mich intensiv musterten.

»Woher willst du das wissen?«, fragte ich leise, während ich die Wärme seines Körpers neben mir spürte.

Don hob zögernd seine Hand und führte sie schließlich an meine Wange. Sanft umfasste er mein Gesicht, und ich schmiegte mich in seine große warme Hand. Don beugte sich zu mir herunter, und ich glaube, in diesem Moment lösten sich meine Füße vom Boden, und ich begann zu schweben.

»Weil die Argonauten sonst nicht das letzte Stück Zitronenkuchen mit dir geteilt hätten«, murmelte er.

Ich lächelte und seufzte wohlig, als ich Dons andere Hand an meinem Rücken spürte. Kein anderer hätte mich in diesem Moment so halten können, ich vertraute ihm vollkommen. Die scheue Nymphe, die normalerweise zwei Meter zurücksprang, wenn sich ihr jemand auch nur höflich näherte, ließ sich ruhig und voller Zuversicht in die warme Umarmung dieses Mannes sinken, der mit verwuscheltem Haar in seiner Küche stand, während draußen der Schnee fiel.

»Und weil du Charlie sprachlos gemacht hast.«

Der Teekocher fing an, durchdringend zu pfeifen, und der Duft nach frischem Kaffee erinnerte uns höflich an das, weshalb wir in die Küche gekommen waren. Don ließ von mir ab und kümmerte sich um die heißen Getränke.

»Du könntest es auch nicht«, sagte ich, während ich ihm die Tür aufhielt, damit er mit seinem großen Tablett voller Tassen, Kannen und Keksen hindurchgehen konnte.

»Was?«

»Einer von den Bösen sein.«

Damals wusste ich den Schatten, der kurz über sein Gesicht huschte, noch nicht zu deuten.

# Wie mich das Mädchen mit den Strickstrümpfen völlig verrückt machte

## DON

Bis heute verstehe ich nicht, wie ich es damals ausgehalten habe – mit Kate, die wie durch ein Wunder plötzlich in unserem Haus war und in meinen dicken Socken wie eine Fee von Zimmer zu Zimmer schwebte, während ich immer wieder in meinem Büro verschwand, weil mein Ziel, die miesen Praktiken zu rächen, durch die Gabriel aus dem Leben gerissen worden war, endlich in greifbare Nähe gerückt war.

Niemand fragt mich mehr nach diesen total verrückten Tagen, nicht einmal Kate. Aber wenn ich die Situation jetzt, mit einem bisschen Abstand betrachte, muss ich ehrlich eingestehen, was es für eine Zerreißprobe war, mich dreimal am Tag mit Punisher und Sierra auszutauschen – die meiste Zeit, um die legalen Möglichkeiten auszuloten, einen Weg zu finden, unsere Ermittlungen einzuleiten und den Feind zu überführen –, während Kates Anwesenheit schon ausreichte, dass ich mich nicht mehr konzentrieren konnte und vor Selbstvorwürfen Magenschmerzen bekam. Ich fühlte mich wie magisch von ihr angezogen, und ich musste mich extrem zusammenreißen, um den Drang, sie zu berühren, unter Kontrolle zu halten, einen Drang, der mich jedes Mal überkam, wenn sie in meiner Nähe war. Mit ihr im selben Raum allein zu sein verwandelte mich sofort in einen willenlosen Idioten mit einem furchtbar schlechten Gewissen, was meine Arbeitsethik betraf.

Kate hingegen schien sich wohlzufühlen. In Sarahs legeren Anziehsachen, mit ihrem wunderschönen Haar, das offen über ihren Schultern schwebte, ihren glänzenden blauen Augen, ihrem großzügigen Lächeln und ihren nackten Füßen, die in meinen Socken steckten, war sie für mich die schönste Frau, die ich je gesehen hatte – sogar noch schöner als in den Nächten, in denen wir uns in der versteckten Bar getroffen hatten und sie noch nicht wusste, welchen Effekt ihre Feenschuhe und ihr schlafloser Blick auf mich hatten. Mein Vater redete mit ihr, als wäre sie eine alte Freundin, sie kneteten gemeinsam Brotteig und tauschten Vertraulichkeiten aus, wenn sie sich in der Küche sicher fühlten. Die Argonauten forderten sie auf, mit ihnen zu spielen, und sogar Charlie starrte sie verstohlen und voller Bewunderung an.

An den Abenden versammelten wir uns auf Geheiß meines Vaters alle vor dem Kamin und lauschten der Musik, während die Zwillinge sich zu unseren Füßen mit ihren Stiften und den Malbüchern beschäftigten. Wir tranken Kaffee oder Tee, knabberten Kekse und nippten nachdenklich an Onkel Sawyers französischem Cognac. Kate und ich setzten uns nebeneinander auf den Teppich, den Rücken ans Sofa gelehnt, und sahen traumverloren ins flackernde Feuer, während draußen der Schnee fiel und fiel.

Wir redeten über Papas Kindheit und die Schreinerei, erzählten uns Anekdoten über Sarah und die Kinder und machten uns über Charlie lustig, der es bereits nach zwei Tagen kaum noch aushielt, nicht ins Büro gehen zu können. Kate war eine angenehme Gesprächspartnerin, sie hörte aufmerksam zu und überraschte uns alle mit ihrer guten Laune und ihrer sympathischen Sichtweise auf die Dinge.

»Was machst du denn beruflich, Kate?«, fragte Charlie eines Abends interessiert, nachdem Kate erzählt hatte, dass ihr Ex-Chef in seinem Büro ein Aquarium mit Plastikfischen gehabt hätte.

»Ich habe bei Milton Consultants gearbeitet.«

Charlie stieß einen anerkennenden Pfiff aus.

»Einer der *big four* der westlichen Welt.«

»Du *hast* dort gearbeitet?«, hakte ich nach.

»Ja. Ich habe gekündigt. Am Montag war mein letzter Arbeitstag.«

Mein Vater nahm einen Schluck Cognac und nickte schweigend, als könne er ihre Gründe verstehen.

»Du hast bei Milton gekündigt?«, erkundigte sich mein Bruder entsetzt. »Ich würde einen Finger meiner rechten Hand dafür geben, um dort zu arbeiten.«

»Ich weiß nicht, ob dir das wirklich gefallen würde. Es ist eine harte und seelenlose Welt.«

»Soll das ein Witz sein?«, meinte Charlie lachend.

»Und was wirst du nun tun?«, fragte ich.

»Na ja ... Ich bin mir noch nicht sicher. Ich würde gern etwas ganz anderes machen.«

»Kate könnte mit mir Brot backen«, sagte mein Vater.

»Du meinst, mit den anderen Opas und Omas?«

»Charlie!«, wies ich meinen Bruder zurecht.

»Ernsthaft«, insistierte Papa, »ich glaube, das würde dir gefallen. Den Teig kneten gibt einem die Zeit, um in Ruhe nachzudenken. Brot backen ist sehr entspannend und hilft, die richtigen Prioritäten zu setzen.«

»Sicher«, spottete Charlie, »Brot backen ist wie Paulo Coelho zu lesen, was?«

»Aber mit Mehl und nicht mit Alchimisten«, warf Papa ein.

»Was ist denn mit deiner Sendung?«, fragte ich, meinen Bruder ignorierend. »Kate hat eine eigene Radiosendung, die freitagabends zu hören ist«, erklärte ich meiner Familie.

»Damit würde ich gern weitermachen.« Sie zuckte die Achseln und lächelte. »Schauen wir mal«, meinte sie dann.

Wenn die Zwillinge eingeschlafen waren – oft mit einem ihrer bunten Wachsmalstifte fest in der Hand –, sagte Sarah uns gute Nacht und ging hinauf in die Mansarde. Dann fand meistens auch Papa eine Entschuldigung, um sich zurückzuziehen, und Charlie erzählte uns irgendwelchen Klatsch über die hohen Tiere aus der Finanzwelt.

Ich machte mir Sorgen, Kate könnte irgendwelche Fluchtpläne hegen, aber es schien ihr bei uns zu gefallen. Sie streckte ihre Beine aus und kuschelte sich mit ihrem Kopf an meiner Schulter neben mich. Ich hätte alles dafür gegeben, sie zu küssen, doch der lauernde Blick meines Bruders und meine eigenen Skrupel hinderten mich daran.

Nachdem ich den Tag über meine Rachepläne verfolgte, fielen sie an den Abenden am Kamin mit Kate an meiner Seite wie Sandburgen in sich zusammen. Die Saat des Zweifels, die Charlie mit seinen moralischen Einwänden in mir gepflanzt hatte, keimte und drohte mich zu ersticken.

Nach vier Jahren Rachefeldzug fragte ich mich ernsthaft, ob ich wirklich das Richtige tat. Machiavelli schien mich jedes Mal auszulachen, wenn ich nach einer weiteren schlaflosen Nacht mit Punisher und Sierra die dunklen Schatten unter meinen Augen im Spiegel betrachtete.

»Kollege«, hatte sich Punisher beschwert, als ich meine Zweifel an unserer Angriffsstrategie zum ersten Mal geäußert hatte, »willst du jetzt etwa kneifen? Wir sind seit mehr als vier Jahren an der Sache dran, und jetzt sind diese Betrüger uns endlich ins Netz gegangen.«

»Ich sage ja nicht, dass sie ihre Strafe nicht bekommen sollen. Es ist nur so, dass ...«

»Gabriel war unser Freund. Wir schulden es ihm. Das hast du selbst immer gesagt.«

»Warte mal, Punisher«, hatte der stets vernünftige Sierra eingewandt. »Don sagt ja nicht, dass wir uns geschlagen geben sollen. Vielleicht finden wir eine weniger ... weniger kriminelle Alternative.«

»Es gibt keinen legalen Weg, da reinzukommen«, entgegnete Punisher. »Oder habt ihr vergessen, was beim letzten Mal passiert ist? Wenn sie es unbedingt auf die schmutzige Art und Weise haben wollen, sollen sie es bekommen.«

»Dons Einwände sind berechtigt. Mir geht es genauso«, meinte Sierra. »Es gibt sicher Alternativen.«

»Nein, Kollegen, wir haben doch schon darüber gesprochen«, protestierte Punisher. »Ich verstehe nicht, warum du plötzlich diese Zweifel hast, Don. Oder ist es etwa wegen deinem Mädchen?« Er bemerkte mein Zögern. »Also deswegen. Aber wir werden Kate doch gar nicht in die Sache mit reinziehen. Das brauchen wir nicht.«

»Nein, darum geht es nicht«, verteidigte ich mich. »Und sie ist nicht mein Mädchen.«

»Du bist total verknallt in Kate. Aber wir wollen sie ja nicht einsetzen wie Milla Jovovich in *Resident Evil*. Wir können die Sache auch ohne sie durchziehen. Wir sind ja schon dabei«, beharrte mein Freund.

»Schon gut, Punisher«, meinte Sierra beschwichtigend. »Don sagt ja nur, dass er Zweifel hat. Das, was wir tun wollen, ist nun mal nicht legal.«

Unsere nächtlichen Gespräche endeten jedes Mal in einer Sackgasse, wir kamen einfach nicht auf einen gemeinsamen Nenner. Konnten uns nicht einigen. Und das lag an mir, denn ich grübelte darüber nach, ob es nicht doch besser wäre, Sierras und Charlies Rat zu befolgen. Vorher hätte ich mich von so etwas nicht aufhalten lassen, weil es mir einfach nicht wichtig genug gewesen wäre. Aber jetzt gab es Kate, die im Nebenzimmer friedlich schlief, mit ihrem zauberhaften kastanienbraunen Haar, das ausgebreitet auf meinem Kissen lag. Und ich wusste plötzlich, dass ich in derselben Welt wie sie leben und atmen wollte. Unbescholten und mit reinem Gewissen.

»Ich weiß, warum du ihr nichts sagst«, meinte Charlie eines Abends zu mir, als Kate bereits nach oben gegangen war.

Er war noch ein wenig sitzen geblieben, wohl um mit mir allein zu sein, während ich die leeren Kaffeetassen und die übriggebliebenen Kekse zusammenräumte.

»Du hast keine Ahnung, Charlie«, flüsterte ich, um die Argonauten nicht zu wecken.

»Ich habe gesehen, wie du sie anschaust. Und auch, dass du ihr ausweichst.«

»Ich geh jetzt schlafen«, teilte ich ihm mit.

Charlie zögerte einen Moment, dann sagte er mir gute Nacht und verließ das Wohnzimmer. Als ich dachte, dass er schon weg wäre, hörte ich vom Fuß der Treppe noch einmal seine Stimme.

»Du hast Skrupel. Ein schlechtes Gewissen.«

»Wovon redest du, verdammt?«, fragte ich ungeduldig.

Er sah mich an wie Jiminy Grille, Pinocchios lebendes Gewissen.

»Von der Fortsetzung deiner *vendetta*. Auch wenn du es abstreitest, glaube ich, dass du dir inzwischen nicht mehr sicher bist, weil du genau weißt, dass du damit eine rote Linie überschreiten würdest.«

»Noch eine Predigt?«, beschwerte ich mich, um zu überspielen, dass er ins Schwarze getroffen hatte.

»Ich habe gesehen, wie du Kate anschaust. Und ich weiß auch, warum du sie noch nicht geküsst hast.« Charlies Kopf tauchte kurz über dem Treppengeländer auf. »Du könntest es nicht ertragen, dass sie dich für einen Feigling hält.«

Wenn das stimmte, war meine Lage noch aussichts-loser, als ich mir zu glauben erlaubt hatte.

»Charlie«, setzte ich zur Verteidigung an, »wie immer es auch ist, ich kann doch nicht einfach aufhören. Ich bin seit fast fünf Jahren an dieser Sache dran. Ich muss dem, was dieses Unternehmen anrichtet, einen Riegel vorschieben – wegen Gabriel und auch, um selbst zur Ruhe zu kommen. Ich weiß, dass ich sonst nicht einfach so weiterleben kann.«

Mein Bruder sah mich mit einem seltsamen Glänzen in den Augen an, das ich nicht verstand, und ging dann weiter die Treppe hinauf.

»Du musst diese Sache endlich abschließen, Don. Und ich werde dafür sorgen, dass du es auch tust«, mein-te ich ihn noch sagen zu hören, bevor er in seinem Zim-mer verschwand.

# Die Capone-Strategie

KATE

Die Woche näherte sich bereits dem Ende, als Charlie mich nach einem unserer gemütlichen Abende am Kamin, als wir uns alle gute Nacht gewünscht hatten und ich auf dem Weg in mein Schlafzimmer war, plötzlich am Arm fasste und mich mit in sein Zimmer zog.

»He«, protestierte ich und rieb mir meinen Ellbogen, an dem die gierigen Krallen des skrupellosen Börsenspekulanten mich gepackt hatten. Er legte den Finger an die Lippen und sah mich mit verschwörerischem Blick an. Ich schwieg verblüfft und folgte ihm.

Charlies Zimmer war genauso eigenartig wie er: Vorhänge mit blauen Blumen, der Schrank und die Nachttische aus antikem Holz, und das breite Himmelbett schrie nach einem roten Samtbaldachin, der zu seinen vornehmen Hausschuhen passte.

»Sierra sagte, dass du ein kluges Mädchen bist ...«, brach er sein mysteriöses Schweigen, nachdem er mir angeboten hatte, auf einem der cremefarbenen Sessel am Fenster Platz zu nehmen, »... deshalb hoffe ich ...«, fuhr er fort und setzte sich mir gegenüber, »dass du mir etwas über diesen Prüfbericht von Segursmart erzählen kannst.«

Ich schaute ihn verstört an, und er machte eine beschwichtigende Geste.

»Sierra hat mich angerufen und mir erzählt, dass er dir den Auftrag erteilt hätte, bei Milton nach einem Prüfbericht von Segursmart zu suchen. Er hat sich wohl als Hörer deines Radioprogramms ausgegeben. Er sagte, ihr wärt am Dienstag zur Übergabe der Dokumente verabredet gewesen, aber wegen des Unwetters hat er es nicht zum Treffpunkt geschafft.«

»Was?! Sierra ist Lando Calrissian?«, fragte ich verblüfft.

Charlie sah mich an, während er gekonnt eine Augenbraue in die Höhe zog. Offenbar zweifelte er in diesem Moment an Sierras Behauptung, dass ich ein kluges Mädchen sei.

»Angesichts der Tatsache, dass mein Bruder dich vor dem Unwetter gerettet hat, als du gerade auf dem Rückweg von deiner Verabredung mit Sierra warst, nehme ich an, dass du die Berichte dabeihattest, als du hier angekommen bist, oder?«

Ich nickte verwirrt.

Und da erzählte mir Charlie, mit welchen geheimen Machenschaften sich die Freitags-Freaks an den Abenden in der kleinen Bar des Hotel Ambassador beschäftigten. Ich erfuhr, wer Gabriel Culler war, was Segursmart ihm angetan hatte und von Dons Racheplänen – aber auch von seiner Weigerung, mich um Hilfe zu bitten, als Punisher dies vorgeschlagen hatte.

»Aber warum hat Sierra dich dann angerufen? Ich glaube nicht, dass Don …«, stammelte ich, als Charlie mir alles gesagt hatte.

»Ganz egal, was Sierra denkt«, fiel Charlie mir ins Wort, »ich bin mir sicher, dass mein Bruder auch ohne meine Hilfe einen Weg finden würde, mit Segursmart abzurechnen.«

»Also ...?«

»Das Problem ist, dass ich das nicht will«, gestand Charlie seufzend. »Weißt du, wie es der Regierung der USA damals gelungen ist, Al Capone vor Gericht und schließlich ins Gefängnis zu bringen?«

Ich nickte schweigend und wartete, worauf er hinauswollte.

»Wegen Steuerhinterziehung.«

»Glaubst du denn, du kannst die Unregelmäßigkeiten auf den Konten von Segursmart feststellen?«, fragte ich ihn.

»Ich weiß es nicht. Das kommt auf die Berichte an.«

»Ich habe sie alle hier.«

»Kluges Mädchen.«

Ich schlich mich in Dons Büro, griff nach meiner Tasche und nahm die beiden Kopien heraus, die ich zu der Verabredung mit Lando Calrissian mitgenommen hatte. Sie waren ein bisschen nass geworden und die Ränder leicht gewellt, aber alles war noch gut lesbar. Ich gab sie Charlie.

»Die erste Version ist die, die bei Milton im System gespeichert ist. Die andere ist eine Kopie des einzigen Exemplars aus dem Archiv.«

»Was für einem Archiv?«, fragte Charlie erstaunt.

»Frag nicht, das gibt es nur bei Milton. Jedenfalls sind beide Ausfertigungen von meinem Ex-Chef Rodolfo Torres unterschrieben worden und tragen den Stempel von der Finanzbehörde in Coleridge.«

»Warum gibt es zwei unterschriebene Versionen?«

»Das ist die Frage.«

Charlie blätterte beide Berichte durch und überprüfte die Unterschiede. Dann öffnete er seinen Laptop und gab sein Kennwort ein, um in einem anderen Archiv nachzusehen und das, was er dort fand, mit den beiden Kopien zu vergleichen. Sein perfekt gekämmtes Haar, sein gebügelter Morgenrock, seine Versailles-Schuhe ... Alles an diesem schlanken, kleinen Mann schien makellos zu sein, abgesehen von der nervösen Hast seiner Gesten, während er in den Berichten blätterte, und dem fieberhaften Blick seiner dunklen Augen.

Ich überließ Charlie seinen Nachforschungen und trat ans Fenster. Draußen tanzten die Schneeflocken in der samtschwarzen Dunkelheit. Jedes Geräusch wurde von dem dicken weißen Teppich geschluckt, der alles bedeckte. Es war ganz still, und ich fragte mich einen Moment, wie es jetzt wohl in der Stadt aussehen mochte?

Trotz der Spionage- und Korruptionsgeschichte, die Charlie mir gerade erzählt hatte, fühlte ich mich ganz sicher und war froh, hier zu sein. Ich hatte Milton gerade noch rechtzeitig verlassen, und vielleicht konnte ich Don mit den entwendeten Berichten irgendwie helfen. Meine Rolle in diesem ganzen Drama war zwar nur eine kleine, aber vielleicht brachte sie Licht in die korrupten Machenschaften, denen Dons Freund zum Opfer gefallen war.

»Ich hab's«, sagte Charlie kurze Zeit später und riss mich aus meinen Gedanken. »Hast du Mr. Torres' private Telefonnummer?«

»Die weiß ich auswendig.« Ich lächelte bitter.

Charlie gab die Zahlen, die ich ihm nannte, in sein Handy ein und stellte die Lautsprecherfunktion an, nachdem er mich gebeten hatte, während des Gesprächs leise zu sein.

»Torres«, war die Stimme des T-Rex am anderen Ende der Leitung zu hören. Unerklärlicherweise schrie er nicht.

»Mr. Torres, hier spricht Charlie Berck von ...«

»Ja, ich weiß, wer Sie sind. Aber ich denke nicht, dass ich Ihnen einen Tipp geben kann, was die Aktienkurse angeht ...«

»Ich habe gerade den Prüfbericht von Segursmart aus dem Jahr 2008 vor mir«, fiel Charlie ihm ins Wort und kam damit gleich zur Sache. »Genauer gesagt sind es zwei Berichte, die Sie beide unterschrieben haben. Und sie stimmen nicht überein.«

»Ist das der offizielle Bericht?«, entgegnete Mr. Torres leicht verwirrt.

»Einer davon ja. Und er weist einen Verlust in der Jahresbilanz aus. Der andere nicht. Und beide wurden von Ihnen unterschrieben. Und von der Finanzbehörde abgesegnet.«

»Das ist bei großen Kunden so üblich. Es werden zwei Berichte vorbereitet, falls der Verlust im letzten Moment noch ausgeglichen wird ...«

»Es geht nicht um den Verlust«, unterbrach Charlie ihn erneut. »Sondern um Geldwäsche. Bei mehreren Investitionsfonds und Zahlungen an die Partner von mehr als dreihundert Millionen Euro, die das Unternehmen erhielt, weil es illegal Informationen über die Policen der Versicherten verkauft hat.«

»Sie bluffen«, sagte der T-Rex nach längerem Schweigen. »Sie können unmöglich an diese Zahlen gekommen sein.«

»Ich habe die Berichte vorliegen, und ich habe auch die illegalen Kontobewegungen gesehen, die die Differenz der beiden Berichte erklären. Das ist kein Bluff.«

»Aber um an diese Informationen zu kommen ...«

»Sind Sie zu Hause?«, unterbrach Charlie Mr. Torres erneut.

»Ja.«

»Haben Sie Strom?«

»Im Moment, ja.«

»Dann geben Sie mir Ihre persönliche E-Mail-Adresse, und ich schicke Ihnen zu, was ich habe.«

Nachdem Charlie sich die Adresse notiert hatte, beendete er das Gespräch, scannte die Berichte ein und schickte sie an Torres. Dann lächelte er mir triumphierend zu.

»Und jetzt?«, fragte ich.

»Müssen wir warten.«

»Lange?«

»Nicht lange«, sagte er. »Wenn er unschuldig ist, braucht er keine fünf Minuten, um festzustellen, was passiert ist. Es ist seine Unterschrift neben dem Stempel, sodass er vor jedem Gericht der Verantwortliche ist. Als Wirtschaftsprüfer hätte er die Unregelmäßigkeiten in den Berichten anzeigen müssen. Aber ich fürchte, dass das Vorhandensein zwei verschiedener Berichte noch andere Gründe hat.«

»Milton hat den unterschriebenen Bericht, in dem die Geldwäsche deutlich wird, aufbewahrt, um etwas gegen Torres in der Hand zu haben, wenn die Sache auffliegt.«

»So ist es«, bestätigte Charlie mit einem grimmigen Lächeln.

»Ich glaube nicht, dass er weiß, was er da unterschrieben hat«, sagte ich nachdenklich. »Du kannst dir nicht vorstellen, welche Masse an Papier an einem Vormittag bei diesem Mann über den Schreibtisch geht.« Ich schüttelte den Kopf. »Und wenn er doch schuldig ist?«

»Dann wird er nicht mehr bei mir anrufen, sondern bei den Anwälten des Unternehmens.«

In diesem Moment war ich mir nicht sicher, ob ich mir wünschen sollte, dass der T-Rex schuldig oder unschuldig war, der Übeltäter oder der Gelackmeierte. Trotz seines Geschreis, seiner Taubheit, was gewisse Dinge anging, und seiner Angewohnheit, mich viermal am Tag zu entlassen, konnte ich nicht glauben, dass er einen solch schweren Fall von Korruption unterstützt hatte.

Als Charlies Handy klingelte, zuckten wir beide zusammen.

»Und?«

»Es ist meine Unterschrift. Aber die Konten sind im Nachhinein verändert worden. Diesen Unsinn habe ich nicht unterschrieben.«

Charlie hatte ein zufriedenes Lächeln auf den Lippen, als er mir jetzt zunickte.

»Einen Moment, Mr. Torres, legen Sie nicht auf.«

Dons Bruder drückte den Anruf kurz weg und sah mich mit einer professionellen Distanziertheit an.

»Den Rest erledige ich«, sagte er mit einer Stimme, die keinen Widerspruch duldete.

»Was wirst du tun?«

»Ich habe nicht allzu viel in der Hand. Aber die Tatsache, dass es zwei verschiedene Berichte gibt, reicht aus, um bei Gericht zu erreichen, dass die Finanzbehörde offiziell Ermittlungen aufnimmt. Und wenn Torres mitspielt, was er sicherlich tun wird, wird es zu einer Anzeige kommen.«

Ich nickte, stand von meinem Sessel auf, und als ich gerade das Zimmer verlassen wollte, rief Charlie mir leise nach: »Kate, Danke.«

»Keine Ursache.«

»Dir ist klar, dass Don von all dem nichts erfahren darf.«

Ich nickte. »Ich verstehe nicht, warum er mich nicht einfach um Hilfe gebeten hat«, sagte ich. Über Charlies Bitte war ich nicht gerade glücklich, aber ich würde mich daran halten.

»Don hätte niemals zugelassen, dass wir in diese Sache reingezogen werden. Er beschützt die Menschen, die er liebt, das war schon immer so.«

# Veilchen am Nordpol

## DON

Am Samstag wachte ich früh am Morgen auf. Im Haus war es noch still, und keine verheißungsvollen Düfte nach Kaffee, Pancakes und Bacon wehten aus der Küche. Ich warf einen Blick auf die Argonauten, die mit wirrem Haar und bunten Farbflecken im Gesicht noch tief und fest in ihren Schlafsäcken schliefen, und zog mich an. Ich wollte gerade hochgehen, um kurz einen Blick in meine Mails zu werfen und anschließend zu duschen, als ich meinen Vater die Treppe herunterkommen hörte.

»Es ist doch noch ganz früh«, sagte ich leise, um die Kinder nicht zu wecken.

»Ich konnte nicht schlafen. Trinkst du einen ersten Kaffee mit mir?«

Ein Angebot, das ich unmöglich ablehnen konnte.

Wir gingen in die Küche, Papa füllte den Kaffeekocher, drehte die Heizung höher, und dann setzten wir uns an den Tisch, um auf die blendend weiße Landschaft zu schauen, die das Haus wie ein eisiges Meer umgab.

»Ich bin froh, dass Sarah und die Kinder hier sind«, sagte mein Vater mit seinem geduldigen Lächeln. »Und Kate. Ich habe noch nie etwas derart Erstaunliches gesehen.«

»Du meinst das Unwetter?«

»Das Unwetter ist auch erstaunlich.« Er zwinkerte mir zu.

Ich wartete darauf, dass mein Vater den Kocher vom Herd nahm und uns die Tassen einschenkte.

»Papa, Charlie hat gemeint, dass du und er mich seit Jahren beschützt. Seit Gabriels Tod.«

Falls das Thema meinen Vater überraschte, ließ er es sich nicht anmerken. Er nahm einen Schluck aus seiner Tasse, sog den angenehmen Duft des frischen Kaffees ein und wich meinem Blick aus, indem er sich wieder dem Küchenfenster zuwandte, das weder Rollläden noch Vorhänge hatte.

»Und ich habe immer gedacht, dass ich derjenige bin, der euch beschützt«, fuhr ich fort.

»Das ist auch so«, entgegnete mein Vater schließlich und drehte sich zu mir um.

»Aber Charlie sagt, dass ihr seit Jahren auf mich aufpasst, dass ihr Angst habt, dass ich wegen der Sache mit Gabriel eine Dummheit mache, dass ihr denkt, dass ich in der Vergangenheit gefangen und seitdem nicht mehr in der Lage bin, mein eigenes Leben zu führen.«

»Das hat Charlie dir gesagt?«

»Mehr oder weniger. Du kennst ihn ja.«

»Wenn er damit rausgerückt ist, dann, weil er sich wirklich Sorgen um dich macht. Dein Bruder ist nicht gerade ein ... äh ... Fan sentimentaler Vertraulichkeiten.«

»Ja, das sehe ich auch so.«

Papa stellte die Tasse auf den Tisch und strich sich mit einer Hand durchs Haar, das dem von meinem Bruder so ähnlich war, nur viel grauer.

»Wir machen uns einfach Sorgen, dass du dein Leben nicht so lebst, wie du es eigentlich solltest.«

»Du auch?«

»Na ja, meine Sorgen sind nicht genau die gleichen wie die von Charlie. Ich weiß, dass du keine illegalen Sachen machst. Du wirst nie ein Verbrecher sein, dazu bist du gar nicht skrupellos genug.« Er seufzte. »Was das angeht, haben wir mit deinem Bruder schon genug zu tun.«

»Also worum sorgst du dich dann?«, fragte ich ungeduldig. »Ich kann nicht glauben, dass ihr euch solche Sorgen um mich macht und mir die ganze Zeit nichts davon gesagt habt.«

»Aber das haben wir doch, mein Junge. Du weißt, dass wir nicht gut finden, was du da zusammen mit deinen Freunden ausbrütest. Anfangs dachten wir, dass das bald wieder vorbei sein würde, dass es eine Art wäre, um deine Trauer um Gabriel zu verarbeiten, aber dann ist die ganz Sache völlig aus dem Ruder gelaufen.«

»Du meinst also auch, dass ich die Sache vergessen sollte? Gabriel einfach so aufgeben sollte?«

»Nein, ich meine, dass du dich immer an deinen Freund erinnern solltest. Aber dass du den Verlust auch akzeptieren solltest als Teil deiner Erfahrung. Wir sind das, was unsere Vergangenheit, das, was uns umgibt, aus uns gemacht hat. Charlie, du und ich wären sicher ganz anders, wenn eure Mutter nicht bei diesem Autounfall ums Leben gekommen wäre. Oder wenn ich mich, anstatt mich um euch zu kümmern, in der Schreinerei eingeschlossen und meinen Schmerz und den furchtbaren Verlust beweint hätte, ohne mich mit anderen Dingen zu beschäftigen. Es ist so leicht, das Leben zu vergessen, wenn man jemanden verloren hat, den man liebt ...«

Genau das war der Moment, in dem ich endlich verstand. Charlies Besorgnis, Papas Befürchtungen. Aber vor allem begriff ich, dass ich mich mit einer nahezu krankhaften Besessenheit an meinen Schmerz und meine Wut über den Verlust geklammert hatte, anstatt zu schätzen, was ich noch hatte und was noch kommen würde.

»Papa, ich verstehe, was Charlie und du mir zu sagen versucht, auch wenn ihr euch dabei nicht gerade geschickt anstellt und um einiges zu spät dran seid.« Ich wartete darauf, dass mein Vater sein Lächeln wiederfand. »Aber ich kann nicht plötzlich mit all dem aufhören. Ich muss die Sache doch zu Ende bringen, um weitermachen zu können.«

»Ach, mein Junge.« Mein Vater lachte, stand auf und erklärte damit unsere Unterhaltung für beendet. »Was das angeht, mache ich mir keine Sorgen.«

Leicht beunruhigt ließ ich meinen Vater seine zweite Tasse Kaffee trinken, während ich in den Flur trat und durch eines der großen Fenster im Eingangsbereich auf die verschneite Landschaft blickte. Der Wind hatte sich gelegt, und es fielen nur noch wenige Schneeflocken. Ich hörte die Stimmen und das Lachen von Sarah und den Kindern, die gerade aufgewacht waren, und wenig später leise Schritte auf der Treppe.

»Guten Morgen«, begrüßte Kate mich mit dem schönsten Lächeln des Universums, während sie auf Socken zu mir herunterschwebte.

Sie trug eine schwarze Hose und einen apfelgrünen Wollpullover. Ihre leichten Schritte beschleunigten meinen Puls. Ihr offenes Haar umrahmte ihr Gesicht mit den zarten Zügen und den perfekt geformten Lippen.

Einer plötzlichen Eingebung folgend, nahm ich ihre Hand und zog sie zur Tür.

»Komm«, drängte ich, »lass uns rausgehen. Hier hast du eine Jacke und Stiefel.« Ich hielt ihr Charlies Skianorak und seine Bergstiefel hin. »Die dürften etwas zu groß sein, aber sie sind schön warm.«

»Aber warum?«

Ich zog einen Wollpullover über, der an einem der Garderobenhaken am Eingang hing, dazu meine gefütterte Jacke und ein Paar Gummistiefel.

»Zieh das an«, wiederholte ich. »Keine Ahnung, wie kalt es draußen ist.«

»Aber ich will gar nicht nach draußen«, beschwerte sie sich.

»Natürlich willst du. Der Wind hat sich gelegt, das Unwetter ist vorbei, und es schneit nur noch ein wenig.«

Ich knöpfte mir die Jacke zu und half der nicht gerade begeisterten Kate in den Anorak, in dessen Taschen ich ein Paar Handschuhe fand, die ich ihr ebenfalls anzog. Dann hielt ich ihr die Stiefel hin. Mit den dicken Socken mussten sie einigermaßen passen. Ich kniete mich hin, um ihr die Schnürsenkel zuzubinden, während sie weiterhin protestierte.

»Ich würde lieber hierbleiben. Es ist schön warm, und dein Vater macht sicher irgendwas Leckeres zum Frühstück.«

»Komm schon. Sei kein Feigling.«

Ich öffnete die Tür, nahm Kate bei der Hand und zog sie nach draußen.

Die Sonne versteckte sich noch hinter den Wolken, aber das hellgraue Morgenlicht wurde von dem verschneiten Boden widergespiegelt und ließ uns die Augen zusammenkneifen. Ich zog die Tür hinter uns zu und steuerte, Kate fest an der Hand haltend, auf das Birkenwäldchen zu. Bei jedem Schritt spürte ich, wie meine Stiefel ein wenig in dem knirschenden Teppich aus Eis und Schnee versanken. Kate ließ sich von mir führen und schaute gebannt auf die uns umgebende stille Landschaft, in der nur das Geräusch unserer Schritte zu hören war.

»Es sieht aus, als wäre alles ganz neu«, sagte sie leise, als wir uns jetzt dem Wäldchen näherten. Wir stiegen über abgebrochene Äste und verschneite Blätter. Der Weg, der zwischen den Bäumen entlangführte, war verschwunden.

Es fühlte sich an, als würde die Unermesslichkeit der weißen Landschaft uns verschlingen. Wir waren zwei kleine Gestalten am Rand des vom Unwetter zerzausten Waldes, mit dem wolkenlosen grauen Himmel über unseren Köpfen standen wir inmitten einer Schneewüste, die nur von der Silhouette eines Hauses mit drei Kaminen unterbrochen wurde.

»Du hast recht«, sagte ich und wandte mich, den Wald im Rücken, dem sich in der Ferne abzeichnenden Horizont zu. »Es sieht wirklich aus, als wäre alles ganz neu.«

»Das liegt am Schnee.«

»Oder an uns.«

Kate blickte mich überrascht an.

»Wie meinst du das?«

»Ist es dir schon einmal passiert, dass die Dinge, an die du jahrelang geglaubt hast, sich plötzlich als ganz anders herausgestellt haben?«

»Ja«, sie nickte, »sicher. Erst vor Kurzem habe ich eine Lektion in diesem Sinne gelernt.«

Ich sah sie gespannt an und wartete darauf, dass sie fortfuhr.

»Weißt du, ich dachte immer, dass mein Leben langweilig und monoton wäre. Ich habe mich so darauf konzentriert, unglücklich zu sein, dass ich gar nicht mehr auf die kleinen Dinge geachtet habe. Manchmal erscheint einem das Leben furchtbar grau, aber wenn du ein wenig an der Oberfläche kratzt ...«

»Kommt der ganze Schmutz zum Vorschein?«, neckte ich sie.

»Nein.« Sie lachte. »Wird dir bewusst, dass viele interessante Dinge um dich herum vorgehen. Wie willst du, wenn du die Augen nicht richtig aufmachst, all die wunderbaren Abenteuer sehen, die an dir vorbeiziehen?«

»Das meinte ich nicht«, sagte ich, obwohl sie durchaus recht hatte mit dem, was sie sagte.

»Was meinst du dann? Was hat sich denn für dich verändert?«

»Die Perspektive«, sagte ich nach einigem Nachdenken. »Ich habe mich plötzlich aus der Perspektive von meinem Bruder und meinem Vater gesehen.«

»Und da hast du entdeckt, dass nicht alles so ist, wie du gedacht hast.«

Ich nickte langsam.

Kate legte ihre Hand auf meinen Arm.

»Alles hat seine Zeit«, erklärte sie mir. »An dem Abend, als ich hier angekommen bin, habe ich daran gedacht, dass es noch keine Veilchen gibt.«

»Veilchen im November?«

»Ja. Kennst du nicht die Erzählung von Gianni Rodari über das Veilchen am Nordpol?«

»Nein. Ist das eine Geschichte für Gärtner in Extremsituationen?«, scherzte ich.

»Es ist eine Geschichte darüber, dass man die guten Dinge schätzen sollte, aber auch darüber, dass alles geschieht, wann es geschehen muss, nicht früher und nicht später.«

Sie schaute auf, und ich sah ihren wartenden Blick, ihre von der Kälte geröteten Wangen, ihren Mund, vor dem kleine weiße Wolken aufstiegen, ihr wundervolles Haar, in dem sich ein paar Schneeflocken verfangen hatten.

»Kate«, flüsterte ich und nahm ihr schönes Gesicht in beide Hände.

»Don!«, schrie einer der Argonauten, während er, so schnell er konnte, auf uns zurannte.

»Wir bauen einen Schneemann!«, rief sein Bruder, der ihm dicht auf den Fersen folgte.

Eingepackt wie zwei kleine Lebkuchenmänner in Mänteln, Stiefeln, Fäustlingen und Sturmhauben, waren nur ihre glänzenden dunklen Augen zu erkennen, obwohl sie uns schon fast erreicht hatten. Schweren Herzens löste ich mich von Kate und hielt mühsam das

Gleichgewicht, als die Zwillinge sich an meine Beine klammerten.

»Wir haben schon gefrühstückt«, japste einer von ihnen.

»Und Mama hat uns erlaubt, rauszugehen«, verkündete der andere.

»Was für eine gute Idee«, meinte Kate, und in ihrem Lächeln lag eine solche Wärme, dass ich versucht war, zum Himmel aufzuschauen, um nachzusehen, ob die Sonne hervorgekommen war.

»He, ihr beiden!«, rief Sarah, die nun mit meinem Vater auf uns zukam. »Kommt sofort wieder rein zum Frühstück, sonst war's das mit dem Schneemann!«

»Wir haben doch schon gefrühstückt!«, beschwerten sich die beiden Argonauten im Chor.

»Ich glaube, das galt uns beiden«, sagte Kate lachend und gab mir eine Stupser mit dem Ellbogen.

# Wenn die Argonauten tanzen

## KATE

In diesen Tagen wachte ich an keinem Morgen vor zehn Uhr auf. Der Zauber meiner Träume hielt mich mit seinen goldenen Fingern fest. Das war eine derart erfreuliche Veränderung in meinem Leben – eine mehr, im Vergleich zu meinen schlaflosen Nächten in der Zeit davor –, dass ich gar nicht auf die Idee kam, mich dem Diktat eines Weckers zu unterwerfen.

Ich hatte so lange allein gelebt, dass ich zunächst befürchtete, es könne zu Unannehmlichkeiten kommen, aber für die Familie Berck war die Privatsphäre von anderen heilig, und so fand jeder seinen Rhythmus, und die Tage vergingen in einer behaglichen Mischung von Geselligkeit und geschlossenen Zimmertüren.

Charlie sahen wir nur während der Mahlzeiten und wenn wir am Abend am Kamin zusammensaßen, wo er sich mit einem Glas Cognac von Onkel Sawyer in der Hand und seinen französischen Hausschuhen in dem riesigen Ohrensessel zurücklehnte. Norman strahlte vor Glück, wenn er seine besten Rezepte ausprobieren konnte und wir alle an dem großen Tisch in der Küche zusammenkamen. Es gelang ihm, jedes Schweigen mit angenehmen Gesprächen zu füllen und dafür zu sorgen, dass sich alle wohlfühlten. Dann erzählte er uns seine kleinen Anekdoten, und ab und zu streifte mich ein liebevoller Blick aus seinen grauen Augen, um mich daran zu erinnern, dass ich mich nicht entmutigen lassen sollte.

Don teilte seine Zeit zwischen den Argonauten und den Computern in seinem Büro auf. Manchmal hörte ich ihn auf der anderen Seite des Flurs telefonieren und über komplizierte technische Dinge reden. Er wirkte oft niedergeschlagen und so sorgenschwer, als müsse er sich zwischen der Rettung der Welt oder ihrer Zerstörung entscheiden. Erst nach unserem Schneespaziergang an jenem Morgen, als das Unwetter endlich nachließ, wirkte er ein wenig entspannter.

Wenn die Kinder ihn die Treppe herunterkommen sahen, strahlten sie ihn mit glänzenden Augen an. Sie riefen seinen Namen und warteten ungeduldig darauf, dass er mit ihnen spielte. Don hatte immer die besten Ideen, um sie zu beschäftigen. Ich war fest davon überzeugt, dass er die tollsten Schatzkarten besaß, die spannendsten Abenteuer kannte und die besten Schneemänner bauen konnte. Wenn er mich bat, mitzuspielen, brachte ich es nie übers Herz, Nein zu sagen, und als Kind wäre ich ihm wohl bis zu jedem Tempel gefolgt.

Sarah und ich tranken Tee zu jeder Tageszeit und begaben uns auf unsere ganz eigene Schatzsuche, indem wir zwischen den ganzen Fachbüchern nach Romanen Ausschau hielten. Wenn wir in den vollgestopften Regalen des Speisezimmers endlich auf einen stießen, informierten wir uns gegenseitig über unseren Fund. Wir lasen und unterhielten uns angeregt über Romane und ihre Autoren. Dabei erfuhr ich, dass Sarah als Zimmermädchen in einem Hotel in Coleridge arbeitete – wenn sie nicht gerade der Familie Berck im Haushalt half – und nebenbei Bibliothekswesen studierte. Sie träumte davon, Bibliothekarin zu werden.

Ich glaube, dass Sarah die Bücher an sich fast mehr liebte als die Literatur. Jedes Buch mit seinem Einband, den gebundenen Seiten, den gedruckten Buchstaben, dem einzigartigen Geruch und dem flüsternden Geräusch beim Umblättern war für sie ein unbezahlbarer Schatz. In diesen Tagen, in denen wir in den Regalen der Familie Berck nach Romanen suchten, war die Mutter der Argonauten mindesten ebenso glücklich wie ihre Söhne, wenn Don diese an der Hand nahm und ins Reich der erfundenen Abenteuer führte.

Und auch ich genoss die Tage im Backsteinhaus, die so ganz aus der Zeit gefallen schienen. In Dons Gegenwart fühlte ich mich wohl und geborgen.

Manchmal entwischten wir den verschmierten Fingerchen der Argonauten, die stets an uns zogen und zerrten, weil sie etwas wollten. Dann setzten wir uns zusammen an den Kamin, und Don erzählte von den kuriosen Dingen, die er bei seiner Arbeit bei der Polizei manchmal erlebte, während ich Geschichten über die seltsamen Angewohnheiten der hohen Tiere bei Milton Consultants zum Besten gab. Ich wollte wissen, wie das Leben hier im Frühling war, und Don berichtete mir von dem eifrig gehegten Obst- und Gemüsegarten seines Vaters, von den Farben der Blumen, den zartgrünen Blättern der Bäume und den Geräuschen der Tiere, wenn die Sonne am Morgen aufging und rosafarbene

Wolken am Himmel standen. Alles, was wir uns erzählten, hatte eine große Leichtigkeit, fast so, als handelte es sich um eine der Geschichten für die Argonauten, aber wir genossen diese märchenhafte Welt, die vor dem flackernden Kaminfeuer entstand. Und auch wenn wir es uns nicht anmerken ließen, zogen wir uns gegenseitig an wie die Nadel in einem Kompass, die sich nach Norden richtet.

Manchmal reimten wir uns auch Geschichten über die kleine Bar im Hotel Ambassador zusammen, über die Gründe der Architekten, einen solch versteckten Ort zu erschaffen. Don meinte, dass die Bar vielleicht einmal als privater Club für eine Gruppe Mafiosi eingerichtet worden war, die sich spätabends dort trafen, um sich Filme von Coppola und Scorsese anzusehen und dicke Zigarren zu rauchen. Ich hingegen stellte mir die Bar lieber als geheimen Treffpunkt von guten Feen vor, die sich dort bei einem Martini ausruhten und über die Verrücktheiten der Menschen sprachen, bevor sie wieder ins Land der Träume weiterzogen, wenn Pierre das Licht ausmachte und nach Hause ging.

Glücklicherweise waren wir uns niemals einig, was das Geheimnis der versteckten Bar anging.

Am Samstagnachmittag überraschte mich auf der Treppe eine fröhliche Musik, die von unten hochschallte. Ich war in meinem Zimmer gewesen und hatte ein paar Kapitel in dem seltenen Fundstück gelesen, das ich in Dons Regalen ausgegraben hatte – ein vergilbtes Exemplar von Robert Louis Stevensons *Schatzinsel* –, als mich plötzlich die Sehnsucht nach Gesellschaft überkommen hatte. Neugierig ging ich die letzten Stufen hinunter, trat ins Esszimmer und traf auf Sarah und die Zwillinge, die ausgelassen zu *Counting Stars* von One Republic durch das Zimmer tanzten.

Sarah machte mir ein Zeichen, dass ich mich dem fröhlichen Gehopse anschließen sollte, und als die Zwillinge mich bemerkten, kamen sie sofort auf mich zu. Sie nahmen mich an den Händen und zogen mich fröhlich in die Mitte des Raums. Zu dieser Musik zu tanzen, zu springen, zu lächeln und sich zu verdrehen wirkte ansteckend. Sie hatten das grüne Sofa an die Fensterfront geschoben, und die Zwillinge hatten sich die Schuhe ausgezogen und hüpften auf den weichen Kissen herum.

»Sie sind zu lange nicht an der frischen Luft gewesen«, erklärte Sarah mir über die tanzenden Köpfe der Kinder hinweg. »Sie müssen Adrenalin abbauen.«

Ich glaube, in diesem Moment begriff ich, dass es viel einfacher war, glücklich zu sein, als ich gedacht hatte. Man musste nicht angesichts jeden Details des Universums in Schwermut und Trauer verfallen. Möglicherweise ließen sich Probleme nicht dadurch lösen, dass man in der Küche der Bercks eine Tasse Tee trank und ein großes Stück Zitronenkuchen aß, mit den Argonauten in einer Schneekugel tanzte oder mit Charlie und dem T-Rex Superschurken jagte, aber wenn man in der Lage war, seine Probleme zu relativieren und einzuschätzen, wie schlimm sie wirklich waren, verloren sie so viel Gewicht, dass sie beim ersten Windstoß davonflogen. Und dort draußen blies – wie ich mir in Erinnerung rief –

nicht nur ein kleines Lüftchen: Ich hatte ein ganzes Unwetter zur Verfügung.

Ich glaubte nicht daran, dass Tanzen einer Therapie gleichkam oder dass man Freude an einem anderen Ort finden konnte als in sich selbst, aber hier, in diesem Haus mit den drei Kaminen zu sein, mit den tanzenden Argonauten und dem ermutigenden Lächeln ihrer Mutter, ließ alles in einem freundlicheren Licht erscheinen – selbst meine melancholischen Erinnerungen. In diesen Ferientagen in dem winterlichen Paradies der Bercks, wo nichts Schlimmes passieren konnte, würde ich keines meiner Probleme lösen können, aber ich würde diesen Ort mit einer anderen Sicht auf die Dinge verlassen – und mit der festen Überzeugung, dass ich selbst auf Strümpfen in der Lage war, neue Wege zu beschreiten.

Erschöpft vom Tanzen ließ ich mich lachend auf den dicken Teppich fallen, rechts und links von mir die Argonauten, die jauchzend über mich purzelten. Ich schaute glücklich seufzend auf und blickte in Dons dunkle Augen. Ich hatte keine Ahnung, wie lange er schon an der Tür gestanden und uns zugesehen hatte. Er lehnte im Türrahmen mit verschränkten Armen und seinen wie stets konzentriert gerunzelten Augenbrauen und blickte auf das Tohuwabohu.

Und dann geschah etwas Unerwartetes.

Don kehrte aus dem finsteren Reich seiner dunklen Gedanken zurück, und ohne den Blick von mir abzuwenden, begann er zu lächeln.

# Rückkehr nach Coleridge

## KATE

Entgegen aller Vorhersagen – der Wetterdienst meldete auch für die kommenden Tage heftigen Schneefall – begann der Sonntag mit einem wolkenlos heiteren Himmel. In der Nacht hatte es geregnet, was den dicken Schneeteppich ein wenig hatte schmelzen lassen.

Ich wickelte mich in meinen Mantel, versenkte die Füße in einem Paar riesiger Gummistiefel, die ich an der Garderobe fand, und wagte mich hinaus, um festzustellen, dass die Straße frei war und ich nun keine Entschuldigung mehr hatte, mich noch länger in dem wunderbaren Haus mit den drei Kaminen vor der Welt zu verstecken.

Die Kälte war immer noch da und griff mit eisigen Fingern nach meinem Gesicht, als ich langsam den kleinen Weg entlangging, der das Haus mit der Straße verband. Während ich mit tollpatschigen Schritten über die dünne, vom Regen aufgeweichte Schneeschicht schlurfte, konnte ich den Kies darunter schon ahnen. Ich blickte zu dem Birkenwäldchen hinüber, das glitzernd in der Morgensonne lag. Immer wieder rutschte Schnee von den Ästen und fiel auf die vom Firn versteckten Wege. Veilchen gab es keine.

Ich steckte die Hände in die Taschen und blickte zu Boden, um nicht nach vorn schauen zu müssen. Bald würde ich meinen Zufluchtsort verlassen müssen, und der Gedanke daran schmerzte ebenso wie die Erinnerungen an die trüben Novembertage in Coleridge oder die sehnsüchtige Erinnerung an den Spaziergang im Schnee an der Seite eines Mannes, der in der Lage war, mir den Atem zu nehmen und meine Gedanken durcheinanderzuwirbeln.

Als ich ins Haus zurückkehrte, empfing mich der köstliche Duft nach Kaffee, Karamell und frisch gebackenen Pancakes. Ich zog mir gerade Mantel und Stiefel aus, als die beiden blonden Teufelchen herangestürmt kamen.

»Es ist Sonntag!«, riefen sie mir zu. »Beeil dich, Kate!«

Sie stolperten über Don, der die Treppe herunterkam, und setzten ihren wilden Lauf in die Küche fort.

»Pancakes«, wiederholte er ernst und blickte auf die nassen Stiefel, die ich wieder an ihren Platz gestellt hatte.

»Ich war draußen. Die Straße ist frei, und die Busse und Bahnen scheinen auch wieder zu fahren.«

»Du gehst?«

Ich nickte stumm und wünschte mir so sehr, dass das Unwetter erneut losbrechen würde, dass ich aus Angst, Don könnte meine Gedanken erraten, meinen Blick abwenden musste.

»Vielleicht könntest du mich zum Bahnhof bringen ...«

Langsam, als fürchtete er, ich könnte mich plötzlich in Luft auflösen, trat Don so dicht an mich heran, dass er mich fast berührte. Er hatte gerade geduscht, und sein Haar war noch nass und noch wirrer als sonst. Er trug Jeans und ein dunkles Shirt und roch wie die Wälder von Coleridge nach dem Regen.

»Bleib doch noch einen Tag«, bat er leise. »Heute ist Sonntag, du verpasst nichts – und es gibt Pancakes.«

Ich hob den Kopf, um in seine dunklen Augen zu sehen, und wusste, dass ich verloren war.

»Morgen muss ich auch in die Stadt«, beharrte er, »dann nehme ich dich mit.«

»Sind die barbarischen Horden hier schon vorbeigekommen?«, fragte Charlie, der jetzt die Treppe herunterkam. Er musterte uns eindringlich und schüttelte dann den Kopf. »Bei aller Liebe, aber ihr solltet hier nicht länger herumstehen. Die beiden Klone werden euch alle Pancakes wegfuttern.«

Dies war mein erster Sonntag im Hause Berck, die unverkennbare Zäsur, die meinen Besuch beendete und mir die Gelegenheit gab, mich langsam und schweren Herzens von jedem einzelnen Hausbewohner zu verabschieden.

Heimatlos, ängstlich und in dem Bewusstsein, dass hinter der Tür meiner Wohnung wieder die Traurigkeit auf mich lauerte, machte ich mich am Montagmorgen mit Don auf den Weg in die Stadt. Am Abend würde er ohne mich zurückkehren.

Ich hatte eine riesige Papiertüte dabei, die die Bilder enthielt, die die Argonauten für mich gemalt hatten, etwas von dem lecken Abendessen vom Vortag, drei süße Brötchen und einen ganzen Laib Sesambrot, dessen Teig ich unter dem prüfenden Blick von Norman Berck persönlich geknetet hatte. Meine Schuhe waren trotz Sarahs Bemühungen nicht mehr zu retten gewesen. An ihrer

Stelle trug ich Dons Gummistiefel und seine furchtbaren dicken Socken, die ich mich in einem Anflug von Rebellion zurückzugeben geweigert hatte.

Norman hatte mir das Versprechen abgenommen, mich seinem Brotbackkurs anzuschließen, und Sarah und die Argonauten hatten mich ihrer ewigen Freundschaft versichert.

Mein Telefon hatte ich, wie mir erst später auffiel, in der Kommode in Dons Zimmer zurückgelassen und vielleicht auch meinen heimlichen Wunsch, noch einmal wiederzukommen, um das Birkenwäldchen im Frühling zu sehen.

Wie sollte ich nach diesen hellen Tagen den Faden meines alten Lebens wieder aufnehmen? Wie sollte ich erneut durch die leeren kalten Straßen laufen, nachdem ich in Norman Bercks Küche gegessen hatte? Wie sollte ich mich selbst davon überzeugen, dass das Licht in meiner tristen grauen Welt das gleiche war, nachdem ich das Leuchten in den Augen der Argonauten gesehen hatte?

Und wie sollte ich mich von dem ernsten, schweigsamen Mann verabschieden, der mich von seinem Platz hinter dem Lenkrad aus mit einem unergründlichen Gesichtsausdruck ansah, während ich meine Taschen und meine Hoffnungslosigkeit zusammensammelte, um durch die Tür meines alten Hauses zu verschwinden?

# Wie viele Stunden hast du geschlafen?

KATE

Coleridge erholte sich schnell von den Zerstörungen durch das Unwetter. Wie kleine fleißige Ameisen arbeiteten überall Menschen daran, die Schäden zu beseitigen: abgerissene Stromleitungen, umgefallene Bäume, zerbrochene Fensterscheiben, umgeknickte Straßenschilder ... Die Stadt nahm langsam ihren gewohnten Rhythmus wieder auf und hatte sich nicht einmal durch das größte Unwetter aller Zeiten aus der Ruhe bringen lassen.

Auch mein Garten hatte die Auswirkungen des Big White Storm zu spüren bekommen, wie man ihn später nannte. Für mich würde es immer Williams Unwetter bleiben. Vorsichtig öffnete ich die neben dem Zählerkasten versteckte Tür und blieb aus Angst, ein Bild der Verwüstung vor mir zu sehen, mit klopfendem Herzen einen Moment auf der Schwelle zu meinem kleinen Urwald stehen. Doch wie es aussah, hatte der Garten die magische Fähigkeit, allen Widrigkeiten zu trotzen.

Einige der Bäume – die größten wie die Kastanie und der Kirschbaum – hatten fast alle ihre Blätter und mehrere Äste verloren. Abgerissene Zweige lagen auf dem Boden oder hingen im Geäst und verliehen den Bäumen das Aussehen spukender Skelette. Die kleineren Pflanzen in den Ecken und an der Mauer auf der Westseite waren von Eis und Schnee bedeckt. Viele der Blumen hatten keine Blütenblätter mehr, die schönen Glyzinien allerdings und der für die Kälte gerüstete Stechginster waren beinahe unbeschädigt.

Zum Glück hatte der Garten das Unwetter einigermaßen gut überstanden, und als ich weiter hineinging und zwischen dem herbstlichen Farn hindurchschlenderte, wiegte dieser sich bedächtig, strich an meinen Beinen vorbei und wirkte irgendwie zufrieden, mich wiederzuhaben.

Dort, im Garten, traf mich später auch Pierre an, als ich, mit Schaufel, Harke und Gartenschere ausgerüstet, die ich mir von der alten Miss Maudie geliehen hatte, versuchte, das Chaos wieder zu beseitigen.

»Ah, wie schön, du lebst noch«, begrüßte er mich vorwurfsvoll, die Hände in den Taschen und mit einem herausfordernden Blick in den blassblauen Augen.

»Ich habe dir doch schon gesagt, dass ich mein Handy in einer Schublade vergessen habe ...«

»... im Zimmer eines Mannes, der jedes Mal, wenn er ein Bier bestellt, die Eiswürfel hinter der Theke zum Schmelzen bringt.«

»Es ist nichts passiert zwischen uns.«

»Das kann ich kaum glauben. Vergiss nicht, dass ich gesehen habe, wie er dich anschaut.«

»Ach, Pierre ...«

Wahrscheinlich hörte Pierre die leichte Traurigkeit in meiner Stimme, denn er drang nicht weiter in mich. Wir hatten am Morgen kurz telefoniert, und er hatte versprochen zu kommen, um mir im Garten zu helfen.

Also nahm er die Hände aus den Taschen und zog sich ein Paar Handschuhe über, die neben einer leicht verdrießlichen Magnolie am Boden lagen.

»Er gefällt dir, gib es ruhig zu.«

»Natürlich gefällt er mir, was hast du denn gedacht?«

»Wovor hast du Angst?«

»Nicht ich bin diejenige, die Angst hat. Wenn es um Don geht, ist alles umgekehrt.«

Pierre nahm die Schaufel und zog sich ans andere Ende des Gartens zurück, um den Rosmarin, den Lavendel und ein paar andere Büsche auszugraben. Ich konnte sein überraschtes Gemurmel hören, als er feststellte, dass die Pflanzen unter dem Schnee und dem Eis fast alle noch intakt waren und sich ihm unerschütterlich entgegenreckten.

»Das kann ja nicht mit rechten Dingen zugehen«, meinte er, nachdem er ein paar Säcke mit Blättern und abgebrochenen Zweigen gefüllt hatte. »Nicht mal das schlimmste Unwetter aller Zeiten hat es geschafft, diesen Garten zu zerstören.«

»Sei still«, schimpfte ich. »Wenn die wilden Rosen das hören, bestrafen sie mich im Frühling, indem sie sich zu blühen weigern. Hilf mir mal.«

Den Rest des Morgens arbeiteten wir schweigend, füllten Säcke mit Gartenabfällen und kratzten Schnee und Eis zusammen. Die Säcke leerten wir in eine der Biotonnen in meiner Straße und kehrten dann verschwitzt und müde zurück, um unser Werk noch einmal zu betrachten. Der Garten strahlte in dem milden Sonnenlicht, das uns an diesem Tag vergönnt war.

Pierre brachte Miss Maudie die Gartengeräte zurück, und ich ging in meine Wohnung hinauf und bereitete einen kleinen Imbiss für uns zu. Meine Küche erschien mir plötzlich so leer, und im Licht der Erinnerung an das Haus mit den drei Kaminen und seiner warmen behaglichen Küche kam sie mir klein, kalt und dunkel vor. Dort hatten mich die starken Arme eines wundervollen Mannes umfasst, und wir schienen unter einem sternenlosen Himmel zu schweben, während sich der Duft nach Kaffee und ein pfeifender Teekessel in das Pentagramm unserer rhythmisch schlagenden Herzen einschrieben.

Ich stellte eine Auflaufform mit einer mit Käse, Rosmarin und Tomate belegten *focaccia* in den Ofen und wischte meine Erinnerungen fort, wie man ein Spinnennetz entfernt, das im Weg hängt. Dann schüttete ich ein paar Oliven und Käsewürfel in kleine Schüsseln, bereitete aus den Zutaten, die ich im Kühlschrank fand, einen einfachen Salat zu und brachte alles auf einem großen Tablett in den Garten hinunter. Als die *focaccia* fertig war, nahm ich sie aus dem Ofen und trug sie zusammen mit zwei Flaschen Schwarzbier nach unten. Pierre hatte die Kissen auf die Hollywoodschaukel und die Gartensessel gelegt und erwartete mich unter den nun nicht mehr ganz so tiefhängenden Ästen der frisch gestutzten Kastanie. Mit den Bewegungen eines erfahrenen mittelalterlichen Hofdieners schenkte er das Bier ein, ließ sich dann zufrieden auf seinem bequemen Sitzplatz nieder und wärmte sich die Hände an einem Stück des warmen Brots.

»Das Leben ist schön«, sagte er seufzend, während er genussvoll in die *focaccia* biss.

Ich lächelte und blickte zufrieden auf meinen kleinen verwunschenen Garten. Es war ganz still hier, der hektische Rhythmus der Stadt war draußen geblieben, jenseits der alten roten Backsteinmauern, an denen sich der Efeu emporrankte. Dieser wilde Garten schien mir plötzlich eine Metapher für Beständigkeit zu sein, allem trotzend und nur den wechselnden Jahreszeiten unterworfen. Der Gedanke war beruhigend.

Ich lehnte mich zurück. »Du hast mir noch gar nicht gesagt, wo du warst, als das Unwetter losbrach, Pierre«, sagte ich dann.

»Im Bett, meine Liebe, im Bett. Ich habe geschlafen, denn wie du weißt, arbeite ich nachts. Mario hatte nicht so viel Glück, denn er war bei einer Ausstellung im Galerienviertel. Als er nach Hause kam, sah er aus wie ein begossener Pudel.«

Ich lächelte boshaft, als ich mir den stets eleganten Mario vorstellte, nachdem ihn die meteorologische Apokalypse kalt erwischt hatte.

»Die Tage bei den Bercks haben dir gutgetan«, meinte Pierre, nachdem er einen Schluck von seinem Bier getrunken hatte.

»Es war eine wunderbare Zeit.«

»Wie Urlaub?«

»Noch besser«, erklärte ich seufzend und dachte an den Duft von Kaffee und Pancakes, das Lachen der blonden Argonauten, die Gespräche mit Sarah, die beruhigende Gegenwart Norms, das kleine Spionageabenteuer mit Charlie und an Dons Hände, die mich festhielten, als wir draußen im Schnee standen und alles um uns herum neu war, in dieser weißen Landschaft, in diesem außergewöhnlich kalten November, der mir am Ende Frieden und Zuversicht gebracht hatte.

»Was genau ist eigentlich mit dir los?«, fragte Pierre, stellte sein Bierglas auf den Tisch und sah mir direkt in die Augen, als ob er so in meine Geheimnisse eintauchen könnte.

»Ich habe beschlossen, nicht länger traurig zu sein.«

»Na dann«, entgegnete Pierre lächelnd, »worauf wartest du?«

»Ich warte nicht mehr.«

Während wir aßen, erzählte ich Pierre von meinem Abschiedsbesuch im Archiv von Milton und dem Tee mit Dolores Weiseman. Ich berichtete ihm von meinem seltsamen Abenteuer mit Lando Calrissian und Charlie Berck und meinem festen Entschluss, darauf vorbereitet zu sein, im täglichen Leben das nicht Sichtbare zu finden. Ich versprach ihm, dass er mehr über meine Zeit bei den Bercks erfahren würde, nur nicht jetzt, denn es war mir unerträglich, über das zu sprechen, was ich bereits als eine besondere, zerbrechliche, lieb gewonnene Erinnerung abgespeichert hatte. Am Telefon hatte ich Pierre bereits zweimal erzählt, wie Don mich, um mich zu retten, heldenhaft in den Sonderzug gelotst hatte, aber die Neugier meines Freundes war unersättlich, und er fragte ständig nach dem Haus mit den drei Kaminen und seinen Bewohnern. Ich verstand ihn sehr gut, denn mein Aufenthalt dort erschien mir bereits jetzt wie ein schöner Traum, der in der Lage war, alte Wunden zu heilen.

Das Licht der untergehenden Sonne tauchte den Garten bereits in honig- und karamellfarbene Töne, als wir unseren zweiten Tee getrunken hatten. Pierre wirkte müde. Und ich musste in einer halben Stunde in Longfellow sein.

»Ich muss los«, erklärte ich mit einem Blick auf die Uhr. »Gestern hat Josh mich angerufen, um mir zu sagen, dass ich heute um sechs Uhr im Sender sein soll. Xavier hat eine dringende Versammlung einberufen, keine Ahnung, worum es geht.«

»Vielleicht will er ein Gesetz zur Anbetung seiner Person einführen«, spottete Pierre, während er aufstand und sich streckte. »Letzten Freitag ist das Programm jedenfalls ausgefallen, nicht mal Xavier war in der Lage, über eine Schneeschicht von vierzig Zentimetern zum Sender zu schweben.«

»Ich verabschiede mich jetzt schon«, sagte ich, nachdem ich Pierre eilig auf beide Wangen geküsst hatte. »Das Geschirr räume ich später weg. Ich geh nur ganz schnell rauf und hol mir noch etwas Warmes zum Drüberziehen.«

»So einfach willst du mich abspeisen?«, fragte Pierre scheinbar empört.

»Ich erzähle dir mehr, wenn du es verdient hast.«

»Ich werde es mir verdienen, meine Liebe. Morgen komme ich wieder in deinen verhexten, unzerstörbaren Garten und bringe eine Tüte mit Vanillecroissants mit.«

»Dann bleibt mir wohl nichts anderes übrig, als dich einzulassen«, sagte ich mit einem gespielten Seufzen.

Pierre zwinkerte mir zu.

»Ach, übrigens, erinnere mich daran, dass ich dir zu gegebener Zeit mal etwas über die Wirkkraft dicker Wollsocken erzähle. Dein Vater wäre begeistert.«

»Und was ist mit deinen Eltern? Hast du sie schon angerufen?«, gab er zurück.

»Nein. Diesmal warte ich, bis sie mich vermissen.«

Wir schlossen sorgsam die Tür zum Garten ab, als bewahrten wir das größte aller Geheimnisse darin auf. Dann lief ich nach oben, um mir einen dicken Mantel und einen Schal zu holen, und wir traten gemeinsam auf die Straße hinaus. Doch bevor Pierre auf dem Weg zur Bushaltestelle um die Ecke bog, drehte ich mich noch einmal um und erregte mit einem Pfiff seine Aufmerksamkeit.

»He, Pierre! Du hast mich noch gar nicht gefragt, wie viele Stunden ich geschlafen habe«, rief ich dem reizendsten aller Barkeeper zu.

»Wie viele Stunden hast du geschlafen, Kate?«

»Die ganze Nacht. Ich habe geschlafen wie ein Murmeltier.« Ich winkte glücklich, während Pierre mit einer perfekten Verbeugung seine Bewunderung ausdrückte.

# William arbeitet nicht mehr hier

## KATE

Als ich mit meinem kleinen eigensinnigen Ford auf die Autobahn fuhr, begann es zu regnen. Am Vortag hatte Dons Mechanikerfreund bei mir angerufen und mich gebeten, das Auto aus seiner Werkstatt abzuholen. Zum Glück hatte sich der Schaden, als die nötigen Ersatzteile eingetroffen waren, ohne großen Aufwand beheben lassen, und mein motorisiertes Vehikel ließ sich wieder ohne Probleme starten.

Ich fuhr ungehindert über die von Schnee und Matsch befreite Autobahn nach Longfellow, und die mich umgebende Landschaft sah so anders aus als sonst zu dieser Jahreszeit, dass ich fast das Gefühl hatte, mich in einer anderen Klimazone zu befinden.

Als ich das Autoradio einschaltete, ignorierte ich die Lokalnachrichten, in denen davon die Rede war, dass das Leben in der Stadt zur Normalität zurückgefunden hatte, und stellte den von Don bevorzugten Jazzsender ein.

In Longfellow parkte ich den Wagen direkt gegenüber dem schönen Gebäude aus dem neunzehnten Jahrhundert, in dem sich der Radiosender befand, und hörte die letzten Schläge der Kirchenuhr. Es war sechs Uhr, und die Dunkelheit wurde von den Straßenlaternen sanft erhellt. Leichter Regen tropfte auf meinen Schirm.

Im Gebäude war es angenehm warm, und es roch nach altem Papier. Wie üblich achteten die alten Leute nicht auf mich, als ich zu der Treppe neben der Bar hinüberging, und der glatzköpfige Barkeeper erwiderte meinen Gruß mit einem Kopfnicken. Offensichtlich hatte sich während meiner Abwesenheit nichts verändert.

Ich stieg die steilen Stufen hinauf und stieß entschlossen die Holztür auf, die zum Radiosender führte. Zu meiner Überraschung sah ich Xavier und Josh mit ungewöhnlich ernsten Mienen am Tisch der kleinen Redaktion sitzen. Ich winkte und richtete den Blick auf das Aquarium. Santi, der Techniker, lächelte und winkte mir von seinem Platz hinter der makellosen Glasscheibe aus zurück.

Josh erhob sich, um mich auf die Wangen zu küssen, und half mir mit dem Schirm und meinem Mantel. Xavier wartete, bis wir wieder Platz genommen hatten. Dann teilte er uns mit, warum er uns in den Sender bestellt hatte.

»Das Programm kommt nicht gut an.«

»Woher weißt du das? Hast du Informationen über die Anzahl der Hörer?«, fragte Josh reserviert.

»Überrascht euch das jetzt?«, fuhr Xavier ungerührt fort. »Ich meine, habt ihr etwa geglaubt, dass das Gequatsche über Napoleon wie eine Bombe einschlägt?«

»Kates Programm ist gut. Genau wie der Rest. Du sagst, dass das Programm nicht gut ankommt, aber ich habe das Gefühl, dass das nur deine subjektive Wahrnehmung ist.«

»Wo ist eigentlich William?«, fragte ich.

Xavier lachte bitter und sah mich abschätzig an.

»Der ist von einem großen Radiosender angeheuert worden, wo er seine meteorologischen Theorien zu dem Unwetter erläutern kann«, sagte er dann. »Er ist jetzt eine Berühmtheit.«

»Ist das wahr?«, fragte ich Josh.

Josh nickte und erklärte mir dann, dass, nachdem sich Williams wiederholte Warnungen tatsächlich bestätigt hatten, zwei Polizisten in einem Schneeräumfahrzeug zu ihm nach Hause gefahren waren, um ihn zu bitten, sie ins Observatorium zu begleiten, das die Behörden zur Einsatzzentrale erklärt hatten. Dort hatte William endlich die Gelegenheit bekommen, seine Theorien über das Unwetter ausführlich darzulegen, das seiner Meinung nach noch mindestens vier Tage anhalten und die Stadtbewohner in ihren Häusern festhalten würde.

Von da an hatte das Meteorologische Observatorium Williams Worte ernst genommen. Und weil sich alle seine Vorhersagen bewahrheitet hatten, war unser kleiner Wetterprophet mit einem Mal zur Berühmtheit geworden. Alle Radio- und Fernsehsender wetteiferten darum, ein Interview mit ihm zu bekommen.

»Es heißt, dass er jetzt sogar ein Buch schreiben will«, setzte Josh mit einem Lächeln noch eins drauf.

»Wie pathetisch«, knurrte Xavier, grün vor Neid.

Ich freute mich für William, dass er mit seinen Vorhersagen recht gehabt hatte. Zumal ich in mehr als einer Hinsicht gerettet worden war.

»Wie auch immer, *Endlich Freitag!* hat sich erledigt, der Titel ist veraltet und auch nicht mehr witzig«, fuhr

Xavier schließlich fort. »Ich habe euch hergebeten, um euch darüber zu informieren, dass ich die Sendung abgesetzt habe.«

Josh protestierte. Er fand, dass unsere Sendung immer noch ihren Reiz hatte, und glaubte Xavier nicht, dass die Hörer sie nicht schätzten. Er fragte nach Zahlen und Daten, über die Xavier nicht verfügte, weil er die Entscheidung einfach aus Willkür getroffen hatte, sodass es zwischen den beiden zum Streit kam. Ich war ebenfalls anderer Meinung als Xavier, bedauerte, dass er die Sendung einfach so einstellen wollte, und unterstützte Joshs Argumente. Aber mir war auch klar, dass wir gegen die Entscheidung dieses von Neid zerfressenen Tyrannen am Ende nichts würden ausrichten können. Leider war es sein Programm, er war der Studioleiter, der Produzent und Gesellschafter des kleinen Senders.

Ich blieb, bis Joshs Eifer nachzulassen begann und Xaviers Attacken immer persönlicher wurden. Als er sich zum wiederholten Mal über meine Art zu reden und das Thema, das ich ausgewählt hatte, lustig machte, drückte ich besänftigend Joshs Arm, um ihm zu verstehen zu geben, dass er Ruhe bewahren sollte. Dann stand ich lächelnd auf und verabschiedete mich.

»Viel Glück, Jungs. Es war mir ein Vergnügen, für eine Weile bei euch mitzumachen«, sagte ich zum Abschied.

Und das meinte ich ganz ernst, denn ich wusste, dass die Tatsache, dass ich an jenem ersten Freitag im Herbst hergekommen war, den Beginn meiner wundersamen Verwandlung ausgelöst hatte. Ich hatte diese Tür am Ende der steilen Treppe geöffnet und diesen Schlupfwinkel entdeckt, wo ich zum ersten Mal ernsthaft darüber nachgedacht hatte, bei Milton zu kündigen und einen anderen Weg einzuschlagen. Hier hatte ich gelernt, dass es so viele verschiedene Arten von Einsamkeit gab wie Menschen und dass es möglich war, seine Einsamkeit einmal pro Woche für ein paar Augenblicke zu teilen und nicht mehr einsam zu sein.

Ich zog meinen Mantel an, nahm meinen Schirm und lächelte, ohne auf Xaviers Sarkasmus und Joshs immer schwächer werdenden Protest zu achten. Nach einem letzten Blick auf das gemütliche kleine Nest unterm Dach, das so einladend war wie eine Bibliothek im Winter, verabschiedete ich mich von Santi, indem ich ihm freundlich zuwinkte. Sein Lächeln war das Letzte, was ich sah, bevor ich den kleinen Lokalsender verließ.

Josh erreichte mich am Fuß der Treppe, wo ich mich gerade von dem glatzköpfigen Barkeeper verabschiedete.

»Kate, warte«, bat er mich atemlos. »Bitte, nur für einen kurzen Moment.«

Er nahm mich am Arm, und wir setzten uns an einen der leeren Tische in dem riesigen, schlecht beleuchteten Saal. Das Gemurmel der alten Leute und gelegentliches Husten waren unsere Hintergrundmusik.

»Kate, letzte Woche hat einer der Techniker mir erzählt, dass es einen Wettbewerb gibt, an dem man mit einem Demoband für ein Interview- und Unterhaltungsmagazin teilnehmen kann. Hier in Longfellow. Der Gewinner bekommt einen Vertrag für eine wöchentliche Radiosendung. Eine bezahlte Sendung.«

Ich sah ihn verwirrt an.

»Möchtest du mit mir zusammen an diesem Wettbewerb teilnehmen?«, fragte er mich mit einem strahlenden Lächeln.

»Also ...«

»Ich sag das nicht, weil unsere Sendung eingestellt
wurde. Ich hatte keine Ahnung, dass dieser blöde Xavier
uns deshalb herbestellt hat, und wollte es dir sowieso
sagen, weil ich glaube, dass wir ein ziemlich gutes Team
sind.«

Ich wusste nicht, was ich sagen sollte. Meine Enttäuschung darüber, dass *Endlich Freitag!* eingestellt worden
war, war so groß, dass ich in diesem Moment nicht in
der Lage war, über Alternativen nachzudenken.

»Ich habe für die übernächste Woche ein Aufnahmestudio gemietet. Am Dienstag. Das heißt, wir haben
neun Tage Zeit für das Skript und alles andere. Ich würde gern den Nachrichtenteil übernehmen, und du bist
sehr gut darin, mit Menschen umzugehen, Interviews zu
führen und so weiter ... Na ja, du bist in allem gut, aber
am Mikrofon ganz besonders.«

»Ich weiß nicht, Josh. Ich muss erst einmal verdauen,
dass unsere Sendung eingestellt wurde, nachdem es gerade anfing, mir Spaß zu machen. Jetzt, da ich wirklich
Zeit dafür hätte.«

»Dass du jetzt Zeit hast, ist doch perfekt. Bitte sag Ja!
Dann können wir uns gleich morgen treffen, um über
unser eigenes Programm nachzudenken.«

Ich blickte hoffnungsvoll auf die Stufen, die zu dem
gemütlichen Kaninchenbau hinaufführten. Vielleicht
würde ich doch noch mal dorthin zurückkehren.

»Also gut. Versuchen wir es«, sagte ich schließlich.

»Super! Dann haben wir einen Deal«, entgegnete Josh und hielt mir seine Hand hin.

»Nur wir beide?«

»Erst mal ja, wenn du einverstanden bist.«

»Ich bin absolut einverstanden.«

»Also du und ich und Santi als Techniker natürlich. Er hat versprochen, uns bei der Aufnahme zu unterstützen.«

Ich lächelte erfreut und verabschiedete mich mit zwei Wangenküssen und einer festen Umarmung von Josh.

»Oh! Das ist neu.« Er lachte, nachdem er meine Umarmung herzlich erwidert hatte.

»Ja«, erklärte ich stolz, während ich zur Tür ging, »vieles ist neu. Wir sehen uns morgen, um alles vorzubereiten. Und erinnere mich daran, dass ich unserem Techniker etwas mitbringe.«

»Was denn?«, fragte Josh neugierig.

»Einen Glasreiniger.«


Draußen empfing mich eine ruhige, sternenlose Nacht. Es hatte aufgehört zu regnen. Ich schaltete das Radio ein und machte mich auf den Heimweg. Und während Cole Porters sanfte Klänge mich begleiteten, versuchte ich, Xavier und das, was er über mich gesagt hatte, aus meinem Kopf zu verbannen. Ich hatte mich entschieden, durch die Tür zu gehen, die Josh für mich geöffnet hatte. Aber ich wollte mir auch nicht allzu viele Hoffnungen machen. Das war ein Wettbewerb, und die Chancen, zu gewinnen, waren gering.

Ich lehnte mich in meinem Sitz zurück, fuhr durch die Dunkelheit und dachte wieder an das Lächeln der Argonauten, den Duft nach Zitronenkuchen in Normans Küche, an seinen Möhrenkuchen und die Pancakes mit Karamellsauce. Ich erinnerte mich daran, wie Sarah sanft über die Köpfe ihrer Kinder strich, an den angenehmen Humor, zu dem Charlies ständiger Sarkasmus wurde, wenn er einen Schluck von Onkel Sawyers Cognac genommen hatte, an das Knistern des Feuers im Kamin. Ich stellte mir jedes Detail des Hauses mit den drei Kaminen vor, ich dachte an das verschneite Wäldchen, an die nicht vorhandenen Veilchen und den Schnee, der uns jede Nacht in eine neue Schicht weißer Watte gebettet hatte ... Aber sosehr ich mich auch bemühte, kehrten meine Gedanken doch immer wieder zu Dons ungekämmtem Haar zurück.

Ich vermisste ihn. Hatte ihn schon vermisst, als ich noch bei ihm war, jedes Mal, wenn er mich mit diesem geistesabwesenden Blick angesehen hatte. Ich hatte das Zögern seiner Hände gespürt, die Zärtlichkeiten, die er nicht wagte, das Bemühen, seine Wünsche und seine Worte im Zaum zu halten. Don hatte mich vor der Einsamkeit und dem Unwetter gerettet, aber vor dem Kampf, der in seinem Innersten tobte, konnte er sich nicht retten.

Und ich, die ich mich seiner rührenden Aufmerksamkeit, seiner zärtlichen Sorge, seinem aufrichtigen Beschützerinstinkt, seinen zusammengezogenen Augenbrauen und dem nicht vorhandenen Lächeln einfach überlassen hatte, fühlte mich nun verloren und vermisste seine Wärme. Ich empfand eine unerklärliche Furcht davor, ihn nicht mehr wiederzusehen, nicht in der Lage zu sein, meine oder – schlimmer noch – seine Zurückhaltung zu überwinden.

Ich war in der Lage gewesen, meine Traurigkeit abzuschütteln, hatte in dem Archiv im sechzehnten Stockwerk eine verborgene Geschichte gefunden, hatte Detektiv gespielt und hatte in einem Haus mit drei Kaminen und sechs besonderen Bewohnern gelernt, dass jede Einsamkeit nur der Ausgangspunkt dafür ist, etwas zu verändern. Und wegen all dem war ich davon überzeugt, dass ich nun in der altbekannten, mir lieb gewordenen Umgebung neu anfangen konnte.

Ich parkte das Auto vor dem alten Haus, in dem ich wohnte, und blieb noch eine Weile hinterm Steuer sitzen. Mein Gesicht war von Tränen überströmt. Ich hatte den größten Teil der Strecke über leise geweint, das ruhige, süße Weinen eines Menschen, der genau weiß, wie es sich anfühlt, zu Hause zu sein, weil er sein Heim gerade gefunden hat.

An jenem Abend hätte ich alles gegeben, um wieder in dem Haus mit den drei Kaminen zu Bett gehen zu können.

# Von allen Menschen auf der Welt

## KATE

»Bitte weinen Sie nicht, Katherine. Warum weinen Sie? Weil Sie in diesem grässlichen alten Haus leben müssen?«

Rodolfo Torres, groß, kräftig und finster wie die Nacht, wartete im Hauseingang auf mich.

»Wie haben Sie mich gefunden, Mr. Torres?«, fragte ich, während ich mir die Tränen abwischte.

»Die Kollegen von der Personalabteilung haben mir Ihre Adresse gegeben. Ich muss sagen, sie wirkten ziemlich entsetzt, als ich sie darum gebeten habe. Wohnen Sie wirklich hier?«

Ich sah den T-Rex im Licht der Straßenlaterne verwirrt an.

»Mr. Torres, das ist das erste Mal, dass Sie mit mir reden, ohne zu schreien.«

»Nun, das ist doch eine Veränderung zum Positiven.« Mein Ex-Chef sah mich mit einem Ausdruck aufrichtiger Besorgnis an, hielt mir ein Taschentuch entgegen, das ich dankbar annahm, und hakte sich bei mir unter. Sein teurer, eleganter grauer Mantel fühlte sich angenehm an.

»Ich würde Sie gern zu einem Kaffee einladen. Gleich um die Ecke habe ich ein recht einladendes Lokal gesehen.«

Zu keiner Reaktion in der Lage, ließ ich mich fortführen. Wer war dieser Mann, und wo war mein furchtbarer Chef von Milton Consultants geblieben?, dachte ich, als wir die menschenleere Straße entlanggingen. Jenes Monster, das leitende Angestellte zum Frühstück verspeiste und Geschäftsführer zum Mittagessen, ging jetzt ganz ruhig neben mir her und hielt meinen Arm umfasst, bereit, ein Café zu betreten, in dem hübsch verzierte Madeleines für ein Pfund fünfzig angeboten wurden.

Als wir unsere Mäntel und Schals abgelegt und bei einem hageren Kellner mit missmutigem Gesichtsausdruck unseren Kaffee bestellt hatten – der T-Rex orderte eigenartigerweise einen koffeinfreien –, gelang es mir endlich, meinen Tränenfluss zu bremsen und meine Sehnsüchte in Seidenpapier einzuwickeln, um sie später, in der Einsamkeit meines Schlafzimmers, wieder hervorzuholen. Die Tatsache, dass ich mit meinem fürchterlichen Ex-Chef allein in einem Café saß, hatte mich dermaßen überrascht, dass alles andere hinter einem angenehmen schwarzen Samtvorhang verschwunden war.

»Was machen Sie hier, Mr. Torres?«, fragte ich ihn neugierig.

»Charlie Berck hat mir gesagt, dass Sie es waren, die die beiden unterschiedlichen Berichte gefunden hat.«

Ich musste ein erschrecktes Gesicht gemacht haben, denn Torres hob eilig seine Pranken in dem absurden Glauben, damit eine beruhigende Geste ausführen zu können.

»Machen Sie sich keine Sorgen, Katherine«, sagte er, merklich bemüht, seine Stimme möglichst sanft klingen zu lassen. »Ihr Name wird während der Untersuchung nicht auftauchen. Ich werde aussagen, dass ich die Berichte gefunden und kopiert habe, und jeden verschwinden lassen, der etwas anderes behauptet.«

Letzteres musste als Scherz gemeint gewesen sein, denn der T-Rex bemühte sich um eine Art Lächeln, das auf halbem Weg zu einer Grimasse wurde, wie man sie zog, wenn man Bauchschmerzen hatte.

»Ich möchte Ihnen sagen, dass Sie recht hatten, und Ihnen danken«, fuhr er fort.

Erneut sah ich ihn vollkommen verblüfft an. Bis zu diesem Moment war ich der Meinung gewesen, wenn jemand genetisch bedingt nicht in der Lage war, das Wort »Danke« zu sagen, dann der Mensch, der mir in diesem Augenblick in einem kleinen Café gegenübersaß.

»Das Unwetter hat mich zu Hause überrascht. Ich hatte geduscht und mich umgezogen, um dann zu einer Sitzung zu gehen. Doch als ich das Haus verließ, ohne auf die Warnungen meiner Frau zu achten, waren der Sturm und der Hagel so stark, dass mir der Satz im Hals stecken blieb, mit dem ich dem Portier drohen wollte, dass ich ihn ohne Zeugnis entlassen würde, wenn er mir nicht sofort ein Taxi rief. Und Sie wissen selbst, wie schwierig es ist, mich zu unterbrechen, wenn ich jemanden entlasse.

Ich bin also wieder in meine Wohnung zurück, wo meine Frau und meine Kinder waren. Na ja, ich lüge nicht, wenn ich sage: Mehrere Tage mit zwei Kindern im Alter von sieben und zehn Jahren eingesperrt zu sein kommt dem Schicksal, auf ewig in der Hölle zu schmoren, sehr nahe. Und dann kam noch die Bombe mit Milton und Segursmart. Ich habe mein ganzes Leben lang für dieses Unternehmen gearbeitet, habe meine Gesundheit ruiniert und auf niemanden Rücksicht genommen, um Kunden anzuwerben und am Ende des Jahres der Erfolgreichste zu sein ...«

Ich nickte, um Mr. Torres zu ermuntern, weiterzusprechen. Er schien die schlimmste Phase seines Hasses bereits hinter sich zu haben, hörte sich verständlicherweise aber immer noch verbittert an.

»Wenn das herausgekommen wäre, wenn ein Verfahren eröffnet worden wäre ... Ich habe die Berichte unterschrieben, Katherine, ich wäre der Schuldige gewesen. Ich wäre vor Gericht gekommen, verurteilt worden, hätte meinen Beruf nicht mehr ausüben dürfen, hätte mein Ansehen verloren und wäre wahrscheinlich im Gefängnis gelandet«, überlegte er laut. »Damit will ich nicht sagen, dass das Gefängnis schlimmer gewesen wäre, als mit meinen Kindern zu Hause eingesperrt zu sein, aber ...«

»Das tut mir leid, Mr. Torres.«

»Wenn Sie und Charlie Berck nicht gewesen wären ...«

Der T-Rex sah mir in die Augen, vielleicht um sich zu versichern, dass ich in der Lage war, die Veränderung wahrzunehmen, die mit ihm vorgegangen war. Tatsächlich erklärte er mir gerade, dass er nach vielen Jahren der Blindheit wieder zu sehen gelernt hatte. Der Drache bat den heiligen Georg um seinen Schutz.

Er nahm einen Schluck Kaffee und wirkte gleichzeitig resigniert und erleichtert.

»Ich möchte mich bei Ihnen dafür bedanken, wie Sie mit den Berichten umgegangen sind, aber auch dafür, dass Sie sich all die Jahre über so tadellos verhalten haben: professionell, verantwortungsbewusst, intelligent. Obwohl Sie Ihre Arbeit nicht gemocht haben, die Vorgehensweise des Unternehmens nicht gutheißen konnten, geschweige denn die mangelnde Moral der Menschen, die Sie umgaben, haben Sie Ihre Aufgaben immer erfüllt. Und mehr als das. Ich weiß nicht, ob meine Worte Ihnen jetzt noch irgendetwas bedeuten ...«

»Doch, das tun sie.«

»... oder ob sie vielleicht zu spät kommen. Es gibt vieles, was ich bereue, Katherine. Aber vor allem bereue ich, dass ich Ihnen nie gesagt habe, wie gut Sie Ihre Arbeit machen.«

Ich nickte versöhnlich. Der gezähmte Drache sah mich leicht argwöhnisch an.

»Und was werden Sie jetzt machen?«, fragte ich ihn, während ich mir die Hände an der Kaffeetasse wärmte.

Mein Ex-Chef wirkte erleichtert, dass ich ihm glaubte, er ließ entspannt die Schultern sinken, lehnte sich auf seinem Stuhl zurück und zog den Pullover gerade, den er trug. Amüsiert stellte ich fest, dass es ein furchtbarer Pullover mit Rentieren und Weihnachtssternen war.

»Na ja, ich werde mich einem Anwalt anvertrauen. Viel mehr kann ich Ihnen im Moment nicht sagen, weil die Untersuchung der Geheimhaltung unterliegt. Ich werde mit der Staatsanwaltschaft und der Finanzbehörde zusammenarbeiten und die Daumen drücken, dass alles gut ausgeht.«

»Ist Ihnen klar, dass Sie von nun an viel Zeit zu Hause mit Ihren Kindern verbringen werden?«

»Möge der heilige Georg mich schützen!« Der T-Rex lächelte (diesmal aufrichtig).

»Und was sagt Ihre Frau zu der ganzen Sache?«

»Na ja, das Schlimmste von allem ist, dass es sie nicht überrascht hat«, klagte Mr. Torres, »aber sie hat es sehr gut aufgenommen. Sie ist eine außergewöhnliche Frau.«

»Das muss sie wohl sein, Mr. Torres.«

»Sie meinen, um mich ertragen zu können, was?«

Ich lächelte.

»Und was werden Sie tun, wenn all das vorbei ist? Haben Sie irgendwelche Pläne?«

»Na ja, wenn der Prozess vorbei ist, werde ich über ein Projekt nachdenken, das ich schon lange im Sinn, aber aus Zeitgründen immer aufgeschoben habe. Ganz in Ruhe, zum Glück habe ich keine Eile. Ich werde Zeit brauchen, um all das zu verdauen, was passiert ist, aber bleiben wir optimistisch. Und Sie? Welchen beruflichen Weg werden Sie einschlagen?«

»Als Erstes werde ich an einem Radiowettbewerb teilnehmen. Und ... ich glaube, ich werde Brot backen.«

»Gut, das wird ein leckeres Brot sein. Lachen Sie nicht, das meine ich ernst.«

»Ich weiß noch nicht, was ich machen werde, aber zum ersten Mal seit Langem habe ich deswegen keine Angst mehr. Oder jedenfalls so gut wie keine.«

Mein Ex-Chef überraschte mich erneut, als er seine Arme ausstreckte und meine Hände in seine nahm. Eine einfache Geste, die jedoch so liebevoll war, dass ich begriff, welche Veränderungen dieses Unwetter in unserem Leben bewirkt hatte.

»Ich weiß, dass Sie alles, was Sie sich vornehmen, extrem gut machen werden. Es war eine Freude, mit Ihnen zu arbeiten, Katherine. Und wenn Sie wissen, wohin Ihr Weg führen wird, kommen wir ja vielleicht noch mal zusammen, wenn Sie möchten.«

»Mr. Torres, nehmen Sie es mir nicht übel, aber ich würde mich lieber von einem Elefanten zertrampeln lassen, als noch einmal mit Ihnen zusammenzuarbeiten.«

Ich sah seine glänzenden Augen, seinen entspannten Gesichtsausdruck, seine markante Nase und bemerkte, wie er anfing zu grinsen. Egal, ob er seinen Vorsatz, sich zu ändern, verwirklichen würde oder nicht, er hatte die Größe gehabt, zu mir zu kommen, und das rechnete ich ihm hoch an. Dass er hier in diesem kleinen Café, in dem die Madeleines im Angebot waren, vor mir saß, bewies seine guten Vorsätze. Ich sagte ihm, dass ich ihm alles Glück der Welt wünschte, als ob er dies nicht schon gehabt hätte.

»Wissen Sie, Mr. Torres«, fügte ich hinzu, »von allen Menschen auf der Welt sind Sie der Letzte, von dem ich gedacht hätte, dass er mich nach einem Unwetter mal trösten würde.«

# Das Ende

## DON

»Berck, kommen Sie in mein Büro.«

Mein Chef sah mich mit einem Blick an, der mir äußerst argwöhnisch erschien.

»Jetzt«, insistierte er, als er sah, dass ich nicht aufstand.

Ich folgte ihm durch den Gang, ignorierte das quietschende Geräusch unserer Schritte auf dem Linoleumboden und versuchte nicht darüber nachzudenken, warum, zum Teufel, mein Chef mich an diesem Freitagmittag in sein Büro rief.

»Setzen Sie sich, Don«, sagte Miller und wies auf einen Stuhl.

Er wühlte in dem Berg an Papierkram auf seinem Schreibtisch und sprach, ohne mir ins Gesicht zu sehen.

»Man hat mich gestern Abend davon in Kenntnis gesetzt ...« Er machte eine Pause, die mir für seine Verhältnisse recht theatralisch erschien, und räusperte sich. »... dass wir gegen die Firma Segursmart ermitteln sollen«, sagte er dann.

Ich stieß die ganze Luft aus meinen Lungen aus, wagte aber nicht, auch nur den kleinen Finger zu rühren. Das hatte ich tatsächlich nicht erwartet. Obwohl Sierra, Punisher und ich eigentlich bereit waren, mit der Operation zu beginnen, hatte mein Zögern bisher verhindert, dass wir loslegten. Punisher war ziemlich sauer auf mich, und Sierra wartete geduldig schweigend ab (ein unfaires Schweigen, weil er die Entscheidung allein mir überließ). Ich war nach wie vor wie gelähmt durch die plötzliche Erkenntnis der Bedeutung dieses Schritts. Dabei versuchte ich mir selbst einzureden, dass es besser sei, das Ganze noch einmal durchzugehen, bevor wir es in die Tat umsetzten, um sicher zu sein, dass der Plan wasserdicht war. Aber unsere Strategie war perfekt, da wir sowohl den Käufer als auch den Verkäufer eindeutig ausfindig gemacht hatten, über alle nötigen Daten und Beweise verfügten und unsere Vorgehensweise genau durchdacht hatten.

Dennoch hatte das Unwetter alles verändert. Charlie hatte mir die Augen geöffnet, als er gesagt hatte, dass ich die Sache endlich hinter mir lassen müsse, und ich hatte ein schlechtes Gewissen, weil mein Vater sich wegen meiner Unfähigkeit, mit dem Schmerz um Gabriels Tod zu leben, echte Sorgen machte. Wie konnte ich da eine solche Operation von zweifelhafter Legalität durchführen? Als dann Kate bei uns zu Hause war – in den Tagen, in denen sie in meinen Socken mit ihren Feenschritten umhergeschwebt und mit mir über die verschneite Landschaft gelaufen war, während ich gegen den übermächtigen Drang ankämpfte, sie zu küssen –, war mir bewusst geworden, wie sehr ich mir wünschte, mit ihr neu anzufangen. Und das konnte ich nicht, solange meine Hände von Wut und Hass verschmutzt waren. Ich konnte Sierra und Punisher kein grünes Licht für unsere *vendetta* geben, weil ich wusste, dass es dann kein Zurück mehr gab. Es war Zeit für mich, nach vorn zu blicken, aber dafür musste ich die Tür hinter mir erst schließen, und ich wusste noch nicht wie.

Und auf einmal waren all meine Bitten erhört worden, und ein Richter hatte entschieden, eine offizielle Ermittlung zu starten. Und das, ohne dass ich etwas damit zu tun hatte. Bei dem Gedanken, dass Punisher die Sache womöglich ohne mich durchgezogen hatte, überkam mich eine Welle aus Wut und Hilflosigkeit.

Nein, das konnte Punisher nicht getan haben. Ich kannte ihn gut genug, um mir seiner Loyalität, seiner Freundschaft und seines Respekts sicher zu sein.

»Haben Sie verstanden, was ich sage?«, fuhr mein Chef fort, als von mir keine Reaktion kam. »Ich werde auf Anordnung des Gerichts und der Finanzbehörde eine offizielle Ermittlung gegen dieses Unternehmen einleiten.«

»Der Finanzbehörde?«, wunderte ich mich.

»Also haben Sie nichts damit zu tun. Sie wissen wirklich nichts davon?«, fragte Miller mit prüfendem Blick.

»Nein, gar nichts.«

»Das Verfahren wurde auf ausdrückliche Anordnung der Finanzbehörde in Gang gebracht. Eine Überprüfung hat zweifelhafte Kontobewegungen bei Segursmart ergeben, außerdem Transaktionen mit Scheinfirmen und mögliche Steuerhinterziehung.«

Ich machte ein Pokerface, aber in Wahrheit war es nur die Überraschung, die mich lähmte.

»Der Gerichtsbeschluss erlaubt uns, selbst die Küchenschränke zu durchsuchen.«

»Und die ...?«

»Alles. Einschließlich der Server.«

»Wann ...?« Wenn die Polizei sämtliche EDV-Anlagen und Programme konfiszieren sollte, war es von immenser Bedeutung, dies so schnell wie möglich zu tun, bevor das Unternehmen etwas zerstören konnte.

»Die Sache läuft schon«, antwortete mein Chef direkt. »In diesem Moment, während wir dieses Gespräch führen. Sie habe ich bewusst da rausgehalten. Sogar so sehr, dass ich Sie in Urlaub schicke, falls Sie die Füße nicht stillhalten.«

»Wer ...?«

»Porter und Smith werden das erledigen. Sie kriegen alles, was sie brauchen. Und die Kollegen von der Finanzpolizei natürlich.«

»Sie sind gut.«

»Sie sind die Besten.«

Ich atmete tief durch und stand auf.

»Sie verstehen, Berck, dass ich Ihnen diese Frage stellen muss«, sagte mein Chef, bevor ich den Raum verließ.

»Ich habe nichts damit zu tun«, kam ich ihm zuvor. »Ich hatte keine Ahnung, dass die Konten von Segursmart überprüft wurden.«

Miller nickte nachdenklich. Er wusste, dass ich nicht log. Es war sein Job, es zu wissen, und er war sehr gut darin.

»Na schön. Sie können gehen. Aber halten Sie sich von den Ermittlungen fern. Mindestens eine Million Kilometer. Klar?«

Ich nickte wie betäubt und war nicht in der Lage, daran zu denken, was das bedeutete. Auf halbem Wege drehte ich mich um und ging noch einmal in das Büro meines Chefs zurück.

»Entschuldigen Sie, Sir«, sagte ich. »Welcher Richter hat den Beschluss unterschrieben?«

»Der allseits respektierte und ehrenhafte Richter Mason.«

»Und die Steuerprüfer? Die die Anzeige erstattet haben?«

»So läuft das nicht, Don. Die Finanzbehörde wird uns nicht sagen, welcher Fuchs unter den Prüfern der Held des Tages ist.«

Ich nickte ein wenig unbefriedigt und trat wieder in den Gang. Diesmal kam ich bis zum Kaffeeautomaten, wo ich mich ein weiteres Mal umdrehte und zum Büro meines Chefs zurückkehrte.

»Sir?«, sprach ich ihn von der Türschwelle aus an.

»Was wollen Sie schon wieder, Berck? Habe ich Sie nicht in Urlaub geschickt?«, sagte er ungeduldig.

»Danke, Sir.«

Er nickte langsam, sehr ernst und mit zusammengepressten Lippen. Einen Moment lang dachte ich, dass er etwas sagen würde, doch dann forderte er mich mit einer ungeduldigen Geste auf, endlich zu gehen und ihn mit seinem Berg an Papieren, seinem ausgeschalteten Computer und dem Ausblick auf die Stadt allein zu lassen.

Zurück an meinem Arbeitsplatz, setzte ich mich hin und verharrte mindestens zehn Minuten, ohne mich zu rühren. Danach griff ich nach dem Hörer und rief den einzigen Menschen an, der meine Fragen beantworten konnte.

»Was willst du, Bruderherz? Ich bin ein gefragter Mann und sehr beschäftigt«, meldete sich Charlie am anderen Ende der Leitung.

»Was macht noch mal der seltsame Typ, mit dem du donnerstags immer Golf spielst?«

»Alle Typen, mit denen ich Golf spiele, sind seltsam. Für einen Polizisten bist du ein ziemlich schlechter Beobachter.«

»Du weißt schon, wen ich meine, den großen Dünnen mit dem roten Haar und der Brille mit den dicken Gläsern, bei dem man ständig das Gefühl hat, dass er gleich einen Herzinfarkt bekommt. Dieser Freund von dir.«

»Ich habe keine Freunde.«

Charlies Stimme klang nun nicht mehr argwöhnisch, sondern spöttisch. Ich kannte meinen Bruder gut genug, um zu wissen, dass er über das, was geschehen war, genau Bescheid wusste. Unter anderem, weil er meinen Anruf offenbar erwartet hatte.

»Gut, wie du willst. Also dieser seltsame rothaarige Typ – ist der nicht bei der Finanzbehörde?«

»Hm«, machte Charlie unbestimmt.

»Also ist er nun bei der Finanzbehörde oder nicht?«, beharrte ich.

»Da bin ich mir, ehrlich gesagt, nicht sicher. Wir reden beim Golfspiel nicht über die Arbeit.«

»Und abgesehen davon, dass der seltsame rothaarige Typ bei der Finanzbehörde arbeitet«, fuhr ich fort, ohne auf die Bemerkung meines Bruders einzugehen, »trifft er sich nicht auch regelmäßig mit verschiedenen Richtern zum Golfspiel, mit denen er eng befreundet ist? Das hast du mir jedenfalls mal erzählt, als ich dich zum Golfplatz begleitet habe.«

»Keine Ahnung, ich erinnere mich nicht.«

»Ich schon. Ich bin Polizist und habe ein ziemlich gutes Gedächtnis.«

»Gut, Don, gibt es irgendwas Konkretes, was du mir sagen möchtest?«, fragte Charlie mit Betonung auf »Konkretes«. »Ich habe nämlich ziemlich viel zu tun.«

»Ich weiß, dass du es warst.«

Charlie schwieg ein paar Sekunden. Dann hörte ich ihn am anderen Ende der Leitung zufrieden seufzen.

»Ich habe es nicht für dich getan, sondern für mich«, sagte er schließlich leise. »Es würde mich verrückt machen, wenn ich wüsste, dass der einzige integre Mensch auf dieser Welt in Gefahr wäre, seine Integrität zu verlieren.«

Diesmal war ich es, der schwieg. Ganz egal, wie gut man jemanden kennt, auch wenn es der eigene Bruder ist, gibt es doch immer noch die Möglichkeit, überrascht zu werden.

»Ich bin das schwarze Schaf in der Familie. Wenn du vorhast, mir diese Rolle abspenstig zu machen, vergiss es!«

»Charlie ...«

»Es war mir klar, dass du mir auf die Schliche kommst. Der Ermittler in dieser Familie bist nämlich du. Und diese Rolle überlasse ich dir gern.«

»Charlie ...«

»Was?«

»Ich hab dich lieb.«

»Und deswegen rufst du an? Weißt du, wie viel ich zu tun habe!«, rief mein Bruder ins Telefon, bevor er das Gespräch beendete.

Ich steckte mein Telefon in die Tasche und streckte mich genüsslich. Dann warf ich einen Blick in das halb leere Büro und traf eine Entscheidung. Ich schaltete den Computer aus, zog meine Jacke an, trat auf die Straße hinaus und atmete tief ein. Und dann wieder aus. Ich fühlte mich um zwei Tonnen erleichtert.

Dann nahm ich mein Handy wieder aus der Tasche und rief Sarah an. Ich wusste ganz genau, was ich an diesem Tag tun wollte.

»Sarah?«, fragte ich, als sich die Mutter der Argonauten meldete. »Kann ich mal kurz bei dir vorbeikommen? Ich brauche deine Hilfe. Wenn du ein wenig Zeit für mich hast, möchte ich dich bitten, mit mir ein Paar Schuhe kaufen zu gehen.«

Lächelnd lauschte ich auf die Fragen, die sie mir stellte.

»Nein, nicht für mich. Ich brauche ein Paar ganz besondere Damenschuhe«, sagte ich und spürte, wie ein Schwarm Schmetterlinge in meinem Bauch tanzte. »Feenschuhe.«

# Der verwunschene Garten

## DON

»Auf die Wirtschaftsprüfer!«, rief ich und hob meine Flasche Schwarzbier.

»Auf die Finanzbehörden!«, tat Sierra es mir nach.

»Oh, Kollegen, also bitte ...«, beschwerte sich Punisher. »Echt jetzt?«

»Los, mein Freund, heb dein Bier und stoß mit uns an«, ermunterte ich ihn. »Inzwischen sind die Schurken von Segursmart wegen Fluchtgefahr und Steuerhinterziehung schon in Untersuchungshaft. Das ist doch eine super Neuigkeit. Am Ende hat doch die Gerechtigkeit gesiegt.«

Sierra schlug unserem Freund aufmunternd auf den Rücken, und Punisher hob widerstrebend seine Flasche und stieß mit uns an. Jeder von uns trank schweigend und in seine Gedanken versunken.

Wie üblich war in der kleinen Bar im Hotel Ambassador außer unserem nur ein weiterer Tisch besetzt, an dem drei erschöpfte Manager saßen.

An der Theke unterhielt sich eine Frau um die sechzig angeregt mit Pierre. Ich sah auf die Uhr. Kate war spät dran.

»Ich werde unsere Verschwörung sehr vermissen«, sagte Sierra, während er ein paar alte Ordner von seinem Laptop löschte.

»Na ja, am Ende hatten wir ja doch nicht die Eier für den finalen Schlag«, meinte Punisher mürrisch.

»Am Ende sind die Bösen geschnappt worden«, sagte ich. »Das ist doch die Hauptsache. Wir sind eben nicht kriminell genug.«

»Das mag für dich gelten, Kollege. Du hast mich noch nie im wahren Spürhund-Modus gesehen.«

»Er meint bei *World of Warcraft*«, beruhigte mich Sierra, »hör nicht auf ihn.«

Wir überließen Punisher für eine Weile seinem Gejammere und Selbstmitleid, während wir die Beweise von drei Jahren Informatik-Jagd vernichteten. Nach langer Zeit fühlte ich mich zum ersten Mal wieder ganz unbeschwert. Und das nicht nur, weil wir unsere finale Attacke letztendlich nicht realisiert hatten oder weil eine legale Überprüfung die Wahrheit schließlich doch ans Licht gebracht hatte. Sondern weil die Tatsache, dass es in Coleridge möglich war, dass die Gerechtigkeit den Sieg davontrug, meine Berufung als Spezialist für Cyber-Kriminalität, meine Begeisterung dafür, denen das Handwerk zu legen, die die Schwächsten, die Wehrlosesten und die Gutgläubigsten ausnutzten, bestätigte.

Charlie hatte für das Ende gesorgt, das ich brauchte. Nun lag es an mir, die Erinnerung an meinen Freund Gabriel zu ehren, wie wir beide es verdient hatten.

»Heißt das, dass wir uns freitags nicht mehr hier treffen?«, fragte Punisher schließlich. »Ich meine, jetzt haben wir ja nichts mehr, weswegen wir ...«

»Ich werde weiterhin herkommen. Um mit meinen Freunden ein Bier zu trinken«, fiel ich ihm ins Wort.

Er sah mich einen Moment lang dankbar an und fuhr dann weiter hektisch mit dem Finger über den Bildschirm seines iPads.

»Ist doch prima hier«, meinte Sierra und sah sich um.

Ich warf einen weiteren Blick auf meine Uhr und wurde unruhig. Es war bereits nach Mitternacht.

»Bin gleich wieder da.«

Ich ging zur Bar hinüber und begrüßte Pierre. Er hörte auf, die Likörflaschen zu polieren, und setzte sich auf den Barhocker, der auf seiner Seite der Theke stand.

»Kate ist ziemlich spät dran heute«, kam ich gleich zu Sache, nachdem wir ein paar Höflichkeiten ausgetauscht hatten.

Er zog eine Augenbraue hoch, sah mich verschwörerisch an und beugte sich dann vor, als wolle er mir ein Geheimnis anvertrauen.

»Kate wird heute Abend nicht kommen«, sagte er.

»Aber sie kommt doch immer ... freitags ...«

»Freitagabends nach der Radiosendung. Aber die wurde abgesetzt.«

»Oh, das tut mir leid. Kate hat dieses Programm doch so gefallen«, sagte ich und versuchte, meine Enttäuschung zu verbergen.

Pierre sah mich weiter mit seiner kunstvoll hochgezogenen Augenbraue an, und seine Augen schimmerten in dem Halbdunkel der versteckten Bar.

»Also ... wenn *ich* Kate heute gern sehen würde, und ich will damit nicht sagen, dass das der Fall ist, aber wenn ich heute mit ihr reden wollte ... würde ich es bei ihr zu Hause versuchen«, sagte er langsam in der Art

eines Schullehrers, der mit einem nicht besonders auf-
geweckten Schüler spricht.

Ich dachte, dass die Argonauten ihn für ein derart
gönnerisches Getue wahrscheinlich gegen das Schienbein getreten hätten.

»Aber es ist schon spät«, meinte ich widerstrebend.

»Alles hat seine Zeit«, sagte er mit rätselhafter Miene.

»Wie die Veilchen am Nordpol?«, entgegnete ich.

Doch Pierre schien nicht wirklich beeindruckt von
meiner schlagfertigen Erwiderung. Er zog das weiße Ge-
schirrtuch wieder unter der Theke hervor, wandte mir
den Rücken zu und machte sich erneut daran, die Flaschen zu polieren. In dem Moment war auch mir danach, ihm gegen das Schienbein zu treten.

Ich fuhr zu dem kleinen alten Haus und stieg aus. An
der Tür fiel mir auf, dass ich etwas vergessen hatte. Ich
ging zum Auto zurück, holte den Schuhkarton heraus
und stand kurz darauf erneut vor Kates Tür.

Wie versteinert verharrte ich eine Weile vor den Klin-
gelknöpfen an der Sprechanlage. Doch schließlich legte
ich mein Glück in die Hände des Schicksals und drückte
leicht auf einen der Knöpfe. Ich wusste nicht, in welcher
Wohnung Kate lebte, weil ich das einzige Mal, als ich
hier gewesen war, nicht darauf geachtet hatte. Soweit
ich mich erinnern konnte, lag die Wohnung im ersten
Stock, weil wir eine Treppe hinaufgegangen waren.

»Pssst«, hörte ich über meinem Kopf.

Ich sah nach oben und erspähte eine etwa hundert-
jährige Dame in einem geblümten Morgenmantel, deren

Haare trotz der späten Stunde perfekt frisiert waren. Ich meinte zu erkennen, dass sie um den Hals eine dieser Federboas geschlungen hatte, wie sie die Frauen in den Zwanzigerjahren in den verbotenen Cabarets in Amerika trugen, allerdings konnte ich in dem schwachen Licht der Straßenlaterne nicht viel sehen.

»Entschuldigen Sie«, sagte ich halblaut. »Ich suche nach ...«

»Ja, ja«, unterbrach sie mich ungeduldig. »Das wurde aber auch Zeit. Katherine wohnt im ersten Stock. Warten Sie, ich drücke Ihnen auf.«

Bevor ich mich bedanken konnte, verschwand die alte Dame vom Fenster, und gleich darauf hörte ich das Summen des Türöffners. Ich trat ein und eilte, zwei Stufen auf einmal nehmend, die Treppe hinauf.

»Da ist sie nicht«, sagte die alte Dame, die wie aus dem Nichts plötzlich hinter mir stand und mich zu Tode erschreckte.

»Aber ... «, stotterte ich und fasste mir mit der Hand ans Herz.

Tatsächlich trug sie eine Federboa um den Hals, und an ihren dünnen Handgelenken klimperten unzählige Armreifen.

»Sie ist unten im Garten.«

Ich bedankte mich, wünschte der alten Dame eine gute Nacht und wandte mich um, um die Treppe wieder hinunterzueilen.

»Warten Sie!«, rief die exzentrische Alte mich zurück. »Was haben Sie ihr mitgebracht?«, fragte sie neugierig und zeigte auf das Paket, das ich unterm Arm trug.

»Schuhe.«

»Gut.« Die alte Dame lächelte. »Ich habe schon befürchtet, Sie hätten Blumen dabei. Davon hat sie genug.«

»Ich weiß schon«, murmelte ich zwischen den Zähnen. »Ich kenne diesen kleinen Urwald.«

Ich rannte die Treppe hinunter, tastete hinter dem Zählerkasten nach der Klinke der Tür, die zum Garten führte, und stürzte, ohne weiter darüber nachzudenken, über die Schwelle. Meine Nervosität schwand in dem Moment, als ich meinen Fuß auf das verwilderte Grundstück setzte, das die alte Dame »Garten« nannte.

Lichterketten leuchteten silbrig in den Ästen der alten Bäume und zeigten mir den Weg. Die Nacht war frisch, aber nicht kalt. Der Spätherbst mit den für Coleridge üblichen milden Temperaturen war zurückgekehrt. Mir fiel auf, dass meine Erinnerung an die bunte Farbpalette dieses verwunschenen Gartens nicht im Geringsten der wundersamen Pracht gerecht wurde, die mich umgab, als ich nun hindurchging. Die Obstbäume, die Kastanien, die Eichen ... An ihren Ästen leuchteten grüne, gelbe, orangefarbene oder bräunliche Blätter. Bunte Herbstastern, letzte Rosen, weißer Nachtjasmin und ein Teppich aus duftenden Kräutern und kleinen Büschen standen am Wegesrand.

Kate saß auf einem der Gartenstühle. Über ihr hing eine Kugellampe wie ein kleiner Mond in den Zweigen, und sie hatte ein offenes Buch auf dem Schoß. Als sie mich sah, stand sie auf, und die Decke, in die sie sich gehüllt hatte, rutschte auf den Boden.

»Hallo«, sagte ich und kam mir vor wie ein Idiot.

Sie trug einen Schal in einer furchtbaren senfgelben Farbe, und eine dazu passende Wollmütze. Ihre Wangen waren leicht gerötet, und ihre kirschroten Lippen glänzten. Sie sah mich mit ihren schönen blauen Augen an, die ich jede Nacht im Traum sah, und dann lächelte sie.

»Das mit dem Radioprogramm tut mir leid. Pierre hat es mir eben erzählt.«

»Nicht schlimm, der Redaktionsleiter war sowieso ein Idiot.« Sie zögerte einen Moment, bevor sie weitersprach: »Vielleicht ... gibt es eine Möglichkeit, mit einem anderen Programm weiterzumachen.«

»Das freut mich.«

Ich trat auf sie zu und hielt ihr die Schachtel hin.

»Hier. Ich habe dir etwas mitgebracht.«

Kate sah mich erfreut an und öffnete den Karton. Sie nahm die Feenschuhe heraus und lachte entzückt.

»Danke«, sagte sie glücklich. »Das ist genau das, was ich brauche. Meine alten Lieblingsschuhe haben nämlich eine wahrhaft spektakuläre Rettungsaktion in einem Unwetter nicht überlebt, weißt du?«

»Ich habe so was gehört«, entgegnete ich und trat noch einen Schritt näher. »Die schönen Schuhe haben ein tragisches Ende genommen, das sie nicht verdient haben.«

»Ich bin fünf Tage in ganz grässlichen Stricksocken herumgelaufen. Wollsocken, die so dick waren, dass keine Kugel durchgehen würde.«

Ich stand nur wenige Zentimeter vor Kate und konnte ihren Atem in meinem Gesicht spüren. Langsam zog ich ihr die hässliche senfgelbe Mütze vom Kopf, warf sie auf den Korbsessel und löste ihr Haar, bis es sie wieder locker umschwebte. Schon seit einer Ewigkeit hatte ich mir gewünscht, meine Hände in diesem Haar zu versenken. Und dank der Wahrheit und Charlies Hilfe konnte ich es nun ohne Schuldgefühle tun. Ich stand vor Kate, mit reinem Gewissen, und war ganz und gar für sie da. Weil sie niemals etwas anderes verdient hätte.

»Du hast mir die grässlichen Socken nie zurückgegeben«, sagte ich, ohne den Blick von ihrem kirschroten Mund abzuwenden. »Du schuldest mir was.«

Ich strich ihr zärtlich über die Wange und zog sie dann zu mir heran und küsste sie.

Kate ließ die Feenschuhe auf den Boden fallen und hielt den Atem an. Ich konnte spüren, wie sie zitterte, und wünschte mir, dass das nicht nur an der Kälte lag.

»Ich glaube, ich sterbe vor Glück«, flüsterte sie dicht an meinem Mund, als unsere Lippen sich nach einer Weile voneinander lösten.

Ich legte meine Stirn an ihre, versicherte mich, dass sie mein Lächeln spürte, und hoffte, dass sie mich umarmen würde.

»Kate«, sagte ich, als sich ihre Hände jetzt sanft um meinen Hals schlangen.

»Was?« Sie seufzte mit geschlossenen Augen.

»Du wirst nicht sterben, Kate. Weil ich dich jetzt wieder küssen werde.«

# Auszug aus den Erinnerungen William Dorners

Es macht nichts, dass niemand auf mich hören wollte, bis es zu spät war. Ich hatte recht. Die ganze Zeit.

Es gab natürlich dieses Zeitfenster von etwa einer oder zwei Stunden, in dem alles möglich gewesen wäre. Als der Wind die schweren Wolken eilig über den Himmel trieb, hätte das Unwetter vielleicht an uns vorüberziehen können. Und doch habe ich meine Meinung nie geändert.

Es hätte alles Mögliche passieren oder nicht passieren können, aber letztendlich hat das Unwetter uns doch erwischt.

Von: SierraFrank@mordeless.com
Für: DonBerck@UDIF.com

Lieber Don,

ich finde es gar nicht gut, dass du heute Abend nicht in die versteckte Bar gekommen bist. Punisher ist ziemlich sauer und sagt, dass du uns im Stich gelassen hast und dass er sich verraten fühlt. Sogar mehr noch als damals, als seine *World-of-Warcraft*-Kollegen ihn hinterrücks mit einem Lähmungszauber überfallen haben.

Aber abgesehen von solchen Dramen, freue ich mich sehr, dass Kate und Du zusammen seid. Ich habe nicht wirklich verstanden, was Du damit gemeint hast, dass Ihr gerade einen Urwald kartografiert, und schätze mal, dass Ihr einfach Zeit für Euch braucht. Aber nächsten Freitag will ich Euch beide, wie Du es versprochen hast, mit einem Schwarzbier in der Hand am üblichen Ort sehen.

Pierre Lafarge bittet Dich, Kate auszurichten, dass sie endlich ihr verdammtes Handy (wörtlich wiedergegeben) anmachen soll, weil Josh anscheinend gute Neuigkeiten hat, was den Radiowettbewerb angeht. Ich meine, verstanden zu haben, dass sie den Wettbewerb zwar nicht gewonnen haben, ihr Demoband den Produzenten aber so gut gefällt, dass man ihnen eine tägliche Sendung anbieten will oder so was in der Art. Sag ihr bitte, sie soll Josh unbedingt anrufen.

Pierre, der mir gerade über die Schulter schaut, während ich diese E-Mail schreibe, bittet dich auch noch,

Kate auszurichten, dass der Weißwein ihre Abwesenheit nicht gut verkraftet. »Vergebliche Sehnsucht ist sehr schädlich für die geraden Jahrgänge«, sagt Pierre.

Ich weiß nicht, ob Du die Presse verfolgst, seit Du im Land der Liebe lebst – ich hänge Dir hier mal ein paar Artikel über den Segursmart-Prozess an, die Dich bestimmt interessieren. Sie enthalten nichts, was wir nicht bereits gewusst hätten, aber jedenfalls wird Gabriel mehrfach erwähnt und dass er damals recht hatte mit seinen Anschuldigungen. Deine Polizeikollegen machen einen guten Job, auch wenn wir es natürlich noch besser gemacht hätten (wenn Du mir diese Bemerkung erlaubst).

Ich hoffe, dass Du bald irgendeinen Hackerangriff entdeckst, mit dem wir Punisher beschäftigen können, um unsere konspirativen Treffen am Freitagabend in der versteckten Bar fortzuführen.

Genieß das Wochenende, und gib Kate einen Kuss von mir. Sag ihr, dass ich ihr noch eine Entschuldigung schulde (sie weiß, wofür).

Sierra

PS: Ich trage heute übrigens ein Paar Nikes in Eidottergelb, die alle hier bewundern werden (falls diesen Freitag außer uns noch jemand den Weg in die kleine Bar findet).